三千里地九霄云

宗璞 著

人民日报出版社

目 录

CONTENTS

第一辑　那青草覆盖的地方

第二辑　二十四番花信

第三辑　京西小巷槐树街

第四辑　三千里地九霄云

第五辑　书当快意

第六辑　花的话

第一辑　那青草覆盖的地方

紫藤萝瀑布

我不由得停住了脚步。

从未见过开得这样盛的藤萝,只见一片辉煌的淡紫色,像一条瀑布,从空中垂下,不见其发端,也不见其终极,只是深深浅浅的紫,仿佛在流动、在欢笑、在不停地生长。紫色的大条幅上,泛着点点银光,就像迸溅的水花。仔细看时,才知那是每一朵紫花中的最浅淡的部分,在和阳光互相挑逗。

这里春红已谢,没有赏花人群,也没有蜂围蝶阵。有的就是这一树闪光的、盛开的藤萝。花朵儿一串挨着一串,一朵接着一朵,彼此推着挤着,好不活泼热闹!

“我在开花!”它们在笑。

“我在开花!”它们嚷嚷。

每一穗花都是上面的盛开、下面的待放。颜色便上浅下深,好像那紫色沉淀下来了,沉淀在最嫩最小的花苞里。每一朵盛开的花像是一个张满了的小小的帆,帆下带着尖底的舱。船舱鼓鼓的,又像一个忍俊不禁的笑容,就要绽开似的。那里装的是什么仙露琼浆?我凑上去,想摘一朵。

但是我没有摘。我没有摘花的习惯。我只是伫立凝望,觉得这一条紫藤萝瀑布不只在我眼前,也在我心上缓缓流过。流着流着,它带走了这些时一直压在我心上的关于生死的疑惑,关于疾病的痛楚。我浸在这繁密的花朵的光辉中,别的一切暂时都不存在,有的只是精神的宁静和生的喜悦。

这里除了光彩,还有淡淡的芳香,香气似乎也是浅紫色的,梦幻一般轻轻地笼罩着我。忽然记起十多年前家门外也曾有过一大株紫藤萝,它依傍一株枯槐爬得很高,但花朵从来都稀落,东一穗西一串伶仃地挂在树梢,好像在察言观色,试探什么。后来索性连那稀零的花串也没有了。园中别的紫藤花架也都拆掉,改种了果树。那时的说法是,花和生活腐化有什么必然关系。我曾遗憾地想:这里再看不见藤萝花了。

过了这么多年,藤萝又开花了,而且开得这样盛,这样密,紫色的瀑布遮住了粗壮的盘虬卧龙般的枝干,不断地流着、流着,流向人的心田。

花和人都会遇到各种各样的不幸,但是生命的长河是无止境的。我抚摸了一下那小小的紫色的花舱,那里满装生命的酒酿,它张满了帆,在这闪光的花的河流上航行。它是万花中的一朵,也正是由每一个一朵,组成了万花灿烂的流动的瀑布。

在这浅紫色的光辉和浅紫色的芳香中,我不觉加快了脚步。

丁香结

今年的丁香花似乎开得格外茂盛，城里城外，都是一样。城里街旁，尘土纷嚣之间，忽然呈出两片雪白，顿使人眼前一亮，再仔细看，才知是两行丁香花。有的宅院里探出半树银妆，星星般的小花缀满枝头，从墙上窥着行人，惹得人走过了还要回头望。

城外校园里丁香更多。最好的是图书馆北面的丁香三角地，种有十数棵白丁香和紫丁香。月光下白的潇洒，紫的朦胧。还有淡淡的幽雅的甜香，非桂非兰，在夜色中也能让人分辨出，这是丁香。

在我住了断续近三十年的斗室外，有三棵白丁香。每到春来，伏案时抬头便见檐前积雪。雪色映进窗来，香气直透毫端。人也似乎轻灵得多，不那么浑浊笨拙了。从外面回来时，最先映入眼帘的，也是那一片莹白，白下面透出参差的绿，然后才见到那两扇红窗。我经历过的春光，几乎都是和这几树丁香联系在一起的。那十字小百花，那样小，却不显得单薄。许多小花形成一簇，许多簇花开满一树，遮掩着我的窗，照耀着我的文思和梦想。

古人词云："芭蕉不展丁香结""丁香空结雨中愁"。在细雨迷蒙中，着了水滴的丁香格外妩媚。花墙边两株紫色的，如同印象派的画，线条模糊了，直向窗前的莹白渗过来。让人觉得，丁香确实该和微雨连在一起。

只是赏过这么多年的丁香,却一直不解,何以古人发明了丁香结的说法。今年一次春雨,久立窗前,望着斜伸过来的丁香枝条上的一柄花蕾。小小的花苞圆圆的,鼓鼓的,恰如衣襟上的盘花扣。我才恍然,果然是丁香结。

丁香结,这三个字给人许多想象。再联想到那些诗句,真觉得它们负担着解不开的愁怨了。每个人一辈子都有许多不顺心的事,一件完了一件又来。所以丁香结年年都有。结,是解不完的;人生中的问题,也是解不完的。不然,岂不太平淡无味了吗?

小文成后一直搁置,转眼春光已逝。要看满城丁香,需待来年了。来年又有新的结待人去解——谁知道是否解得开呢。

我爱燕园

我爱燕园。

考究起来，我不是北大或燕京的学生，也从未在北大任教或兼个什么差事。我只是一名居民，在这里有了三十五年居住资历的居民。时光流逝，如水如烟，很少成绩；却留得一点刻骨铭心之情：我爱燕园。

我爱燕园的颜色。五十年代，春天从粉红的桃花开始。看见那单薄的小花瓣在乍暖还寒的冷风中轻轻颤动，便总为强加于它轻薄之名而不平，它其实是仅次于梅的先行者。还没有来得及为它翻案，不要说花，连树都难逃斧钺之灾，砍掉了。于是便总由金黄的连翘迎来春天。因它可以入药，在校医院周围保住了一片。紧接着是榆叶梅热闹地上场，花团锦簇，令人振奋。白丁香、紫丁香，幽远的甜香和着朦胧的月色，似乎把春天送到了每人心底。

绿草间随意涂抹的二月兰，是值得大书特书的。那是野生的花，浅紫掺着乳白，仿佛有一层亮光从花中漾出，随着轻拂的微风起伏跳动，充满了新鲜，充满了活力，充满了生机。简直让人不忍走开。紫色经过各种变迁，最后便是藤萝。藤萝的紫色较凝重，也有淡淡的光，在绿叶间缓缓流泻，这时便不免惊悟：春天已老。

夏日的主色是绿，深深浅浅浓浓淡淡的绿。从城里奔走一天回来，一进校门，绿色满眼，猛然一凉，便把烦恼都抛在校门外了。绿色好像是底子，可以融化一切的底子，那文眼则是红荷。夏日荷塘是我招待友人的保留节目。鸣鹤园原有大片荷花，红白相间，清香远播。动乱多年后，寻不到了。现在勺园附近、朗润园桥边都有红荷，最好的是镜春园内的一池，隐藏在小山之后，幽径曲折，豁然得见。红荷的红不同于桃、杏，鲜艳中显出端庄，就像白玉兰于素静中显出华贵一样。我曾不解为什么佛的宝座做莲花状，再一思忖，无论从外貌或品德比较，没有比莲花更适合的了。

秋天的色彩令人感到充实和丰富。木槿的花有紫有白，紫薇的花有紫有红，美人蕉有各种颜色，玉簪花则是玉洁冰清，一片纯白。而最得秋意的是树叶的变化，临湖轩下池塘北侧一排高大的银杏树，秋来成为一面金色高墙，满地落叶也是金灿灿的，踩上去不由生出无限遐想。池塘西侧一片灌木不知名字，一个叶柄上对称地生着秀长的叶子，着雨后红得格外鲜亮。前年我为它写了一篇小文《秋韵》，去年再去观赏时，却见树丛东倒西歪，让人踩出一条路。若再成红霞一片，还不知要多少年！我在倒下的枝叶旁徘徊良久，恨不能起死回生！“文化大革命”中滋长的破坏习性，什么时候才能改变！

一望皆白的雪景当然好看，但这几年很少下雪。冬天的颜色常常是灰蒙蒙的，很模糊。晴时站在未名湖边四顾，天空高处很蓝，愈往边上愈淡，亮亮地发白，枯树枝丫，房屋轮廓显出各种姿态。像是一幅没有着色只有线条的钢笔画。

我爱燕园的线条。湖光塔影，常在从燕园离去的人的梦中。映在天空的塔身自不必说，投在水中的塔影，轮廓弯曲了，摇曳着，而线条还是那么美！湖心岛旁的白石舫，两头微微翘起，有一点弧度，显得既圆润又利落。据说几座仿古建筑的檐角,因为缺少了弧度,而成凡品。湖西侧小山上的钟亭,亭有亭的线条,钟有钟的线条,钟身上铸了十八条龙和八卦。那几条长短不同的横线做出的排列组合,几千年来研究不透。

我爱燕园的气氛,那是人的活动造成的。每年秋天,新学年开始,园中添了许多稚气的脸庞。“老师,六院在哪里?”“老师,一教怎样走?”他们问得专心,像是在问人生的道路。每年夏天,学年结束,道听途说则是:“你分在哪里?”“你哪天走?”布告牌上出现了转让车票、出让旧物的字条。毕业生要到社会上去了。不知他们四年里对原来糊涂的事明白了多少,也不知今后会有怎样的遭遇。我只觉得这一切和四季一样分明,这是人生的节奏。

有时晚上在外面走——应该说,这种机会越来越少了——看见图书馆灯火通明,像一条夜航的大船,总是很兴奋。那凝聚着教师与学生心血的智慧之光,照亮着黑暗。这时我便知道,糊涂会变成明白。

三角地没有灯,却是小小的信息中心,前两年曾特别热闹,几乎天天有学术报告,各种讲座,各种意见,显示出每个人都用自己的头脑在思索。一片绚烂胜过自然间的万紫千红。这才是燕园本色!去年上半年骤然冷落,只剩些舞会通知、电影广告和遗失启事,虽然有些遗失启事很幽默,却总感到茫然凄然。近来又恢复些生气。我很少参加活动,看看布告,也是好的。

我爱燕园中属于我自己的记忆。我扫过自家门前雪,和满地扔瓜子壳儿的男士女士们争吵过。我为奉老抚幼,在衰草凄迷的园中奔走过。我记得室内冷如冰窖的寒冬,也记得新一代水暖工送来温暖的微笑。我那操劳一生的母亲怀着无限不安和惦念在校医院病逝,没有足够的人抬她下楼。当天,她所钟爱的狮子猫被人用鸟枪打死，留下一只尚未满月的小猫。这小猫如今已是十一岁，步入老年行列了。这些记忆，无论是美好的还是痛苦的，都同样珍贵。因为那属于我自己。

我爱燕园。

燕园石寻

从燕园离去的人,可记得那些石头?

初看燕园景色,只见湖光塔影,秀树繁花,不会注意到石头。回想燕园风光,就会发现,无论水畔山基,或是桥边草中,到处离不开石头。

燕园多水,堤岸都用大块石头依其自然形态堆砌而成。走进有点古迹意味的西校门,往右一转,可见一片荷田。夏日花大如巨碗。荷田周围,都是石头。有的横躺,有的斜倚,有的竖立如小山峰,有的平坦可以休憩。岸边垂柳,水面风荷,连成层叠的绿,涂抹在石的堤岸上。

最大的水面是未名湖,也用石做堤岸。比起原来杂草丛生的土岸,初觉太人工化。但仔细看,便可把石的姿态融进水的边缘,水也增加了意味。西端湖水中有一小块不足以成为岛的土地,用大石与岸相连。连续的石块,像是逗号下的小尾巴。“岛”靠湖面一侧,有一条石雕的鱼,曾见它无数次地沉浮。它半张着嘴,有时似在依着水面吐泡儿,有时则高高地昂着头。鱼头和向上翘着的尾巴,测量着湖面的高低。每一个燕园长大的孩子,都在那石鱼背上坐过,把脚伸在水里,自由自在地幻想未来。等他们长大离开,这小小的鱼岛便成为他们生命中的一个逗号。

不只水边有石，山下也是石。从鱼岛往西，在绿荫中可见隆起的小山，上下都是大石。十几株大树的底座，也用大石围起。路边随时可见气象不一、成为景致的石头，几块石矗立桥边，便成了具有天然意趣的短栏。杂缀着野花的披拂的草中，随意躺卧着大石，那惬意样儿，似乎“嵇康晏眠”也不及它。

这些石块数以千万计，它们和山、水、路、桥一起，组成整体的美。燕园中还有些自成一家的石头可以一提。现在看到的都是太湖石，不知入不入得石谱。

办公楼南两条路汇合处有一角草地，中间摆着一尊太湖石，不及一人高，宽宽的，是个矮胖子。石上许多纹路孔窍，让人联想到老人多皱纹和黑斑的脸，这似乎很丑。但也奇怪，看着看着，竟在丑中看出美来，那皱纹和黑斑都有一种自然的韵致，可以细细观玩。

北面有小路，达镜春园。两边树木郁郁葱葱，绕过楼房，随着曲径，寻石的人会忽然停住脚步。因为浓绿中站着两块大石，都带着湖水激荡的痕迹。两石相挨，似乎你望着我，我望着你。路的另一边草丛中站着一块稍矮的石，斜身侧望，似在看着那两个伴侣。

再往里走，荷池在望。隔着卷舒开合任天真的碧叶红菡萏，赫然有一尊巨石，顶端有洞。转过池面通路，便见大石全貌。石下连着各种形状的较小的石块，显得格外高大。线条挺秀，洞孔诡秘，重峦叠障，都聚石上。还有爬上来的藤蔓，爬上来又静静地垂下。那鲜嫩的绿便滴在池水里、荷叶上。这是诸石中最辉煌的一尊。

不知不觉出镜春园，到了朗润园。说实话，我从来没有弄清两园交界究竟在何处。经过一条小村镇般的街道，到得一座桥边，正对桥身立着一尊石。这石不似一般太湖石玲珑多孔，却是大起大落，上下凸出，中间凹进，可容童子蹲卧，如同虎口大张，在等待什么。放在桥头，似有守卫之意。

再往北走，便是燕园北墙了。又是一块草地上，有假山和太湖石。这尊石有一人多高，从北面看，宛如一只狼犬举着前腿站立，仰首向天，在大声吼叫。若要牵强附会说它是二郎神的哮天犬，未尝不可。

原以为燕园太湖石尽于此了，晨间散步，又发现两块。一块在数学系办公室外草坪上。这是常看见的，却几乎忽略了。它中等个儿，下面似有底座，仔细看，才知还是它自己。石旁一株棠棣，多年与石为伴，以前依偎着石，现在已遮蔽着石了。还有一块在体育馆西，几条道路交叉处的绿地上，三面有较小的石烘托。回想起来，这石似少特色。但既是太湖石，便有太湖石的品质。孔窍中似乎随时会有云雾涌出，给这错综复杂的世界更添几分迷幻。

燕园若是没有这些石头，很难想象会是什么模样。石头在中国艺术中，占有极重要的地位，无论园林、绘画还是文学。有人画石入迷，有人爱石成癖，而《红楼梦》中那位至情公子，也原不过是一块石头。

很想在我的“风庐”庭院中，摆一尊出色的石头。可能因为我写过《三生石》这小说，来访的友人也总在寻找那块石头。还有人说确实见到了。其实有的只是野草丛中的石块。这庭院屡遭破坏，又屡屡经营，现在多的是野草。野草丛中散有石块，是院墙拆了又修，修了又拆，然后又修时剩下的，在绿草中显出石的纹路，望着也很可爱。

燕园树寻

燕园的树何必寻？无论园中哪个角落，都是满眼装不下的绿。这当然是春夏的时候。到得冬天，松柏之属，仍然绿着，虽不鲜亮，却很沉着。落叶树木剩了杈丫枝条，各种姿态，也是看不尽的。

先从自家院里说起。院中的三棵古松，是“三松堂”命名的由来，也因“三松堂”而为人所知了。世界各地来的学者常爱观赏一番，然后在树下留影。三松中的两株十分高大，超过屋顶，一株是挺直的；一株在高处折弯，作九十度角，像个很大的伞柄。撒开来的松枝如同两把别致的大伞，遮住了四分之一的院子。第三株大概种类不同，长不高，在花墙边斜斜地伸出枝干，很像黄山的迎客松。地锦的条蔓从花墙上爬过来，挂在它身上。秋来时，好像挂着几条红缎带，两只白猫喜欢抓弄摇曳的叶子，在松树周围跑来跑去，有时一下子蹿上树顶，坐定了，低头认真地观察世界。

若从下面抬头看，天空是一块图案，被松枝划分为小块的美丽的图案。由于松的接引，好像离地近多了。常有人说，在这里做气功最好了，可以和松树换气，益寿延年。我相信这话，可总未开始。后园有一株老槐树，比松树还要高大，“文革”中成为尺蠖寄居之所。它们结成很大的网，拦住人们的去路，勉强走过，便赢得十几条绿莹莹的小生物在鬓发间、衣领里。最可恶的是它们侵略成性，从窗隙爬进屋里，不时吓人一跳。我们求药无门，乃从根本着手，多次申请除去这树，未获批准。后来忍无可忍。密谋要向它下毒手了，幸亏人们忽然从“阶级斗争”的噩梦中醒来，开始注意一点改善自身的生活环境，才使密谋不必付诸实现。打过几次药后，那绿虫便绝迹。我们真有点“解放”的感觉。

老槐树下，如今是一畦月季，还有一圆形木架，爬满了金银花。老槐树让阳光从枝叶间漏下，形成“花荫凉”，保护它的小邻居，因为尺蠖的关系，我对“窝主”心怀不满，不大想它的功绩。甚至不大想它其实也是被侵略和被损害的。不过不管我怎样想，现在一块写明“古树”的小牌钉在树身，更是动不得了。

院中还有一棵大栾树，枝繁叶茂，恰在我窗前。从窗中望不到树顶。每有大风，树枝晃动起来，真觉天昏地暗，地动山摇，有点像坐在船上。这树开小黄花，春夏之交，有一个大大的黄色的头顶，吸引了不少野蜂。以前还有不少野蜂在树旁筑窝，后来都知趣地避开了。夏天的树，挂满浅绿色的小灯笼，是花变的。以后就变黄了，坠落了。满院子除了落叶还有小灯笼，扫不胜扫。专司打扫院子的老头曾形容说，这树真霸道。后来他下世了，几个接班人也跟着去了，后继无人，只好由它霸道去。看来人是熬不过树的。

出得自家院门，树木不可胜数，可说的也很多，只能略拣几棵了。临湖轩前面的两株白皮松，是很壮观的。它们有石砌的底座，显得格外尊贵。树身挺直，树皮呈灰白色。北边的一株在根处便分杈，两条树干相并相依，似可谓之连理。南边的一株树身粗壮，在高处分杈。两树的枝叶都比较收拢，树顶不太大，好像三位高大而瘦削的老人，因为饱经沧桑，只有沉默。

俄文楼前有一株元宝枫，北面小山下有几树黄栌，是涂抹秋色的能手。燕园中枫树很多,数这一株最大,两人才可以合抱。它和黄栌一年一度焕彩蒸霞,使这一带的秋意如醇酒,如一曲辉煌的钢琴协奏曲。

若讲到一个种类的树,不是一株树,杨柳值得一提。杨柳极为普通,因为太普通了,人们反而忽略了它的特色。未名湖畔和几个荷塘边遍植杨柳,我乃朝夕得见。见它们在春寒料峭时发出嫩黄的枝条,直到立冬以后还拂动着;见它们伴着娇黄的迎春、火红的榆叶梅度过春天的热烈,由着夏日的知了在枝头喧闹。然后又陪衬着秋天的绚丽,直到一切扮演完毕。不管湖水是丰满还是低落,是清明还是糊涂,柳枝总在水面低回宛转,依依不舍。“杨柳岸,晓风残月”,岸上有柳,才显出风和月,若是光光的土地,成何光景?它们常集体作为陪衬,实在是忠于职守,不想出风头的好树。

银杏不是这样易活多见的树,燕园中却不少,真可成为一景。若仿什么“十景”“八景”的编排,可称为“银杏流光”。西门内一株最大,总有百年以上的寿数,有石栏围护。一年中它最得意时,那满树略带银光的黄,成为夺目的景象。我有时会想起霍桑小说中那棵光华灿烂的毒树,也许因为它们都是那样独特,其实银杏树是满身的正气,果实有微毒,可以食用。常见一些不很老的老太太,提着小筐去“捡白果”。

银杏树分雌雄。草地上对称处原有另一株,大概是它的配偶。这配偶命不好,几次被移走,有心人又几次补种。到现在还是垂髫少女,大概是看不上那老树的。一院院中,有两大株,分列甬道两旁,倒是原配。它们比二层楼还高,枝叶罩满小院。若在楼上,金叶银枝,伸手可取。我常想摸一摸那枝叶,但我从未上过这院中的楼,想来这辈子也不会上去了。

它们的集体更是大观了。临湖轩下小湖旁,七棵巨人似的大树站成一排，挡住了一面山。我曾不止一次写过那金黄的大屏风。这两年，它们的叶子不够繁茂，已经不像从前那样有气势了。树下原有许多不知名的小红树，和大片的黄连在一起，真是如火如荼，现在莫名其妙地消失了，大概给砍掉了。这一排银杏树，一定为失去了朋友而伤心吧。

砍去的树很多，最让人舍不得的是办公楼前的两大棵西府海棠，比颐和园乐寿堂前的还大，盛开时简直能把一园的春色都集中在这里。"文革"中不知它触犯了哪一位，顿遭斧钺之灾。至今有的老先生说起时，仍带着眼泪。可作为"老年花似雾中看"的新解吧。

还有些树被移走了，去点缀新盖的楼堂馆所。砍去的和移走的是寻不到了，但总有新的在生在长，谁也挡不住！

新的银杏便有许多。一出我家后角门，可见南边通往学生区的路。路很直，两边年轻的银杏树也很直。年复一年地由绿而黄。不知有多少年轻人走过这路，迎着新芽，踩着落叶，来了又走了，走远了……

而树还在这里生长。

燕园碑寻

燕园西门,古色古香,挂着宫灯的那一座,原是燕京大学的正门。当时车辆进出都走这个门,往燕南园住宅区的大路也是从西边来。上一个斜坡,往右一转,可见两个大龟各驮着一块石碑,分伏左右。这似乎是燕南园的入口了,但是许多年来,并没有设一个路牌指出这一点,实在令人奇怪。房屋上倒是有号码,却也难寻找。那些牌子的挂处特别,有的颇为浪漫地钉在树上,有的妄想高攀,快上了房顶。循规蹈矩待在门口的,也大多字迹模糊,很不醒目。

不过总算有这两座碑为记,其出处据说是圆明园。燕园里很多古物,像华表、石狮子、一块半块云阶什么的,都来自圆明园。驮碑的龟首向南,上得坡来先看到的是碑的背面,上面刻有许多名字。我一直以为是捐款赞助人,最近才看清上写着"圆明园花儿匠"几个大字,下面是名单。看来皇帝游园之余,也还承认花儿匠的劳动。这样,我们寻碑的小小旅行便从对劳动者的纪念开始了。

两个大龟的脖颈很长,未曾想到缩头。严格说来这不是龟,而是龙生九子的一种,那名字很难记。东边的一个不知被谁涂红了大嘴和双眼,倒是没有人怀疑会发大水。一代一代的孩子骑在它们的脖颈上,留下些值得回忆的照片。碑的正面刻有文字,东边这块尚可辨认：

> ……于内苑拓地数百弓，结篱为圃，奇葩异卉杂莳其间，每当露蕊晨开，香苞午绽，嫣红姹紫，如锦如霞。虽洛下之名园河阳之花县不足过也。伏念天地间，一草一木皆出神功……以祀花神，从此寒暑益适其宜，阴阳各遵其性。不必催花之鼓，护花之铃，而吐蕊扬花四时不绝……

倒是说出一点百花齐放的道理。立碑人名字不同，都是圆明园总管。一立于乾隆十年，花朝后二日；一立于十二年，中秋后三日。已是两百多年前的事了。

从燕南园往北，有六座中西合璧的小院，以数目名。多为各系的办公室。在一二三院和四五六院之间，原是大片草地，上有颇具规模的假山，还有一大架藤萝，后因这些景致有"不生产"的罪名，统统被废。这块地变成苹果园，周围圈以密不通风的松墙，保护果实。北头松墙的东西两端，各有大碑，比松墙高些，露出碑顶。过往的人，稍留心的怕也以为是什么柱子之类，不会想到是怕人忘却的碑。

从果树下钻过去，挤在碑前，可见上有满、汉两种文字。碑身很高，又不能爬到大龟身上，只能观察大概。两碑都是康熙二十四年为四川巡抚杭爱立的。东边是康熙亲撰碑文，写明"四川巡抚都察院右副御史加五级谥勤襄杭爱碑文"，文中有"总藩晋地，著声绩于当年；拥节关中，弘抚绥于此境"的句子。据《清史稿》载，杭爱先任山西布政使，擢陕西巡抚，又调四川镇压叛乱，大大有功。西边碑上是康熙特命礼部侍郎作的祭文，这两碑应该立在杭爱坟墓之前，可是坟墓也不知哪里去了。

北阁以北的小山顶上，荒草丛中，有一座不大像碑的碑。乍一看，似是一块断石；仔细看，原来大有名堂。碑身上刻有明末清初画家蓝瑛的梅花，碑额上有乾隆题字。梅花本来给人以孤高之感，刻在石上，更觉清冷。有几枝花朵还很清晰，蕊心历历可见。若不是明写着蓝瑛梅花石碑，这碑也许早带着几枝梅花去垫墙基屋角了，本来这种糊涂事是很多的。现在它守着半山迎春开了又谢，几树黄栌绿了又红，不知还要过多少春秋。燕园年年成千上万的人来去，看到这碑的人可能不多。不过，不看到也没有什么可遗憾。

再往北到钟亭下面，有一个小小的十字路口。我在这里走了千万遍。有时会想起培尔·金特在十字路口的遭遇，那铸纽扣的人拿着勺，要把他铸成一粒纽扣，还没有窟窿眼儿。十字路口的西北面有近几年立的蔡孑民先生像，西南面有一块正式的乾隆御碑。底座和碑边都雕满飞龙，以保护御笔。碑身是横放的长方形，两面有诗，写明种松戏题，丁未仲春中游御笔，并有天子之宝的御印。乾隆的字很熟练，但毫无秀气，比宋徽宗的瘦金体差远了。义山诗云："古来才命两相妨。"像赵佶、李煜这样的人，只能是误为人主吧。

从小山间下坡，眼前突然开阔。柳枝拂动，把淡淡的水光牵了上来。这就是未名湖了。过小桥，可见德、才、兼、备、体、健、全七座建筑。"文革"中改名曰红几楼红几楼，不知现在是否又改了回来。其中健斋是座方形小楼，靠近湖边。住在楼中，可细览湖上寒暑晨昏各种景色。健斋旁有四扇石碑，一排站着，上刻两副对联："画舫平临苹岸润，飞楼俯映柳荫多。""夹镜光澄风四面，垂虹影界水中央。"据说是和珅所题，原立在湖心岛旁石舫上的小楼前，小楼毁后移至此。严格说来并不是碑，它写景很实。"画舫"指的是石舫，"飞楼"当指那已不复存在的舱楼，"夹镜"指湖，"垂虹"指桥，全都包括在内了。"平临苹岸"一句，"平""苹"同音，不好。其实"苹"字可以改作一个带草头的字，可用的字不少。

从未名湖北向西，到西门内稍南的荷池，荷池不大，但夏来清香四溢，那沁人肺腑的气息，到冬天似乎还可感觉。一九八九年五月四日，荷池旁草地上，新立起一座极有意义的碑，它不评风花雪月，不记君恩臣功，而是概括了一段历史，这就是国立西南联合大学纪念碑。这碑原在昆明现云南师大校园中的一个角落里，除非特意寻找，很难看见。为了纪念那一段不平凡的日子，为了让更多的人知道历史，作为组成西南联大的三校之一的北京大学和西南联大校友会做了一件大好事，照原碑复制一碑立在此处。

碑的正面是碑文，背面刻有全体为抵抗日本侵略，为保卫祖国而从军的学生的名字。碑文系冯友兰先生撰写，闻一多先生篆额，罗庸先生书丹，真乃兼数家之美。文章记述了西南联大始末，并提出可纪念者四。首庆中华古国有不竭的生命力，“盖并世列强，虽新而不古，希腊、罗马有古而无今。惟我国家，亘古亘今，亦新亦旧，斯所谓‘周虽旧邦，其命维新’者也。”次论三校合作无间，“同无妨异，异不害同，五色交辉，相得益彰，八音合奏，终和且平。”第三说明：“万物并育而不相害，道并行而不相悖，小德川流，大德敦化，此天地之所以为大。斯虽先民之恒言，实为民主之真谛”。第四指出古人三次南渡未能北返，“风景不殊，晋人之深悲；还我河山，宋人之虚愿。吾人为第四次之南渡，乃能于不下十年间收恢复之全功，庾信不哀江南，杜甫喜收蓟北”，实可纪念。文章洋溢着一种爱国家、爱民族、爱理想的深情，看上去，真不觉得那是刻在一块冰冷的石头上。

几十年来，碑文作者遭遇了各种批判、攻击乃至诋毁、诬蔑，在世界学者中实属罕见。一九八〇年我到昆明，瞻仰此碑，曾信手写下一首小诗：

阳光下极清晰的文字，

留住提炼了的过去，
虽然你能证明历史，
谁又来证明你自己。

也许待那“自己”变为历史以后，才会有别的证明。证明什么呢？证明一个人在人生最后的铸勺里，化为一枚有窟窿眼儿的纽扣？

每于夕阳西下，来这一带散步，有时荷风轻拂，有时雪色侵衣。常见人在认真地读那碑文，心中不免觉得安慰。于安慰中，又觉得自己很傻，别人也很傻，所有做碑的人都很傻。碑的作者和读者终将逝去，而“断碣残碑都付与苍烟落照”。不过，就凭这点傻劲儿，人才能一代一代传下去。还会有新的纪念碑，树立在苍烟落照里。

燕园墓寻

提起燕园的墓，最先就会想到埃德加·斯诺安眠的所在。那里原是花神庙的旧址，前临未名湖，后倚一小山，风水绝佳。岸边山下，还有花神庙旧山门。在燕园居住近四十年，见这山门的颜色从未变过，也不见哪一天刷新，也不见哪一天剥落，总是一种很旧的淡红色。映着清波，映着绿柳。

下葬在1972年。那天来了许多要人，是一大盛事。据说斯诺遗嘱葬他一部分骨灰在此，另一部分撒进了纽约附近的赫德孙河，以示他一半属于美国，一半属于中国。分得这样遥远，我总觉得不大舒服。当然这是多虑。一块天然的大石头盖住了墓穴，矮长的墓碑上简单地刻着名字和生卒年月，金色的字，不久便有几处剥落了。周围的冬青，十几年也不见长高，真是奇怪。

斯诺的名著《西行漫记》曾风行全世界。三四十年代在沦陷区的青年因看这书被捕入狱，大后方的青年读这书而更坚定追求的信心。他们追求理想社会，没有人剥削人，没有人压迫人，献身的热情十分可贵，只是太简单了。斯诺后来有一部著作《大河那边》我未得见。如果他活到现在，不知会不会再写一部比较曲折复杂的书。

另一位美国人葛立普（1870—1946），1920年应聘担任北京大学地质系教授和农商部地质调查所古生物室主任，为中国地质学会创立者之一。他去世后先葬在沙滩北大地质馆内，1982 年迁在燕园西门内。这里南临荷池，北望石桥，东面是重楼飞檐的建筑，西面是一条小路。来往的人很容易看见他的名字，知道有这样一位朋友。这大概是墓的作用。

还有一位英国朋友的墓可真得寻一寻了，不仔细寻找是看不见的。前两年，经一位燕京校友指点，我们在临湖轩下靠湖的小山边走来走去，终于在长草披拂中找到一块石头，和其他石头毫无区别，只上面写着“Lapwood”几个英文字和“1909—1984”几个数字。只此而已，没有别的记载。

赖朴吾曾是燕京大学数学系教授，北平沦陷时曾越过封锁线到过平西游击区，和我游击队有联系。解放后他回英国任剑桥大学数学系主任。1984 年来华讲学，在北京病逝，遗愿“把骨灰撒在未名湖边的一个小小的花坛里”。大概原是不打算留下名字的，所以葬在草丛中大石下，让人寻找。

这几天在未名湖边散步，忽然发现临湖轩下小山脚的草少了许多。赖朴吾的名字赫然分明，再没有草丛遮掩。旁边一块较小的石上，又添了一个外国名字和数字 1898—1981。因照签名镌刻，认辨不出是哪一位。经过多方打听，才知道这不是墓，而是纪念碑。那名字是 Sailor，即故燕京大学心理系教授夏仁德，美国人。

据说夏仁德是虔诚的基督徒，但 30 年代的青年学生，在他指定的参考书中第一次接触了《共产党宣言》。在北平沦陷时进步学生常在他家中集会。他曾通过各种关系，将许多医药器材送进解放区，解放后返回美国。后来人们渐渐不知道他了。现在燕京校友将他的名字刻在石上，以示不忘。

这几个朋友的墓使我感到一种志在四方的胸怀。我们总希望叶落归根,异域孤魂是非常凄惨的联想。而他们愿意永远留在这未名湖边,傍着旧石,望着荷田,依着花神庙。也许他们的家乡观念淡泊些?也许他们认为,自己所爱的,便是超乎一切的选择?

离葛立普不远,在原燕京图书馆南面小坡旁,有两座碑,纪念四位青年学子。我一直以为那是墓,所以列入墓寻篇,这次仔细观察,始知是纪念碑。两座碑都是方形柱,高约两米,顶端是尖的,使人想起"刺破青天锷未残"的诗句。

四位同学都是1926年"三一八"事件中的遇难者。北面的一座纪念三位北京大学学生。四方柱上三面刻"三一八"遇难烈士名字,他们是:张仲超,陕西三原人氏,23岁;黄克仁,湖南长沙人氏,19岁;李家珍,湖南醴陵人氏,21岁。背面刻"中华民国十有八年五月卅日立石",下有铭文,曰"死者烈士之身,不死者烈士之神。愤八国之通牒兮,竟杀身以成仁。惟烈士之碧血兮,共北大而长新。踏着'三一八'血迹兮,雪国耻以敌强邻。繁后死之责任兮,誓尝胆以卧薪。北大教授黄右昌撰"。黄右昌是当时北大法学系教授。此碑1929年5月立于北大三院(北河沿),1982年迁此。

南面一座纪念燕京大学二年级女学生魏士毅。有说明本来同学们打算把她葬在这里,因家属不同意,乃立碑"用申景慕"。碑文和铭文都简练而有感染力。碑文如下:"劬学励志,性不容恶,尝慨然以改革习俗为己任。民国15年3月18日北京各学校学生为八国通牒事参加国民大会至国务院请愿,女士与焉,遂罹于难。年二十有三岁。"铭曰:"国有巨蠹政不纲,城狐社鼠争跳梁,公门喋血歼我良,牺牲小己终取偿。北斗无酒南箕扬,民心向背关兴亡。愿后死者勿相忘。"碑最下方书"燕大男女两校及女附中学生会全体会员立"。

这一带环境变迁很大,实际上人的忘性也很大。有多少人记得这里原来的那一片树林,那一片稻田?记得那林中的幽僻和那田间的舒展？我曾在震耳的蛙声中，在林间小路上险些踩上一条赤链蛇。现在树林稻田都已消失，代之而起的是留学生楼——勺园，蛙声则理所当然地为出租车声代替了。

幸好这两座烈士纪念碑依旧。碑座上还不时会出现一两束新摘的野花，在绿荫中让人眼前一亮。

长勿相忘。

燕园居民中传着一种说法，说是园中还有许多无形的、根本寻不出的墓。那是未经任何手续，悄悄埋在这风景佳胜处的。对于外人来说，就无可寻考了。只有亡人的亲人，会在只有自己知道的角落，在心里说些悄悄话。也许在风前月下，在悄无人迹的清晨与黄昏，还会有小小的祭奠。

祭奠与否亡灵并不知道，实在是生者安慰自己的心罢了。墓其实也是为活人设的。在燕园寻墓迹的同时，也在为已去世十三年的母亲在燕园外安排一个永栖之所。要它像个样儿，不过是活人看着像样而已。也许潜意识里更为的是让以后有这等雅兴的人寻上一寻。

燕园桥寻

燕园西墙边这条路走过不止千万遍，从不觉得有什么特别。这次本想从路的一端出新校门去的，有人站在那儿说，此门只准走车，不能走人。便只好转过身来，循墙向旧西门走去。

忽然看见了那桥，那白色的桥。桥不很大，却也不是小桥，大概类似中篇小说吧。栏杆像许许多多中国桥一样，随着桥身慢慢升起，若把个个柱顶连接起来，就成为好看的弧线。那天水面格外清澈，桥下三个半圆的洞，和水中倒影合成了三轮满月。我的眼睛再装不下别的景致了。

“燕园桥寻”这题目蓦地来到了心头。我在燕园寻石寻碑寻树寻墓，怎么忘记了桥呢！而我素来是喜欢桥的。

再向前走，两株大松树移进了画面，一株头尖，一株头圆，桥身显在两松之间，绿树和流水连成一片。随着脚步移动，尖的一株退出了，圆的一株斜斜地掩盖着桥身，像在问答什么。走到桥头时，便见这桥直对旧西门。原来的设计是进门过桥。经过一大片草地，便到办公楼。现在听说为了保护文物，这里许久不准走机动车了，上下班时间过桥的行人与自行车还是很多。

冬天从荷塘边西南联大纪念碑处望这桥，雪拥冰封，没有了桥下的满月。几株枯树相伴,桥身分明,线条很美。上桥去看,可见柱头雕着云朵,扶手下横板上雕出悬着的流云,数一数,栏杆十二。这是燕园第一桥。

燕园的第二座桥,就是体育馆北侧的罗锅桥。这种桥颐和园里有。罗锅者,驼背之意也。桥面中间隆起,两面的坡都很陡,汽车是无法经过的,所以在桥旁修了柏油路。桥下没有流水,好在未名湖就在旁边,岸边垂柳,伸手可及,凭栏而立,水波轻,柳枝长。湖心边石舫泊在对面,可以望住那永远开不动的船。

不知中国园林中为什么设计这样难走的桥。圆明园唯一存下的"真迹"桥,也是一个驼背。现在可能因为残缺了,更是无法过去。再一想,大概园林中的桥不只是为了行走,而且是为了观赏。"二十四桥明月夜",桥,使人想起多少景致。我未到过扬州,想来二十四桥一定各有别出心裁的设计,有的要高,有的要弯,有的要平,所以有的桥平坦如路,有的就高出驼背来了。

第三座桥是临湖轩下的小桥,桥身是平的,配有栏杆。栏杆在"文革"中打坏了半边,很长的一段时间,我在心里称它为"断桥"。现在已经修好了。桥的一边是未名湖,一边是一个小湖,真正的没有名字,总觉得它像是未名湖的女儿,就称它为女儿湖吧。夏初,桥边一株大树上垂下了一串串紫藤萝,遗憾的是,没有小仙子从藤萝花中探出头来。秋初,女儿湖上有许多浮萍,开极鲜艳的黄花,映着碧沉沉的水,真如一幅油画。

未名湖还有两座简朴的桥。一座通湖心岛,是平而宽的石板桥,没有栏杆。这样湖面便显得宽阔,不给人隔开的感觉。有时想,如果这里造的也是那种典型桥,大概在感觉中湖面会小许多。可惜无法试验这想法是否正确。另一座从钟亭下通往沿湖各楼的小桥,不过几块青石堆成。桥下小溪一道,与未名湖相通,桥边绿树成荫,幽径蜿蜒。可以权且想象这路不知通往何方。其实走过几步便是学校的行政中心办公楼了。

想着燕园的桥，免不了想到燕园的水。燕园中有大小湖陂，长短沟溪，正流着的水会忽然消失，隐入地下，过一段路又显现出来。从未名湖过去，以为没有水了，却又见西门内的水活泼泼地，向南形成了一片荷塘。从旧西门进来，经过荷塘，以为没有水了，东行却又见未名湖。勺园留学生楼北侧，立有塞万提斯像，在这位古装外籍人士的背后，横着一条深溪，两座小桥分架其上，一座四栏杆桥在荷塘边，一座六栏杆桥通往树丛之中。若不注意，只管走下去，顺脚得很，因为有桥连着呢。

俄罗斯盲诗人爱罗先珂的诗剧《桃色的云》中有这样几行反复出现的句子：

> 虹的桥是美丽的，
> 虹的桥是相思的。
> 虹的桥是想要上去的，
> 虹的桥是想要过去的。

我很喜欢《桃色的云》，曾多次撺掇剧院演出，总未果。桥本身就是美的，充满希望的；虹的桥更是美丽的，相思的，而且是属于春天的。

燕园北部镜春、郎润两园水面多，也有几个石板桥，印象中似乎特色不显著。这一带较有野趣，用石板平桥正可取。记得一年夏间，随意散步过来，过几处石桥，见两园交界处，数家民房，绿荫掩映，真有点江南小镇的风光。

曾见一个陌生人在曲折的水湾旁问路，人们指点说，前面有桥，有桥连着呢。

湖光塔影

从燕园离去的人，难免沾染些泉石烟霞的癖好。清晨在翠竹下读书，黄昏在杨柳岸边散步，习惯了，自然觉得燕园的朝朝暮暮，和那一木一石融在一起，难以分开。在诸般景色中，最容易萦绕于人们思念的，大概是那湖光塔影的画面了。但若真把这幅画面落到纸上，究竟该怎样着笔，我却想不出。

小时候，常在湖边行走。只觉得这湖水真绿，绿得和岸边丛生的草木差不多，简直分不出草和水、水和草来；又觉得这湖真大，比清华的荷花池大多了。要不然怎么一个叫池，一个叫湖呢。对面湖岸看来不远，但可要走一会儿，不像荷花池一跑便是一圈。湖中心有一个绿色的小岛，望去树木葱茏，山石叠翠。岛东有一条白色的石船，永恒地停在那里。虽然很近，我却从未到过岛上。只在岸边看着鱼儿向岛游去，水面上形成一行行整齐的波纹，“鱼儿排队！”我想。在梦中，我便也加入鱼儿的队伍，去探索小岛的秘密。

一晃儿过了几十年。这里经过了多少惊涛骇浪。我在经历了人世酸辛之余，也已踏遍燕园的每一个角落，领略了花晨月夕，四时风光。未名湖，湖光依旧。那塔，应该是未名塔了，但却从没有人这样叫它。它矗立在湖边，塔影俨然。它本是实用的水塔，建造时注意到为湖山生色,仿照了通州十三层宝塔的式样。关于通州塔,有许多优美的传说故事,而这未名塔最让人难忘的,只是它投在湖水上的影子。晴天时,岸上的塔直指青天,水中的塔深延湖底。湖水一片碧绿,塔影在湖光中,檐角的小兽清晰可辨。阴雨时,黯云压着岸上的塔,水中的塔也似乎伸展不开。雨珠儿在湖面上跳落,泛起一层水汽。塔影摇曳了,散开了,一会儿又聚在一起,给人一种迷惘的感觉。雾起时,湖、塔都笼罩着一层层轻纱。雪落时,远近都覆盖着从未剪裁过的白绒毡。

月夜在湖上别有一番情调。湖西岸有一座筑有钟亭的小山,山侧有树木、草地和一条小路。月光在这儿,多少有些局促。循小路转过山脚,眼前忽然一亮,只见月色照得一片通明,水面似乎比白天宽阔了许多,水波载着月光不知流向何方。但那北岸树丛中的灯火,很快显示了湖岸的线条,透露了未名湖的秀雅风致。行近岸边,长长的柳丝摇曳着月色湖光。水的银光下是挺拔的塔影,天的银光下是挺拔的塔身。湖中心的小岛蓊蓊郁郁,显得既缥缈又实在。这地面上留住的月光和湖面上的不同。湖面上的闪烁如跃,如同乐曲中轻盈的拨弦;地面上的迷茫空灵,却似水墨画中不十分均匀的笔触。

循路东行到一座小石桥边,向右折去,是一潭与未名湖相通的水。水面不大,三面山坡,显得池水很深。山坡上树木茂密,水边石草杂置。月光从树中照进幽塘,水中反射出冷冷的光,真觉得此时应有一只白鹤从水上掠过,好为那"寒塘渡鹤影,冷月葬诗魂"的诗句做出图解。

又是清晨的散步。想是因为太早,湖畔阒寂无人,只有知了已开始一天的喧闹。我在小山与湖水之间徐行,忽然想起,这山上有埃德加·斯诺先生的遗骨,我此时并不是一个人在这里。斯诺墓已经成为未名湖畔的一个名胜古迹了。简朴的墓碑上刻着"中国人民的美国朋友”的字样。这墓地据说原是花神庙的遗址。湖边上，正在墓的迎面，有一座红色的、砖石筑成的旧庙门，想那是原来的庙门了。我想，中国的花神会好好照看我们的朋友。而“朋友”这个名词所表现的深厚情谊正是我们和全世界人民关系的内涵。

站在红门下向湖中的岛眺望，那白石船仍静静地停泊在原处，树木只管各自绿着。但这几年，在那浓绿中，有一个半球状的铁网样的东西赫然摆在那里，仰面向着天空。那是一架射电天文望远镜，用来接收其他星体的电波。有的朋友认为它破坏了自然的景致，我却觉得它在湖光塔影之间，显示出人类智慧的光辉。儿时的梦在我的眼前浮起，我要探索的小岛的奥秘，早已由这架望远镜向宇宙公开了。

沉思了片刻，未名塔的背后已是一片朝霞。平日到这时分，湖边的人会渐渐多起来。有人跑步，有人读书，整个湖上充满了活泼的生意。这时却只有两个七八岁的学生在我旁边。他们不知从何时起，坐在岸石上，聚精会神地观察水里的鱼。我想起现在已经放暑假了，孩子才有时间清早在水边流连。

“看！鱼！鱼排队！”他们高兴地大叫大嚷，一面指着水面上整齐的一行行波纹，波纹正向小岛行去。

“骑鱼探险去吧？”我不由得笑问。

“你怎么知道？”他们冲我眨眼睛，又赶快去盯住大鱼。我不只知道这个，还知道这小岛早已不在话下，他们的梦，应该是探索宇宙的奥秘了。

我怕打扰他们，便走开了。信步来到大图书馆前。这图书馆真有北京大学的气派。四层楼顶周围镶嵌的绿琉璃瓦在朝阳的光辉里闪闪发亮，正门外有两大片草地，如同两潭清浅的池水。凸出的门廊阶下两长排美人蕉正在开放，美人蕉后是木槿树，雪青、洁白的花朵缀在枝头。馆门上高悬“北京大学图书馆”七个挺秀的大字。这里藏书三百二十万册，有两千左右座位，还是终日座无虚席。平时，每天清晨，总有许多人在门前等候。有几次，这些年轻人别出心裁，各自放下装得鼓鼓的书包，由书包排成了长长队伍。书包虽不像鱼儿会游泳，但却引导人们在知识的活水中得到营养，一步步攀登高峰。这些年轻人中的一部分已经奔向祖国的四面八方，用学得的知识从事建设了。今后，还会有更多的年轻人来这里学习，汲取知识的活水。

这时，我虽不在未名湖畔，却想出了幅湖光塔影图。湖光、塔影，怎样画都是美的，但不要忘记在湖边大石上画一个鼓鼓的半旧的帆布书包，书包下压着一纸我们伟大祖国的色彩绚丽的地图。

那青草覆盖的地方

那青草覆盖的地方，藏着一段历史和我一生中最美好的记忆。

清华园内工字厅西南，有一片小树林。幼时觉得树高草密。一条小径弯曲通过，很是深幽，是捉迷藏的好地方。树林的西南有三座房屋，当时称为甲、乙、丙三所。甲所是校长住宅。最靠近树林的是乙所。乙所东、北两面都是树林，南面与甲所相邻，西边有一条小溪，溪水潺潺，流往工字厅后的荷花池。我们曾把折好的纸船涂上蜡，放进小溪，再跑到荷花池等候，但从没有一只船到达。

先父冯友兰先生作为哲学家、哲学史家已经载入史册。他自撰的茔联“三史释今古，六书纪贞元”，概括了自己的学术成就。他一生都在学校工作，从未离开教师的岗位，他对中国教育事业的贡献是和清华分不开的，是和清华的成长分不开的。这是历史。

一九二八年十月，他到清华工作，找到了“安身立命之地”。先在南院十七号居住，一九三〇年四月迁到乙所。从此，我便在树林与溪水之间成长。抗战时，全家随学校去南方，复员后回来仍住在这里。我从成志小学、西南联大附中到清华大学，已不觉得树林有多么高大，溪水也逐渐干涸，这里已不再是儿时的快乐天地，而有着更丰富的内容。一九五二年院系调整，父亲离开了清华，以后不知什么时候，乙所被拆掉了，只剩下这一片青草覆盖的地方。

清华取消了文科，不只是清华，也是整个教育界、学术界的重大损失。同学们现在谈起还是非常痛心。那时清华的人文学科，精英荟萃。也许不必提出什么学派之说，也许每一位先生都可以自成一家。但长期在一起难免互有熏陶，就会有一些特色。不要说一个学科，就是文、理、法、工各个方面也是互相滋养的。单一的训练只能培养匠气。这一点越来越得到共识。

父亲初到清华就参与了一件大事。那就是清华的归属问题，从隶属外交部改为隶属教育部。他曾作为教授会代表到南京，参加当时的清华董事会，进行力争，经过当时的校长罗家伦和大家的努力，最后清华隶属教育部。我记得以前悬挂在西校门的牌子上就赫然写着"国立清华大学"。了解历史的人走过门前都会有一种自豪感。因为清华大学的成长，是中国近代学术独立自主的发展过程的标志。

在乙所的日子是父亲最有创造性的日子。除教书、著书以外，他一直参与学校的领导工作，一九二九年任哲学系主任，从一九三一年起任文学院院长。当时各院院长由教授会选举产生，每两年改选一次。父亲任文学院院长长达十八年，直到解放才卸去一切职务。十八年的日子里，父亲为清华文科的建设和发展做出了哪些贡献，现在还少研究。我只是相信学富五车的清华教授们是有眼光的，不会一次又一次地选出一个无作为、不称职的人。

在清华校史中有两次危难时刻。一次是一九三〇年，罗家伦校长离校，校务会议公推冯先生主持校务，直至一九三一年四月，吴南轩奉派到校。又一次是一九四八年底，临近解放，梅贻琦校长南去，校务会议又公推冯先生为校务会议代理主席，主持校务，直到一九四九年五月。世界很大，人们可以以不同的政治眼光看待事物，冯先生后来的日子是无比艰难的，但他在清华所做的一切无愧于历史的发展。

作为一个教育工作者，他爱学生。他认为青年学生是最可宝贵的，应该不受任何政治势力的伤害。他居住的乙所曾使进步学生免遭逮捕。一九三六年，国民党大肆搜捕进步学生，当时的学生领袖黄诚和姚依林躲在冯友兰家，平安度过了搜捕之夜，最近出版的《姚依林传》也记载了此事。据说当时黄诚还作了一首诗，可惜没有流传。临解放时，又有一次逮捕学生，女学生裴毓荪躲在我家天花板上。记得那一次军警深入内室，还盘问我是什么人。后来为安全计，裴毓荪转移到别处。七十年代中，毓荪学长还写过热情的信来。这样念旧的人，现在不多了。

学者们年事日高，总希望传授所学，父亲也不例外。解放后他的定位是批判对象，怎敢扩大影响，但在内心深处，他有一个感叹、一种悲哀，那就是他说过的八个字“家藏万贯，膝下无儿”，形象地表现了在一个时期内，我们文化的断裂。可以庆幸的是这些年来，“三史”“六书”俱在出版。一位读者写信来，说他明知冯先生已去世，但他读了《贞元六书》，认为作者是不死的，所以信的上款要写作者的名字。

父亲对我们很少训诲，而多在潜移默化。他虽然担负着许多工作，和孩子们的接触不是很多，但我们却感到他总在看着我们、关心我们。记得一次和弟弟还有小朋友们一起玩。那时我们常把各种杂志放在地板上铺成一条路，在上面走来走去。不知为什么他们都不理我了，我们可能发出了什么声响。父亲忽然叫我到他的书房去，拿出一本唐诗命我背，那就是我背诵的第一首诗，白居易的《百炼镜》。这些年我一直想写一个故事，题目是“铸镜人之死”。我想，铸镜人也会像铸剑人投身入火一样，为了镜的至极完美，纵身跳入江中（“江心波上舟中制，五月五日日午时”），化为镜的精魂。不过又有多少人了解这铸镜人的精神呢。但这故事大概也会像我的很多想法一样，埋没在脑海中了。

此后,背诗就成了一个习惯。父母分工,父亲管选诗,母亲管背诵,短诗一天一首,《长恨歌》《琵琶行》则分为几段,每天背一段。母亲那时的住房,三面皆窗,称为玻璃房。记得早上上学前,常背着书包,到玻璃房中,站在母亲镜台前,背过了诗才去上学。

乙所中的父亲工作顺利,著述有成。母亲持家有方,孩子们的读书笑语声常在房中飘荡。这是一个温暖幸福的家。这个家还和社会联系着,和时代联系着。不只父亲在复杂动乱的局面前不退避,母亲也不只关心自己的小家。一九三三年,日军侵犯古北口,教授夫人们赶制寒衣,送给抗日将士。一九四八年冬,清华师生员工组织了护校团,日夜巡逻,母亲用大锅煮粥,给护校的人预备夜餐。一位从联大到清华的学生,许多年后见到我时说:"我喝过你们家的粥,很暖和。"煮粥是小事,不过确实很暖和。

那青草覆盖的地方,虽然现在草也不很绿,我还是感觉到暖意。这暖意是从逝去了而深印在这片土地上的岁月来的,是从父母的根上来的,是从弥漫在水木清华间的一种文化精神的滋养和荫庇来的。我倚杖站在小溪边,惊异于自己的老而且病,以后连记忆也不会有了。这一片青草覆盖的地方,又会变成什么模样?

风庐乐忆

清华园乙所曾是我的家。它位于园内一片树林之中。小时候觉得林子深远茂密,绿得无边无涯,走在里面,像是穿过一个梦境。抗战时在昆明,对北平的怀念里,总有这片林子。及至胜利后,再住进乙所,却发现这林子不大,几步便到边界,也没有回忆中的丰富多彩。

复员后的一年夏天,有人在林中播放音乐,大概是所谓的音乐茶座吧。凭窗而立,音乐像是从绿色中涌出来,把乙所包围了,也把我包围了。常听到的有舒伯特的《未完成交响曲》,这是很少的我记得旋律的乐曲之一。还有贝多芬的《田园》、莫扎特的弦乐四重奏、柴可夫斯基的《悲怆》等。每当音乐响起时,小树林似乎扩大了,绿色显得分外滋润,我又有了儿时往一个梦境深处飘去的感觉。

清华音乐室很活跃,学生里音乐爱好者很多。学余乐手颇不乏人,还出了些音乐专业人才。我是不入流的,只是个不大忠实的听众而已。因为自己有的唱片很有限,常和同学一起到美国教授温德先生家听音乐。温德先生教我们英诗和莎士比亚,又深谙古典音乐。他没有家,以文学和音乐为伴。在他那里听了许多经典名作,用的大都是七十八转唱片。每次换唱片,他都用一个圆形的软刷子把唱片轻刷一遍,同时讲解几句。他不是上课,不想灌输什么。现在大家都不记得他讲什么,却记得他最不喜欢柴可夫斯基,认为柴可夫斯基太感伤。有一次听肖邦,我坐在屋外台阶上,月光透过掩映的花木照下来。我忽然觉得肖邦很有些中国味道。后从《傅雷家书》中得知确实中国人适合弹肖邦。有很长一段时间,我最偏爱肖邦。

以后在风庐里住的约四十年中,听音乐的机会随客观情况的变化而忽少忽多。只是再没有固定的音乐活动了,也没有人义务为大家换唱片了。最后一次见到温德是在北大校医院楼梯口,他当时已快一百岁了,坐在轮椅上,盖着一条毯子。我忙趋前问候。他用英语说:“他们不让我出去!告诉他们,我要出去,到外面去!”我找到护士说情。一位说,下雨呢,他不能出去。又一位说,就是不下雨,也不能去。我只好回来婉转解释,他看着我,眼神十分悲哀。我不忍看,慌忙告别下楼去,一路漾漾细雨中,我仿佛偏偏听到柴可夫斯基《第六交响曲》中那段最哀伤的曲调。温德先生听见了什么,我无法问他。

这几年较稳定,便成为愈来愈忠实的听者,海淀这边有音乐会时,常偕外子前往。好几次见满场中只有我两人发染银霜,也不觉得杂在后生群中有什么不妥。有一次中央乐团先演奏一个现代派的名作,休息后演奏贝多芬的《第七交响曲》,在饱受奇怪音响的磨难之后,觉得《第七交响曲》真好听!它是这样活泼而和谐,用一句旧话形容,让人全身五万六千个毛孔都通开了。又一次有一位苏联女钢琴家来演奏拉赫玛尼诺夫《第二钢琴协奏曲》,于是,满怀热望到场,谁知她的演奏十分苍白无力。我却也不沮丧,总算当场听过一次了。在海淀听过几次肖斯塔科维奇,发现他是那样深刻,和我们的心灵深处很贴近很贴近。一九九一年严冬,我刚结束差不多一年的病榻生活,不顾家人反对,远征到北京音乐厅听莫扎特的《安魂曲》。记得刚见“莫扎特”这几个字,便感到安慰。

严肃音乐不景气,音乐会少多了。要听音乐,当然还是该自己拥有设备。我毫无这方面的志向，只是书已够我对付，够我“恨”了，怎受得了再加上磁带、唱片、CD 什么的。我憧憬的是家徒四壁，想看书到图书馆，想听音乐一按收音机。许多国家有专播古典音乐的电台，我希望我们在这一点能赶上，不必二十四小时，八小时就够了，可不能安排在夜里。

现代音乐理论家黎青主曾说音乐是“上界的语言”，并引马丁·路德的诗句：“谁从事音乐就是有了一份上界的职业。”他自己解释说，意即音乐是灵魂的语言，是灵界的一种世界语言。音乐，在诸门艺术中确是最直接诉诸灵魂的，最没有国界的。对“上界的语言”这话，我还想到两层意思：一是可以用来形容音乐的美，另一层意思我用一句话来表达，那就是，能听一点古典音乐的人有福了。

风庐茶事

茶在中国文化中占特殊地位,形成茶文化。不仅饮食,且及风俗,可以写出几车书来。但茶在风庐,并不走红,不为所化者大有人在。

老父一生与书为伴,照说书桌上该摆一个茶杯。可能因读书、著书太专心,不及其他,以前常常一天滴水不进。有朋友指出“喝的液体太少”。他对于茶始终也没有品出什么味儿来。茶杯里无论是碧螺春还是三级茶叶末,一律说好,使我这照管供应的人颇为扫兴。这几年遵照各方意见,上午工作时喝一点淡茶。一小瓶茶叶,终久不灭,堪称节约模范。有时还要在水中夹带药物,茶也就退避三舍了。

外子仲擅长坐功,若无杂事相扰,一天可坐上十二小时。照说也该以茶为伴。但他对茶不仅漠然,更且敌视,说:“一喝茶鼻子就堵住。”天下哪有这样的逻辑!真把我和女儿笑岔了气,险些儿当场送命。

女儿是现代少女,喜欢什么七喜、雪碧之类的汽水,可口又可乐。除在我杯中喝几口茶外,没有认真的体验。或许以后能够欣赏,也未可知,属于“可教育的子女”。近来我有切身体会,正好用作宣传材料。

前两个月在美国大峡谷，有一天游览谷底的科罗拉多河，坐橡皮筏子，穿过大理石谷，那风光就不用说了。天很热。两边高耸入云的峭壁也遮不住太阳。船在谷中转了几个弯，大家都燥渴难当。“谁要喝点什么？”掌舵的人问，随即用绳子从水中拖上一个大兜，满装各种易拉罐，熟练地抛给大家，好不浪漫！于是都一罐又一罐地喝了起来。不料这东西越喝越渴，到中午时，大多数人都不再接受抛掷，而是起身自取纸杯，去饮放在船头的冷水了。

要是有杯茶多好！坐在滚烫的沙岸上时，我忽然想，马上又联想到《孽海花》中的女主角傅彩云做公使夫人时，参加一次游园会，各使节夫人都要布置一个点，让人参观。彩云布置了一个茶摊。游人走累了，玩倦了，可以饮一盏茶，小憩片刻。结果茶摊大受欢迎，得了冠军。摆茶摊的自然也大出风头。想不到我们的茶文化，泽及一位风流女子，由这位女子一搬弄，还可稍稍满足我们民族的自尊心。

但是茶在风庐，还是和者寡，只有我这一个“群众”。虽然孤立，却是忠实，从清晨到晚餐前都离不开茶。以前上班时，经过长途跋涉，好容易到办公室，已经像只打败了的鸡。只要有一盏浓茶，便又抖擞起来。所以我对茶常有从功利出发的感激之情。如今坐在家里，成为名副其实的两个小人在土上的“坐”家，早餐后也必须泡一杯茶。有时天不佑我，一上午也喝不上一口，搁在那儿也是精神支援。

至于喝什么茶，我很想讲究，却总做不到。云南有一种雪山茶，白色的，秀长的细叶，透着草香，产自半山白雪半山杜鹃花的玉龙雪山。离开昆明后，再也没有见过，成为梦中一品了。有一阵很喜欢碧螺春，毛茸茸的小叶，看着便特别，茶色碧莹莹的。喝起来有点儿像《小五义》中那位壮士对茶的形容，“香喷喷的，甜丝丝的，苦因因的”。这几年不知何故，芳踪隐匿，无处寻觅。别的茶像珠兰茉莉大方六安之类，要记住什么味道归在谁名下也颇费心思。有时想优待自己，特备一小罐，装点龙井什么的。因为瓶瓶罐罐太多，常常弄混，便只好摸着什么是什么。一次为一位素来敬爱的友人特找出东洋学子赠送的“清茶”，以为经过茶道台面的，必为佳品。谁知其味甚淡，很不合我们的口味。生活中各种阴错阳差的事随处可见，茶者细枝末节，实在算不了什么。这样一想，更懒得去讲究了。

妙玉对茶曾有妙论，“一杯曰品，二杯曰解渴，三杯就是饮驴了”。茶有冠心苏合丸的作用，那时可能尚不明确。饮茶要谛应在那只限一杯的“品”，从咂摸滋味中蔓延出一种气氛。成为“文化”，成为“道”，都少不了气氛，少不了一种捕捉不着的东西，而那捕捉不着，又是从实际中来的。

若要捕捉那捕捉不着的东西，需要富余的时间和悠闲的心境，这两者我都处于“第三世界”，所以也就无话可说了。

废墟的召唤

冬日的斜阳无力地照在这一片田野上，刚是下午，清华气象台上边的天空，已显出月牙儿的轮廓。顺着近年修的柏油路，左侧是干皱的田地，看上去十分坚硬，这里那里，点缀着断石残碑。右侧在夏天是一带荷塘，现在也只剩下冬日的凄冷。转过布满枯树的小山，那一大片废墟呈现在眼底时，我总有一种奇怪的感觉，好像历史忽然倒退到了古希腊罗马时代。而在乱石衰草中间，仿佛该有着妲己、褒姒的窈窕身影，若隐若现，迷离扑朔。因为中国社会出奇的“稳定性”，几千年来的传统一直到那拉氏，还不中止。

这一带废墟是圆明园中长春园的一部分，从东到西，有圆形的台，长方形的观，已看不出形状的堂和小门的方形的亭基。原来都是西式建筑，故俗称西洋楼。在莽苍苍的原野上，这一组建筑遗迹宛如一列正在覆没的船只，而那丛生的荒草，便是海藻，杂陈的乱石，便是这荒野的海洋中的一簇簇泡沫了。三十多年前，初来这里，曾想：下次来时，它该下沉了罢？它该让出地方，好建设新的一切。但是每次再来，它还是停泊在原野上。远瀛观的断石柱，在灰蓝色的天空下，依然寂寞地站着，显得西周那样空荡荡，那样无依无靠。大水法的拱形石门，依然卷着波涛。观水法的石屏上依然陈列着兵器甲胄，那雕镂还是那样清晰，那样有力。但石波不兴，雕兵永驻，这蒙受了奇耻大辱的废墟，只管悠闲地、若无其事地停泊着。

时间在这里，如石刻一般，停滞了，凝固了。建筑家说，建筑是凝固的音乐。建筑的遗迹，又是什么呢？凝固了的历史么？看那海晏堂前（也许是堂侧）的石饰，像一个近似半圆形的容器，年轻时，曾和几个朋友坐在里面照相。现在石"碗"依旧，我当然懒得爬上去了，但是我却欣然。因为我的变化，无非是自然规律之功罢了。我毕竟没有凝固——

对着这一段凝固的历史，我只有怅然凝望。大水法与观水法之间的大片空地，原来是两座大喷泉，想那水姿之美，已到了标准境界，所以以"法"为名。西行可见一座高大的废墟，上大下小，像是只剩了一截的、倒置的金字塔。悄立"塔"下，觉得人是这样渺小，天地是这样广阔，历史是这样悠久——

路旁的大石龟仍然无表情地蹲伏着。本该竖立在它背上的石碑躺倒在土坡旁。它也许很想驮着这碑，尽自己的责任罢。风在路另侧的小树林中呼啸，忽高忽低，如泣如诉，仿佛从废墟上飘来了"留——留——"的声音。

我诧异地回转身去看了。暮色四合，与外观的石块白得分明，几座大石叠在一起，露出一个空隙，像要对我开口讲话。告诉我这里经历的烛天的巨火么？告诉我时间在这里该怎样衡量么？还是告诉我你的向往，你的期待？

风又从废墟上吹过，依然发出"留——留——"的声音。我忽然醒悟了。它是在召唤！召唤人们留下来，改造这凝固的历史。废墟，不愿永久停泊。

然而我没有为这斗争过吗？便在这大龟旁，我们几个人曾怎样热烈地争辩啊。那时的我，是何等慨慷激昂，是何等地满怀热忱！和人类比较起来，个人的一生是小得多的概念了，每个人自有理由做出不同的解释。我只想，楚国早已是湖北省，但楚辞的光辉，不是永远充塞于天地之间吗？

空中一阵鸦噪，抬头只见寒鸦万点，驮着夕阳，掠过枯树林，转眼便消失在已呈粉红色的西天。在它们的翅膀底下，晚霞已到最艳丽的时刻，西山在朦胧中涂抹了一层娇红，轮廓渐渐清楚起来。那娇红口又透出一点蓝，显得十分凝重，正配得上空气中摸得着的寒意。

这景象也是我熟悉的，我不由得闭上眼睛。

“断碣残碑，都付与苍烟落照。”身旁的年轻人在自言自语。事隔三十余年，我又在和年轻人辩论了。我不怪他们，怎能怪他们呢！我嗫嚅着，很不理直气壮：“留下来吧！就因为是废墟，需要每一个你呵。”

“匹夫有责。”年轻人是敏锐的，他清楚地说出我嗫嚅着的话。“但是怎样尽每一个我的责任？怎样使环境允许每一个我尽责任？”他微笑，笑容介于冷和苦之间。

我忽然理直气壮起来：“那怎样，不就是内容吗？”

他不答，我也停了说话，且看那瞬息万变的落照。迤逦行来，已到水边。水已成冰，冰中透出枝枝荷梗，枯梗上漾着绮辉。远山凹处，红日正沉，只照得天边山顶一片通红。岸边几株枯树，恰为夕阳做了画框。框外娇红的西山，这时却全是黛青色，鲜嫩润泽，. 一派雨后初晴的模样，似与这黄昏全不相干，但也有浅淡的光，照在框外的冰上，使人想起月色的清冷。

树旁乱草中悳窣有声，原来有人作画。他正在调色板上蘸着颜色，蘸了又擦，擦了又蘸，好像不知怎样才能把那奇异的色彩捕捉在纸上。

“他不是画家。”年轻人评论道，“他只是爱这景色——”

前面高耸的断桥便是整个圆明园唯一的遗桥了。远望如一个乱石堆,近看则桥的格局宛在。桥背很高,桥面只剩了一小半,不过桥下水流如线,过水早不必登桥了。

“我也许可以想一想,想一想这废墟的召唤。”年轻人忽然微笑说,那笑容仍然介于冷和苦之间。

我们仍望着落照。通红的火球消失了,剩下的远山显出一层层深浅不同的紫色。浓处如酒,淡处如梦。那不浓不淡处使我想起春日的紫藤萝,这铺天的霞锦,需要多少个藤萝花瓣啊。

仿佛听得说要修复圆明桥了,我想,能不能留下一部分废墟呢?最好是远瀛观一带,或只是这座桥,也可以的。

为了什么呢!为了凭吊这一段凝固的历史,为了记住废墟的召唤。

萤　火

点点银白的、灵动的光，在草丛中飘浮。草丛中有各色的野花：黄的野菊，浅紫的二月兰，淡蓝的“勿忘我”；还有一种高茎的白花，每一朵都由许多极小的花朵组成，简直看不清花瓣。它的名字恰和“勿忘我”相反，据说是叫作“不要记得我”，或可译作“勿念我”吧。在迷茫的夜中，一切彩色都失去了，有的只是黑黝黝的一片。亮光飘忽地穿来穿去，一个亮点儿熄灭了，又有一个飞了过来。

若在淡淡的月光下，草丛中就会闪出一道明净的溪水，潺潺地、不慌不忙地流着。溪上有两块石板搭成的极古拙的小桥，小桥流水不远处的人家，便是我儿时的居处了。记得萤火虫很少飞进我们的家，只在溪上草间，把亮点儿投向反射出微光的水，水中便也闪动着小小的亮点，牵动着两岸草莽的倒影。现在看到童话篇中要开始幻影时闪动的光芒，总会想起那条溪水，那片草丛，那散发着夏夜的芳香，飞翔着萤火虫的一小块地方。

幼小的我，经常在那一带玩耍。小桥那边，有一个土坡，也算是山吧。小路上了山，不见了。晚间站在溪畔，总觉得山那边是极遥远的地方，隐约在树丛中的女生宿舍楼，也是虚无缥缈的。其实白天常和游伴跑过去玩，大学生们有时拉住我的手，说：“你这黑眼睛的女孩子！你的眼睛好黑啊。”

大概是两三岁时，一天母亲进城去了，天黑了许久，还不回来。我不耐烦，哭个不停。老嬷嬷抱我在桥头站着，指给我看桥那边的小道。“回来啦，回来啦——”她唱着。其实这全不是母亲回来的路。夜未深，天色却黑得浓重，好像蒙着布，让人透不过气。小桥下忽然飞出一盏小灯，把黑夜挑开一道缝。接着又飞出一盏，又飞出一盏。花草亮了，溪水闪了。黑夜活跃起来，多好玩啊！我大声叫了：“灯！飞的灯！”回头看家里，已经到处亮着灯了，而且，一片声在叫我。我挣下地来，向灯火通明的家跑去，却又屡次回头，看那使黑夜发光的飞灯。

照说幼儿时期的事，我不该记得。也许我记得的，其实是后来母亲的叙述，或自己更人事后的心境吧。但那一晚我在桥头的景象，总是反复地、清晰地出现在我眼前，那黑夜，那划破了黑夜的萤火，以及后来的灯光……

长大了，又回到这所房屋时，我在自己的房间里便可以看到起伏明灭的萤火虫了。我的窗正对着那小溪。溪水比以前窄了，草丛比以前矮了，只有萤火，那银白的，有时是浅绿色的光，还是依旧。有时抛书独坐，在黑暗中看着那些飞舞的亮点，那么活泼，那么充满了灵气，不禁想到《仲夏夜之梦》里那些会吵闹的小仙子，又不禁奇怪这发光的虫怎么未能在《聊斋志异》里占一席重要的地位。它们引起多么远、多么奇的想象。那一片萤光后的小山那边，像是有什么仙境在等待着我。但是我最多只是走出房来，在溪边徘徊片刻，看看墨色涂染的天、树，看看闪烁的溪水和萤火。仙境嘛，最好是留在想象和期待中的。

日子一天天热闹起来。解放、毕业……几乎每个人都觉得自己在发光。我们是新中国成立后第三届大学生。毕业前夕，一个星光灿烂的夜晚,和几个好友,曾久久地坐在这溪边山坡上,望着星光和萤光。我们看准一棵树,又看准一个萤,看它是否能飞到那棵树,以此来卜自己的未来。几乎每一个萤都能飞到目的地。因为没有飞到的就不算数。那时,我们的表格里无一不填着“坚决服从分配,到祖国最需要的地方去”。无论分到哪里,我们都会怀着对美好未来的向往扑过去的。星空中忽然闪了一下,是一颗流星划过了天空。据说流星闪亮时,心中闪过的希望是会如愿的。但我们谁也没有再想要什么。我们的愿望就是听从祖国的召唤。我觉得重任在肩,而且相信任何重任我都担得起。难道还有比这种信心更使人兴奋、欢喜和感到充实吗?虽然我知道自己很小,小得像萤火虫那样。萤却是会发光的,使得就连黑夜也璀璨美丽,使得就连黑夜也充满了幻想……

奇怪的是,自从离开清华园,再也不曾见到萤火虫。可能因为再也没有住在水边了。后来从书上知道,隋炀帝在江都一带经营过“萤苑”,征集“萤火数斛”,为夜晚游山之用。这皇帝连萤都不放过,都要征来服役,人民的苦难,更可想见了。但那“萤苑”风光,一定是好看的。因为那种活泼的光,每一点都呈现着生命的力量。以后无意中又得知萤能捕食害虫,于农作物有益,不觉十分高兴。便想,何不在公园中布置个“萤苑”,为夏夜增光,让曾被皇帝拘来当劳工的萤,有机会为人民服务呢。但在那“十年浩劫”中,连公园都几乎查封,那“萤苑”的构思,早也逃之夭夭了。

前几天,偶得机缘,和弟弟从小的同学同往清华走了一遭。图书馆看去一次比一次小,早不是小时心目中的巍峨了。那肃穆的、勤奋的读书气氛依然,书库中的玻璃地板也还在;底层的报刊阅览室也还是许多人站着看报。弟弟说他常做一个同样的梦——到这里来借报纸。底层增加了检索图书用的计算机,弟弟兴致勃勃地和机上人员攀谈,也许他以后的梦,要改变途径了。我的萤火虫却在梦中也从未出现。行向小河那边时,因为在白天,本不指望看见萤火,但以为草坡上的“勿忘我”和“勿念我”总会显出了颜色。不料看见的,是一条干涸的沟,两岸干黄的土坡,春雨轻轻地飘洒,还没有一点绿意。那明净的、潺潺地不慌不忙流着的溪水,已不知何时流往何处了。我们旧日的家添盖了房屋,现在是幼儿园了。虽是假日,还有不少孩子,一个个转动着点漆般的眼睛看着我们。“你们这些黑眼睛的孩子!好黑的眼睛啊!”我不由得想。

事物总是在变迁,中心总要转移的。现在清华主楼的堂皇远非工字厅可比了。而那近代物理实验室中的元素光谱,使人感到科学的光辉,也是萤火虫们望尘莫及的。我们骑着车,淋着雨,高兴地到处留下校友的签名。从一十年代到八十年代排过来的长桌前,那如同戴着雪帽般的白发,那敦实可靠的中年的肩膀,那发亮的、润泽的皮肤和眼睛,俨然画出了人生的旅程。我以为,在这条漫长而又短促的道路上,那淡蓝和纯白的花朵,“勿忘我”和“勿念我”,是必不可少的。因为人世间,有许多事应该永远记得,又有许多事是早该忘却了。

但总要尽力地发光,尤其在困境中。草丛中飘浮的、灵动的、活泼的萤火,常在我心头闪亮。

第二辑　二十四番花信

拾沙花朝小辑

林黛玉曾说，不知为什么，眼泪越来越少了。似是护花主人评：泪还尽，则大限到矣。有几天，我觉得脑中干枯，昏沉沉一片空白，想是因为越来越走近那生满野百合花的尽头了。可是，过了几天，却又生出许多古怪念头，如春水初涨，在脑海中生长流动，活泼泼地。一群念头过去后，留下了痕迹，如同潮水退后的沙粒，便拾起来；时为百花将生之日，是为拾沙花朝小辑。

二月某日，崇文区某中学的一位语文教师打电话来说，初一语文新课本中有我的《紫藤萝瀑布》一文。这篇文章她读过许多年了，但现在要讲解，却觉困难。其背景含义及对人生的感悟，孩子们是不会懂的，只能讲一讲对景物的细致描写。可是这一点她也觉得难，因为她不记得藤萝花的模样，她周围的许多人都说没有见过藤萝花。

我有些诧异，怎么会没有见过藤萝呢。藤萝是北京的花，就像海棠、石榴一样。旧宅子里面总是有的，京郊的这寺那寺，名园或非名园都常有藤萝架。或许大家都见过，只是不认得罢了。我说，到初夏时再讲这一课，带孩子们郊游，在藤萝花下讲。她说这文章是课本的第二课，等不到初夏了，如有照片看看也好。

照片是有的，但很模糊，勉强认出藤萝花成串地从高处挂下来，并没有瀑布的效果。《宗璞影记》最后一部分“小精灵们”收入了石头、铁箫、猫儿和花的照片，但是没有藤萝。我有一段文字：“这本影记中有送春的二月兰，有报秋的玉簪花，但是没有紫藤萝瀑布。静止的画面无法表现我所感受的那种灵动，那种活泼，那种热闹和生机。我想就不让照片介入我的文字了。便是二月兰和玉簪花，也只是记下形状而已。”

那位可敬的、认真的女教师取走了照片，我很怀疑照片的作用是正还是负。这几年，我自己也没有看见紫藤萝瀑布了。临湖轩下小湖旁，原有预备好的藤萝架，可是不见藤萝。现在校园中最大的草坪，翻回历史页码，曾是一片果园。那时认为花是不事生产游手好闲的象征。再向前翻一页，这里原有假山，还有一个很长的藤萝架，在花下有石桌、石凳可以小憩。这些都已成为过去，不提也罢。

对了，学生宿舍某楼前也有一个藤萝架，但据说，花总是十分稀落。

我的文字留住了紫藤萝瀑布，我们的心留住了紫藤萝瀑布。

一九九八年，高考语文试题中用《报秋》作为一个考题。那一年高考期间，考生们进了考场，开始回答语文试卷后，我接到出题人之一，北大王先生的电话。他说：“现在解密，可以告诉你这个消息。十几万考生同时在读你的文章。”我觉得有一种青春的力量簇拥着我，提携着我，不知该说什么，只是从心底希望大家都考好。

在《报秋》文中我曾这样写：“一朵花苞钻出来，一个柄上的好几朵都跟上。花苞很有精神，越长越长，成为玉簪模样。开放都在晚间，一朵持续约一昼夜。六片清雅修长的花瓣围着花蕊，当中的一株顶着一点嫩黄，颤颤地望着自己雪白的小窝。

这花的生命力极强，随便种种，总会活的。不挑地方，不拣土壤，而且特别喜欢背阴处，把阳光让给别人，很是谦让。据说花瓣可以入药。还有人来讨那叶子，要捣烂了治脚气。我说它在生活上向下比，工作上向上比，算得一种玉簪花精神吧。”

清朝李渔不理解这种精神，他说玉簪花容易成活，很“贱”。这样的花本来应是容易普及的，却也总有人说不认得。我便介绍颐和园玉兰树下那一片，它们总是比城中的先开放，提早报秋。这几年来未在初秋去长廊那一带，也不知它们是否还在。

《送春》文中关于二月兰的描写，首先得到了燕园居民的关注和认同。他们不愧是二月兰的知己。有人说，二月兰就是这样的，像紫色的花毯。让那完成了使命的春之神踏着一片轻盈的紫雾离开，二月兰也惹动了乡愁。友人从收音机中听到朗诵这篇文章，写信来说很怀念家乡那一片颜色。这是几年前的事了。我还写了一首小诗《二月兰问答》，有这样的形容：

一幅幅活泼的水彩画
七宝流光罩
又朦胧　又飘渺
——二月兰在笑；
一个个快活的小乐队
叮叮咚咚敲
又悠扬　又跳跃
二月兰在笑。

这样的景色，这几年也不多见了。我们彼此安慰说，今年是小年吧。可是又过了一年，大年仍没有到。那紫色的花毯似乎陈旧了，破损了。它们是野生的、自由自在的小东西，常在溪边、路侧、屋角、树下展现着笑容，是大自然不经意地涂抹的颜色。人占的地盘越多，野生物自然越少。是不是要提出抢救二月兰，辟出一片花圃？野生物是种不出来的，种出来就不是它了。

趁二月兰还有小年，赶快认一认吧。

从抢救二月兰联想到昆明的木香花。它们灭绝得更快。那茂盛的、白得如雪的木香花沿着漫长的泥土路随意生长，伴随着我的少年时代，也点缀了许多人的梦。可是现在昆明的年轻人说，他们从来没见过木香花。自八十年代初，我数次回“乡”，真的找不到一点痕迹。它们被高楼大厦、名花异木压下了，挤走了。哪里去找它们的种子？哪里去找它们的根？留下的是记忆。在记忆里灿烂的、朴实的木香花不只会形成短篱，有时还会盘上屋顶，在檐前形成一道自然的屏风。它们的香气淡淡的，伴随着少年人的想象飘得很远。

可是，人们说从没有见过木香花。也许，我该专为木香花写一篇散文。

自告别阅读以后，信息少了许多，想知道纸上的事，总要依赖他人。但我还是很快乐。因为我看得见蓝天白云，青山绿水，水上的桥，桥边的树。我相信，今年的春天仍会在我眼前呈现那姹紫嫣红开遍的景色。我会看见两树迎春随风摇曳的枝条，使得月洞门处在一片嫩黄的光彩中。这花到底是迎春还是连翘，我听人讲解多次，曾经明白，不久又糊涂。我会看见那微雨中的丁香，小小的结仍未解开。我看得见灰喜鹊和黑喜鹊在空中飞。据说，灰喜鹊只会跳，黑喜鹊却会走，我看不清，就靠想象来弥补。

我看不见很多东西，可是我看得见大自然，它是那样大，那样丰富，大得让我看得见，丰富得让我看得见。哲人说：“了解于社会的全之外，还有宇宙的全。”也就是说，要记住自己在宇宙中的地位。我没有很高的境界，只是感觉到自己上下周围有天地、有万物，是多么大的福气。

我看得见大自然，我很满足。

送　春

说起燕园的野花，声势最为浩大的，要属二月兰了。它们本是很单薄的，脆弱的茎，几片叶子，顶上开着小朵小朵简单的花。可是开成一大片，就形成春光中重要的色调。阴历二月，它们已探头探脑地出现在地上，然后忽然一下子就成了一大片。一大片深紫浅紫的颜色，不知为什么总有点朦胧。房前屋后，路边沟沿，都让它们占据了，熏染了。看起来，好像比它们实际占的地盘还要大。微风过处，花面起伏，丰富的各种层次的紫色一闪一闪地滚动着，仿佛还要到别处去涂抹。

没有人种过这花，但它每年都大开而特开。童年在清华，屋旁小溪边，便是它们的世界。人们不在意有这些花，它们也不在意人们是否在意，只管尽情地开放。那多变化的紫色，贯穿了我所经历的几十个春天。只在昆明那几年让白色的木香花代替了。木香花以后的岁月，便定格在燕园，而燕园的明媚春光，是少不了二月兰的。

斯诺墓所在的小山后面，人迹罕到，便成了二月兰的天下。从路边到山坡，在树与树之间，挤满花朵。有一小块颜色很深，像需要些水化一化；有一小块颜色很浅，近乎白色。在深色中有浅色的花朵，形成一些小亮点儿；在浅色中又有深色的笔触，免得它太轻灵。深深浅浅连成一片。这条路我也是不常走的,但每到春天,总要多来几回,看看这些小友。

其实我家近处,便有大片二月兰。各芳邻门前都有特色,有人从荷兰带回郁金香,有人从近处花圃移来各色花草。这家因主人年老,儿孙远居海外,没有侍弄园子,倒给了二月兰充分发展的机会。春来开得满园,像一大块花毡,衬着边上的绿松墙。花朵们往松墙的缝隙间直挤过去,稳重的松树也似在含笑望着它们。

这花开得好放肆!我心里说。我家屋后,一条弯弯的石径两侧直到后窗下,每到春来,都是二月兰的领地。面积虽小,也在尽情抛洒春光。不想一次有人来收拾院子,给枯草烧了一把火,说也要给野花立规矩。次年春天便不见了二月兰,它受不了规矩。野草却依旧猛长。我简直想给二月兰写信,邀请它们重返家园。信是无处投递,乃特地从附近移了几棵,也尚未见功效。

许多人不知道二月兰为何许花,甚至语文教科书的插图也把它画成兰花模样。兰花素有花中君子之称,品高香幽。二月兰虽也有个"兰"字,可完全与兰花没有关系,也不想攀高枝,只悄悄从泥土中钻出来,如火如荼点缀了春光,又悄悄落尽。我曾建议一年轻画徒,画一画这野花,最好用水彩,用印象派手法。年轻人交来一幅画稿,在灰暗的背景中只有一枝伶仃的花,又依照"现代"眼光,在花旁画了一个破竹篮。

"这不是二月兰的典型姿态。"我心里评判着。二月兰是一大片一大片的,千军万马。身躯瘦弱,地位卑下,却高扬着活力,看了让人透不过气来。而且它们不只开得隆重茂盛,尽情尽性,还有持久的精神。这是今春才悟到的。

因为病,因为懒,常几日不出房门。整个春天各种花开花谢,来去匆匆,有的便不得见。却总见二月兰不动声色地开在那里,似乎随时在等候,问一句:“你好些吗?”

又是一次小病后,在园中行走。忽觉绿色满眼,已为遮蔽炎热做准备。走到二月兰的领地时,不见花朵,只剩下绿色直连到松墙。好像原有一大张绚烂的彩画,现在掀过去了,卷起来了,放在什么地方,以待来年。

我知道,春归去了。

在领地边徘徊了一会儿,忽然意识到二月兰的忠心和执着。从春如十三女儿学绣时,它便开花,直到雨孱风愁,春深春老。它迎春来,伴春在,送春去。古诗云“开到荼蘼花事了”,我始终不知荼蘼是个什么样儿,却亲见二月兰蓦然消失,是春归的一个指征。

迎春人人欢喜,有谁喜欢送春?忠心的、执着的二月兰没有推托这个任务。

报 秋

似乎刚过完春节,什么都还来不及干呢,已是长夏天气,让人懒洋洋得像只猫。一家人夏衣尚未打点好,猛然却见玉簪花那雪白的圆鼓鼓的棒槌,从拥挤着的宽大的绿叶中探出头来。我先是一惊,随即怅然。这花一开,没几天便是立秋。以后便是处暑便是白露便是秋分便是寒露,过了霜降,便立冬了。真真的怎么得了!

一朵花苞钻出来,一个柄上的好几朵都跟上。花苞很有精神,越长越长,成为玉簪模样。开放都在晚间,一朵持续约一昼夜。六片清雅修长的花瓣围着花蕊,当中的一株顶着一点嫩黄,颤颤地望着自己雪白的小窝。

这花的生命力极强,随便种种,总会活的。不挑地方,不拣土壤,而且特别喜欢背阴处,把阳光让给别人,很是谦让。据说花瓣可以入药。还有人来讨那叶子,要捣烂了治脚气。我说它是生活上向下比,工作上向上比,算是一种玉簪花精神罢。

我喜欢花,却没有侍弄花的闲情。因有自知之明,不敢邀名花居留,只有时要点草花种种。有一种太阳花又名“死不了”,开时五彩缤纷,杂在草间很好看。种了几次,都不成功。“连‘死不了’都死了。”我们常这样自嘲。

玉簪花却不同，从不要人照料，只管自己蓬勃生长。往后院月洞门小径的两旁，随便移栽了几个嫩芽，次年便有绿叶白花，点缀着夏末秋初的景致。我的房门外有一小块地，原有两行花，现已形成一片，绿油油的，完全遮住了地面。在晨光熹微或暮色朦胧中，一柄柄白花擎起，隐约如绿波上的白帆，不知驶向何方。有些植物的繁茂枝叶中，会藏着一些小活物，吓人一跳。玉簪花下却总是干净的。可能因为气味的缘故，不容虫豸近身。

花开有十几朵，满院便飘散着芳香。不是丁香的幽香，不是桂花的甜香，也不是荷花的那种清香。它的香比较强，似乎有点醒脑的作用。采几朵放在养石子的水盆中，房间里便也飘散着香气，让人减少几分懒洋洋，让人心里警惕着：秋来了。

秋是收获的季节，我却是两手空空。一年、两年过去了，总是在不安和焦虑中。怪谁呢，很难回答。

久居异乡的兄长，业余喜好诗词。前天寄来自译的朱敦儒的那首《西江月》。原文是：

> 日日深杯酒满，朝朝小圃花开，自歌自舞自开怀，无拘无束无碍。　　青史几番春梦，红尘多少奇才，不消计较与安排，领取而今现在。

若照他译的英文再译回来，最后一句是认命的意思。这意思有，但似不够完全。我把“领取而今现在”一句反复吟哦，觉得这是一种悠然自得的境界。其实不必深杯酒满，不必小圃花开，只在心中领取，便得逍遥。

领取自己那一份，也有品味、把玩、获得的意思。那么，领取秋，领取冬，领取四季，领取生活罢！

那第一朵花出现已一周，凋谢了。可是别的一朵一朵在接上来。圆鼓鼓的花苞，盛开了的花朵，由一个个柄擎着，在绿波上漂浮。

松　侣

一位朋友曾说她从未注意过木槿花是什么样儿，我答应院中木槿花开时，邀她来看。这株木槿原在窗前，为了争得光辉，春末夏初时我把它移到篱边。它很挣扎了一阵，活下来了，可是秋初着花时节，一朵未见。偶见大图书馆前两排木槿，开着紫、白、红各色的花朵，便想通知朋友，到那里观看。不知有什么事，一天天因循，未打电话。过了些时，偶然走过图书馆，却见两排绿树，花朵已全落尽了。一路很是怅然，似乎不只失信于朋友，也失信于木槿花。又因木槿花每一朵本是朝开夕谢的，不免伤时光之不再，联想到自己的疾病，不知还剩几多日子。

回到家里，站在院中三棵松树之间，那点脆弱的感怀忽然消失了。我感到镇定平静。三松中的两棵高大稳重，一株直指天空，另一株过房顶后作九十度折角，形貌别致，都似很有魅力，可以倚靠。第三棵不高，枝条平伸作伞状，使人感到亲切。它们似乎说，好了，不要小资情调了，有我们呢。

它们当然是不同的。它们不落叶，无论冬夏，常给人绿色的遮蔽。那绿色十分古拙，不像有些绿色的鲜亮活跳。它们也是有花的，但不显著，最后结成松塔掉下来，带给人的是成熟的喜悦，而不是凋谢的惆怅。它们永远散发着清净的气息,使得人也清爽,据说像负离子发生器一样,有着实实在在的医疗作用。

更何况三松和我的父亲是永远分不开的。我的父亲晚年将这住宅命名为"三松堂","庭中有三松,抚而盘桓,较渊明犹多其二焉"(《三松堂自序》之自序),寄意深远,可以揣摩。我站在三松之下感到安心,大概因为同时也感到父亲的思想、父亲的影响和那三松的华盖一样,仍在荫庇着我。

父母在堂时,每逢节日,家里总是很热闹。七十年代末,放鞭炮之风还未盛,我家得风气之先,不只放鞭炮,还要放花,一道道彩光腾空而起,煞是好看。这时大家又笑又叫。少年人持着竹竿,孩子们躲在大人身后探出个小脑袋。放花放炮的乐趣就在此了。放了几年,家里人愈来愈少了。剩下的人还坚持这一节目。有一次一个闪光雷放上去,其中一些纸燃烧着落到松树顶上,一支松针马上烧起来,幸亏比较靠边,往上浇水还能泼到,及时扑灭了。浇水的人和树一样,也成了落汤鸡。以后因子侄辈纠缠,也还放了两年。再以后,没有高堂可娱,青年人又大都各奔前程,几乎走光,三松堂前便再没有节日的喧闹。

这一切变迁,三松和院中的竹子、丁香、藤萝、月季、玉簪都曾亲见。其中松树无疑是祖字辈的,阅历最多,感怀最深,却似乎最无话说。只是常绿常香,默默地立在那里,让人觉得,累了时它总是可以靠一靠的。

这三棵松树似是家中的一员,是亲人,是长辈。燕园中还有许许多多松柏枞桧这类的树,便是我的好友了。

在第二体育馆之北,六座中西合璧的庭院之间,有一片用松墙围起来的园子,名为静园。这里原来是没有墙的,有的是草地、假山,又宽又长的藤萝架。"文革"中,这些花草因有不事生产的罪名,全被铲除，换上了有出息的果树，又怕人偷果子，乃围以松墙。我对这一措施素不以为然，静园也很少去。

这两年，每天清晨坚持散步，据说这是我性命攸关的大事，未敢稍懈。散步的路径，总寻找松柏之处，静园外超过千步的松墙边便成为好地方。一到墙边，先觉清气扑人，一路走下去，觉得全身的血液都换过了。

临湖轩前有一处三角地，也围着松墙。其中一段路两边皆松，成为夹道。那松的气息，更是向每个毛孔渗来。一次雨后，走过夹道，见树顶上一片云气蒸腾，树枝上挂满亮晶晶的水珠，蜘蛛网也成了彩色的璎珞，最主要的是那气息，清到浓重的地步，劈头盖脸将人包裹住了。这时便想，若不能健康地活下去，实在愧对造化的安排。

走出夹道不远，有一处小松林，有白皮松、油松等，空气自然是好的。我走过时，总见六七位老太太在一起做操，一面拍拍打打，一面大声谈家常。譬如昨天谁的媳妇做的什么饭，谁的孙子念的什么书。松树也不嫌聒噪，只管静静地进行负离子疗法。

中国文学中一直推崇松的品格，关于松的吟咏很多。松树的不畏岁寒，正可视为不阿时不媚俗的一种节气。这是士应有的精神境界，所以都愿意以松为友。白居易《庭松》诗云：

朝昏有风月，燥湿无尘泥。
疏韵秋瑟瑟，凉阴夏凄凄。
春深微雨夕，满叶珠蓑蓑。
岁暮大雪天，压枝玉皑皑。
四时各有趣，万木非其侪。
……

即此是益友，岂必交贤才。
顾我犹俗士，冠带走尘埃。
未称为松主，时时一愧怀。

最后两句用松之德要求自己勉励自己，要够格做松的主人。松不只给人安慰，给人健康，还在道德上引人向上，世之益友，又有几人能做到呢？

自然界中，能为友侣的当然不只松柏一类。木槿虽短暂，也有它的作用与位置。人若能时时亲近大自然，会较容易记住自己的本色。嵇康有诗云：

目送归鸿，手挥五弦。
俯仰自得，游心太玄。

纵然手不能举足不能抬，纵然头上悬着疾病的利剑，我们也要俯仰自得，站稳自己的位置。

好一朵木槿花

又是一年秋来，洁白的玉簪花挟着凉意，先透出冰雪的消息。美人蕉也在这时开放了。红的黄的花，耸立在阔大的绿叶上，一点不在乎秋的肃杀。以前我有“美人蕉不美”的说法，现在很想收回。接下来该是紫薇和木槿。在我家这以草为主的小园中，它们是外来户。偶然得来的枝条，偶然插入土中，它们就偶然地生长起来。紫薇似娇气些，始终未见花。木槿则已两度花发了。

木槿以前给我的印象是平庸。“文革”中许多花木惨遭摧残，它却得全性命，陪伴着显赫一时的文冠果，免得那钦定植物太孤单。据说原因是它的花可食用，大概总比草根树皮好些吧。学生浴室边的路上，两行树挺立着，花开有紫、红、白等色，我从未仔细看过。

近两年木槿在这小园中两度花发，不同凡响。

前年秋至，我家刚从死别的悲痛中缓过气来不久，又面临了少年人的生之困惑。我们不知道下一分钟会发生什么事，陷入极端惶恐中。我在坐立不安时，只好到草园踱步。那时园中荒草没膝，除我们的基本队伍——亲爱的玉簪花外，只有两树忍冬，结了小红果子，玛瑙扣子似的，一簇簇挂着。我没有指望还能看见别的什么颜色。

忽然在绿草间，闪出一点紫色，亮亮的，轻轻的，在眼前转了几转。我忙拨开草丛走过去,见一朵紫色的花缀在不高的绿枝上。

这是木槿。木槿开花了,而且是紫色的。

木槿花的三种颜色,以紫色最好。那红色极不正,好像颜料没有调好;白色的花,有老伙伴玉簪已经够了。最愿见到的是紫色的,好和早春的二月兰、初夏的藤萝相呼应,让紫色的幻想充满在小园中,让风吹走悲伤,让梦留着。

惊喜之余,我小心地除去它周围的杂草,做出一个浅坑,浇上水。水很快渗下去了。一阵风过,草面漾出绿色的波浪,薄如蝉翼的娇嫩的紫花在一片绿波中歪着头,带点调皮,却丝毫不知道自己显得很奇特。

去年,月圆过四五次后,几经洗劫的小园又一次遭受磨难。园旁小兴土木,盖一座大有用途的小楼。泥土、砖块、钢筋、木条全堆在园里,像是凌乱地长出一座座小山,把植物全压在底下。我已习惯了这类景象,知道毁去了以后,总会有新的开始,尽管等的时间会很长。

没想到秋来时,一次走在这崎岖山路上,忽见土山一侧,透过砖块钢筋伸出几条绿枝,绿枝上,一朵紫色的花正在颤颤地开放!

我的心也震颤起来,一种悲壮的感觉攫住了我。土埋大半截了,还开花!

我跨过障碍,走近去看这朵从重压下挣扎出来的花。仍是娇嫩的薄如蝉翼的花瓣,略有皱褶,似乎在花蒂处有一根带子束住,却又舒展自得,它不觉环境的艰难,更不觉自己的奇特。

忽然觉得这是一朵童话中的花,拿着它,任何愿望都会实现,因为持有的,是面对一切苦难的勇气。

紫色的流光抛洒开来,笼罩了凌乱的工地。那朵花冉冉升起,倚着明亮的紫霞,微笑地俯看着我。

今年果然又有一个开始。小园经过整治,不再以草为主,所以有了对美人蕉的新认识。那株木槿高了许多,枝繁叶茂,但是重阳已届,仍不见花。

我常在它身旁徘徊,期待着震撼了我的那朵花。

它不再来。

即使再有花开,也不是去年的那一朵了。也许需要纪念碑,纪念那逝去了的、昔日的悲壮?

二十四番花信

今年春来早,繁忙的花事也提早开始,较常年约早一个节气。没有乍暖还寒,没有春寒料峭。一天,在钟亭小山下散步,忽见,乾隆御碑旁边那树桃花已经盛开。我常说桃花冒着春寒开放很是勇敢,今年开得轻易不需要很大勇气,只是趁着背后光秃的土山,还可以显出它是报春的先行者。迎春、连翘争先开花,黄灿灿的一片。我很长时期弄不清这两种植物的区别,常常张冠李戴,未免有些烦恼,也曾在别的文章里写过。最近终于弄清。迎春的枝条呈拱形,有角棱。连翘的枝条中空,我家月洞门的黄花原以为是迎春,其实是连翘,这有仲折来的中空的枝条为证。

报春少不了二月兰。今年二月兰又逢大年,各家园子里都是一大片紫色的地毯。它们有一种淡淡的香气,显然是野花的香气。去冬,往病房送过一株风信子,也是这样的气味。

榆叶梅跟着开了,附近的几株都是我们的朋友,哪一株大,哪一株小,哪一株颜色深,哪一株颜色浅,我们都再熟悉不过。园边一排树中,有一株很高大,花的颜色也深,原来不求甚解地以为她是榆叶梅中的一种。今年才知道,这是一棵朱砂碧桃。"天上碧桃和露种",当然是名贵的,她若知我一直把她看作榆叶梅,可能会大大地不高兴。

紧接着便是那若有若无的幽香，提醒着丁香上场了。窗下的一株已伴我四十余年。以前伏案写作时只觉香气直透毫端，花墙边的一株是我手植，现在已高过花墙许多。几树丁香都不是往年那种微雨中淡淡的情调，而是尽情地开放。满树雪白的花，简直是光华夺目。我已不再持毫，缠绕我的是病痛和焦虑，幸有这光亮和香气，透过黑夜，沁进窗来，稍稍抚慰着我不安的梦。

我们为病所拘，只能就近寻春。以为看不到玉兰和海棠了。不想，旧地质楼前忽见一株海棠正在怒放，迎着我们的漫步。燕园本来有好几株大海棠，不知它们犯了何罪，“文革”中统统被砍去，现在这一株大概是后来补种的。海棠的花最当得起“花团锦簇”这几个字。东坡诗句“只恐夜深花睡去，故烧高烛照红妆”，照的就是海棠。海棠虽美，只是无香，古人认为这是一大憾事。若是无香要扣分，花的美貌也可以平均过来了。再想想，世事怎能都那么圆满。又一天，走到临湖轩，见那高松墙变成了短绿篱，门开着，便走进去，晴空中见一根光亮的蛛丝在袅动，忽然想起《牡丹亭》中那句“袅晴思，吹来闲庭院，摇漾春如线”。这句子可怎么翻译，我多管闲事地发愁。上了台阶，本来是空空的庭院，现在觉得眼睛里很满，原来是两株高大的玉兰，不知何时种的，玉兰正在开花，虽已过了最盛期，仍是满树雪白。那白花和丁香不同，显得凝重得多。地下片片落花也各有姿态，我们看了树上的花，又把脚下的花看了片刻。

蔡元培像旁有一株树，叶子是红的，我们叫它红叶李，从临湖轩出来走到这里，忽见它也是满树的花。又过了两天，再去寻问，已经一朵花也看不见了。真令人诧异不止。

“我一生儿，爱好是天然。”花朵怎能老在枝头呢。万物消长是大自然的规律。柳絮开始乱扑人面。我和仲走在小路上，踏着春光，小心翼翼地,珍惜地。不知何时,那棵朱砂碧桃的满树繁花也已谢尽,枝条空空的,连地上也不见花瓣。别的花也会跟着退场的。有上场,有退场。

人,也是一样。

柳　信

今年的春，来得特别踌躇、迟疑，乍暖还寒，翻来覆去，仿佛总下不定决心。但是路边的杨柳，不知不觉间已绿了起来，绿得这样浅，这样轻，远望去迷迷蒙蒙，像是一片轻盈的、明亮的雾。我窗前的一株垂柳，也不知不觉在枝条上缀满新芽，泛出轻浅的绿，随着冷风，自如地拂动。这园中原有许多花木。这些年也和人一样，经历了各种斧钺虫豸之灾，只剩下一园黄土、几株俗称瓜子碴的树。还有这棵杨柳，年复一年，只管自己绿着。

少年时候，每到春来，见杨柳枝头一夜间染上了新绿，总是兴高采烈，觉得欢喜极了，轻快极了，好像那生命的颜色也染透了心头。曾在中学作文里写过这样几句：

嫩绿的春天又来了
看那陌头的杨柳色
世界上的生命都聚集在那儿了
不是吗?
那年轻的眼睛般的鲜亮呵——

老师在这最后一句旁边打了密密的圈。我便想，应该圈点的，不是这段文字，而是那碧玉妆成、绿丝绦般的杨柳。

于是许多年来，便想写一篇《杨柳辩》，因为历来并不认为杨柳是该圈点的，总是以松柏喻坚贞，以蒲柳比轻贱。现在呢，“辩”的锐气已消，尚幸并未全然麻木，还能感觉到那柳枝透露的春消息。

抗战期间在南方，为躲避空袭，我们住在郊外一个庙里。这庙坐落在村庄附近的小山顶上，山上蓊蓊郁郁，长满了各样的树木。一条歪斜的、可容下一辆马车的石板路，从山脚蜿蜒而上。路边满是木香花，春来结成两道霜雪覆盖的花墙。花墙上飘着垂柳，绿白相映，绿的格外鲜嫩，白的格外皎洁。柳丝拂动，花儿也随着有节奏地摇头。

庙的右侧，有一个小山坡，草很深，杂生着野花，最多的是野杜鹃，在绿色的底子上形成红白的花纹。坡下有一条深沟，沟上横生着一株柳树，据说是雷击倒的。虽是倒着，还是每年发芽。靠山坡的一头有一个斜生的枝杈，总是长满长长的柳丝，一年有大半年绿阴阴的，好像一把撑开的绿伞。我和弟弟经常在这柳桥上跑来跑去，采野花，捉迷藏，不用树和灌木，只是草，已足够把我们藏起来了。

一个残冬，我家的小花猫死了。昆明的猫很娇贵，养大是不容易的。那是我第一次看到什么是死。它躺着，闭着眼。我和弟弟用猪肝拌了饭，放在它嘴边，它仍一动也不动。“它死了。”母亲说，“埋了吧。”我们呆呆地看着那显得格外瘦小的小猫，弟弟呜呜地哭了。我心里像堵上了什么，看了半天，还不离开。

“埋了吧，以后再买一只。”母亲安慰地说。

我作了一篇祭文，记得有“呜呼小花”一类的话，放在小猫身上。我们抬着盒子，来到山坡。我一眼便看中那柳伞下的地方，虽然当时只有枯枝。我们掘了浅浅的坑，埋葬了小猫。冷风在树木间吹动，我们那时都穿得十分单薄，不足以御寒的。我拉着弟弟的手，呆呆地站着，好像再也提不起玩的兴致了。

忽然间，那晃动的枯枝上透出的一点青绿色，照亮了我们的眼睛，那枝头竟然有一点嫩芽了，多鲜多亮呵！我猛然觉得心头轻松好多。杨柳绿了，杨柳绿了，我轻轻地反复在心里念诵着。那时我的词汇里还没有“生命”这些字眼，但只觉得自己又有了精神，一切都又有了希望似的。

时光流去了近四十年，我已经历了好多次的死别，到一九七七年，连我的母亲也撒手别去了。我们家里，最不能想象的就是没有我们的母亲了。母亲病重时，父亲说过一句话：“没有你娘，这房子太空。”这房子里怎能没有母亲料理家务来去的身影，怎能没有母亲照顾每一个人、关怀每一个人的呵叱和提醒，那充满乡土风味的话音呢！然而母亲毕竟去了，抛下了年迈的父亲。母亲在病榻上用力抓住我的手时说过，她放心，因为她的儿女是好的。

我是尽量想做到让母亲放心的。我忙着料理许多事，甚至没有好好哭一场。

两个多月过去，时届深秋。园中衰草凄迷，落叶堆积。我从外面回来，走过藏在衰草落叶中的小径——这小径，我曾在深夜里走过多少次啊。请医生，灌氧气，到医院送汤送药，但终于抵挡不住人生大限的到来。我茫然地打量着这园子，这时，侄儿迎上来说，家里的大猫——狮子死了，是让人用鸟枪打死的，已经埋了。

这是母亲喜欢的猫，是一只雪白的狮子猫，眼睛是蓝的，在灯下闪着红光。这两个月，它天天坐在母亲房门外等，也没有等得见母亲出来。我没有问埋在哪里，无非是在这一派清冷荒凉之中罢了。我却格外清楚地知道，再没有母亲来安慰我了，再没有母亲许诺我要的一切了。

深秋将落叶吹得团团转，枯草像是久未梳理的乱发，竖起来又倒下去。我的心一直在往下沉,往下沉。忽然,我看见几缕绿色在冷风中瑟瑟地抖颤,原来是那株柳树。在冬日的萧索中,柳色有些黯淡,但在一片枯黄之间,它是在绿着。“这容易生长的、到处都有的、普通的柳树,并不怕冷。”我想着,觉得很安慰,仿佛得到了支持似的。

清明时节,我们将柳枝插在门外,据说是可以辟邪,又选了两枝,插在母亲骨灰盒旁的花瓶里。柳枝并不想跻身松柏等岁寒之友中,它只是努力尽自己的本分,尽量绿得长一些,就像一个普通正常的母亲,平凡清白的人一样。

柳枝在绿着,衬托着万紫千红。这些丝丝垂柳,是会织出大好春光的。

三松堂断忆

转眼间父亲离开我们已经快一年了。

去年这时，也是玉簪花开得满院雪白，我还计划在向阳的草地上铺出一小块砖地，以便把轮椅推上去，让父亲在浓重的树荫中得一小片阳光。因为父亲身体渐弱，忙于延医取药，竟没有来得及建设。九月底，父亲进了医院，我在整天奔忙之余，还不时望一望那片草地，总不能想象老人再不能回来，回来享受我为他安排的一切。

哲学界人士和亲友们都认为父亲的一生总算圆满，学术成就和他从事的教育事业使他中年便享盛名，晚年又见到了时代的变化；生活上有女儿侍奉，诸事不用操心，能在哲学的清纯世界中自得其乐。而且，他的重要著作《中国哲学史新编》，八十岁才开始写，许多人担心他写不完，他居然写完了。他是拼着性命支撑着，他一定要写完这部书。

在父亲的最后几年里，经常住医院，一九八九年下半年起更为频繁。一次是十一月十一日午夜，父亲突然发作心绞痛，外子蔡仲德和两个年轻人一起，好不容易将他抬上救护车。他躺在担架上，我坐在旁边，数着脉搏。夜很静，车子一路尖叫着驶向医院。好在他的医疗待遇很好，每次住院都很顺利。一切安排妥当后，他的精神好了许多，我俯身为他掖好被角，正要离开时，他疲倦地用力说："小女，你太累了！""小女"这乳名几十年不曾有人叫了。"我不累。"我说，勉强忍住了眼泪。说不累是假的，然而比起担心和不安，劳累又算得了什么呢。

过了几天，父亲又一次不负我们的劳累和担心，平安回家了。我们笑说："又是一个惊险镜头。"十二月初，他在家中度过九十四寿辰。也是他最后的寿辰。这一天，民盟中央的几位负责人丁石孙等先生前来看望，老人很高兴，谈起一些文艺杂感，还说，若能汇集成书，可题名为"余生札记"。

这余生太短促了。中国文化书院为他筹办了庆祝九十五寿辰的"冯友兰哲学思想国际研讨会"，他没有来得及参加，但他知道了大家的关心。

一九九〇年初，父亲因眼前有幻象，又住医院。他常常喜欢自己背诵诗词，每住医院，总要反复吟哦《古诗十九首》。有记不清的字，便要我们查对。"青青陵上柏，磊磊涧中石。人生天地间，忽如远行客。""浩浩阴阳移，年命如朝露。人生忽如寄，寿无金石固。"他在诗词的意境中似乎觉得十分安宁。一次医生来检查后，他忽然对我说："庄子说过，生为附赘悬疣，死为决疣溃痈。孔子说过，朝闻道，夕死可矣。张横渠又说，生，吾顺事，没，吾宁也。我现在是事情没有做完，所以还要治病。等书写完了，再生病就不必治了。"我只能说："那不行，哪有生病不治的呢！"父亲微笑不语。我走出病房，便落下泪来。坐在车上，更是泪如泉涌。一种没有人能分担的孤单沉重地压迫着我。我知道，分别是不可避免的。

我们希望他快点写完《新编》，可又怕他写完。在住医院的间隙中，他终于完成了这部书。亲友们都提醒他还有本《余生札记》呢。其实老人那时不只有文艺杂感，还有新的思想，他的生命是和思想和哲学连在一起的。只是来不及了,他没有力气再支撑了。

人们常问父亲有什么遗言。他在最后几天有时念及远在异国的儿子钟辽和唯一的孙儿冯岱。他用力气说出的最后的关于哲学的话是:“中国哲学将来一定会大放光彩!”他是这样爱中国,这样爱哲学。当时有李泽厚和陈来在侧。我觉得这句话应该用大字写出来。

然后,终于到了十一月二十六日那凄冷的夜晚,父亲那永远在思索的头脑进入了永恒的休息。

作为父亲的女儿,而且是数十年都在他身边的女儿,在他晚年又身兼几大职务,秘书、管家兼门房、医生、护士带跑堂,照说对他应该有深入的了解,但是我无哲学头脑,只能从生活中窥其精神于万一。根据父亲的说法,哲学是对人类精神的反思,他自己就总是在思索,在考虑问题。因为过于专注,难免有些呆气。他晚年耳目失其聪明,自己形容自己是“呆若木鸡”。其实这些呆气早已有之。抗战初期,几位清华教授从长沙往昆明,途经镇南关,父亲手臂触城墙而骨折。金岳霖先生一次对我幽默地提起此事,他说:“当时司机通知大家,不要把手放在窗外,要过城门了。别人都很快照办,只有你父亲听了这话,便考虑为什么不能放在窗外,放在窗外和不放在窗外的区别是什么,其普遍意义和特殊意义是什么。还没考虑完,已经骨折了。”这是形容父亲爱思索。他那时正是因为在思索,根本就没有听见司机的话。

他的生命就是不断地思索,不论遇到什么挫折,遭受多少批判,他仍顽强地思考,不放弃思考。不能创造体系,就自我批判,自我批判也是一种思考。而且在思考中总会冒出些新的想法来。他自我改造的愿望是真诚的,没有经历过二十世纪中叶的变迁和六七十年代的各种政治运动的人,是很难理解这种自我改造的愿望的。首先,一声“中国人民站起来了”促使了多少有智慧的人迈上走向炼狱的历程。其次,知识分子前冠以资产阶级,位置固定了,任务便是改造,又怎知自是之为是,自非之为非?第三,各种知识分子的处境也不尽相同,有居庙堂而一切看得较为明白,有处林下而只能凭报纸和传达,也只能信报纸和传达。其感受是不相同的。

幸亏有了新时期,人们知道还是自己的头脑最可信。父亲明确采取了不依傍他人,“修辞立其诚”的态度。我以为,这个“诚”字并不能与“伪”相对。需要提出“诚”,需要提倡说真话,这是我们这个时代的大悲哀。

我想历史会对每一个人做出公允的、不带任何偏见的评价。历史不会忘记有些微贡献的每一个人,而评价每一个人时,也不要忘记历史。

父亲一生对物质生活的要求很低,他的头脑都让哲学占据了,没有空隙再来考虑诸般琐事。而且他总是为别人着想,尽量减少麻烦。一个人到九十五岁,没有一点怪癖,实在是奇迹。父亲曾说,他一生得力于三个女子:一位是他的母亲——我的祖母吴清芝太夫人,一位是我的母亲任载坤先生,还有一个便是我。一九八二年,我随父亲访美,在机场上父亲作了一道打油诗:“早岁读书赖慈母,中年事业有贤妻。晚来又得女儿孝,扶我云天万里飞。”确实得有人料理俗务,才能有纯粹的精神世界。近几年,每逢我的生日,父亲总要为我撰寿联。一九九〇年夏,他写最后一联,联云:“鲁殿灵光,赖家有守护神,岂独文采传三世;文坛秀气,知手持生花笔,莫让新编代双城。”父亲对女儿总是看得过高。“双城”指的是我的长篇小说,曾拟名《双城鸿雪记》,后定名为《野葫芦引》。第一卷《南渡记》出版后,因为没有时间,没有精力,便停顿了。我必须以《新编》为先,这是应该的,也是值得的。当然,我持家的能力很差,料理饮食尤其不能和母亲相比,有的朋友都惊讶我家饭食的粗糙。而父亲从没有挑剔，从没有不悦，总是兴致勃勃地进餐，无论做了什么，好吃不好吃，似乎都滋味无穷。这一方面因为他得天独厚，一直胃口好，常自嘲“还有当饭桶的资格”；另一方面，我完全能够体会，他是以为能做出饭来已经很不容易，再挑剔好坏，岂不让管饭的人为难。

父亲自奉甚俭，但不乏生活情趣。他并不永远是道貌岸然，也有豪情奔放、潇洒闲逸的时候，不过机会较少罢了。一九二六年父亲三十一岁时，曾和杨振声、邓以蛰两先生，还有一位翻译李白诗的日本学者一起豪饮，四个人一晚喝去十二斤花雕。六十年代初，我因病常住家中，每于傍晚随父母到颐和园包坐大船，一元钱一小时，正好览尽落日的绮辉。一位当时的大学生若干年后告诉我说，那时他常常看见我们的船在彩霞中飘动，觉得真如神仙中人。我觉得父亲是有些仙气的，这仙气在于他一切看得很开。在他的心目中，人是与天地等同的。“人与天地参”，我不只一次听他讲解这句话。《三字经》说得浅显，“三才者，天地人”。既与天地同，还屑于去钻营什么！那些年，一些稍有办法的人都能把子女调回北京，而他，却只能让他最钟爱的幼子钟越长期留在医疗落后的黄土高原。一九八二年，钟越终于为祖国的航空事业流尽了汗和血，献出了他的青春和生命。

父亲的呆气里有儒家的伟大精神，“天行健，君子以自强不息”，自强不息到“知其不可而为之”的地步；父亲的仙气里又有道家的豁达洒脱。秉此二气，他穿越了在苦难中奋斗的中国的二十世纪。他的一生便是二十世纪中国文化的一个篇章。

据河南家乡的亲友说，一九四五年初祖母去世，父亲与叔父一同回老家奔丧，县长来拜望，告辞时父亲不送，而对一些身为老百姓的旧亲友，则一直送到大门，乡里传为美谈。从这里我想起和读者的关系。父亲很重视读者的来信,许多年常常回信。星期日上午的活动常常是写信。和山西一位农民读者车恒茂老人就保持了长期的通信,每索书必应之。后来我曾代他回复一些读者来信,尤其是对年轻人,我认为最该关心,也许几句话便能帮助发掘了不起的才能。但后来我们实在没有能力做了,只好听之任之。把人家的千言信万言书束之高阁,起初还感觉不安,时间一久,则连不安也没有了。

时间会抚慰一切,但是去年初冬深夜的景象总是历历如在目前。我想它是会伴随我进入坟墓的了。当晚,我们为父亲穿换衣服时,他的身体还那样柔软,就像平时那样配合,他好像随时会睁开眼睛说一声“中国哲学将来一定会大放光彩”。我等了片刻,似乎听到一声叹息。

不得不离开病房了。我们围跪在床前,忍不住痛哭失声!仲扶着我,可我觉得这样沉重的孤单!在这茫茫世界中,再无人需我侍奉,再无人叫我的乳名了。这么多年,每天清晨最先听到的,是从父亲卧房传来的咳嗽,每晚睡前必到他床前说几句话。我怎样能从多年的习惯中走得出来!

然而日子居然过去快一年了。只好对自己说,至少有一件事稍可安慰。父亲去时不知道我已抱病。他没有特别的牵挂,去得安心。

文章将尽,玉簪花也谢尽了。邻院中还有通红的串红和美人蕉,记得我曾说串红像是鞭炮,似乎马上会劈劈啪啪响起来。而生活里又有多少事值得它响呢!

花朝节的纪念

农历二月十二日，是百花出世的日子，为花朝节。节后十日，即农历二月二十二日，从一八九四年起，是先母任载坤先生的诞辰。迄今已九十九年。

外祖父任芝铭公是光绪年间举人。早年为同盟会员，奔走革命，晚年倾向于马克思主义。他思想开明，主张女子不缠足，要识字。母亲在民国初年进当时的女子最高学府北京女子师范学校读书。一九一八年毕业。同年，和我的父亲冯友兰先生在开封结婚。

家里有一个旧印章，刻着“叔明归于冯氏”几个字。叔明是母亲的字。以前看着不觉得怎样，父母都去世后，深深感到这印章的意义。它标志着一个家族的繁衍，一代又一代来到世上扮演各种角色，为社会做一点努力，留下了各种不同色彩的记忆。

在我们家里，母亲是至高无上的守护神。日常生活全是母亲料理。三餐茶饭，四季衣裳，孩子的教养，亲友的联系，需要多少精神！我自幼多病，常在和病魔做斗争。能够不断战胜疾病的主要原因是我有母亲。如果没有母亲，很难想象我会活下来。在昆明时严重贫血，上纪念周站着站着就晕倒。后来甚至染上肺结核休学在家。当时的治法是一天吃五个鸡蛋，晒太阳半小时。母亲特地把我的床安排到有阳光的地方，不论多忙，这半小时必在我身边，一分钟不能少。我曾由于各种原因多次发高烧，除延医服药外，母亲费尽精神护理。用小匙喂水，用凉手巾敷在额上。有一次高烧昏迷中，觉得像是在一个狭窄的洞中穿行，挤不过去，我以为自己就要死了，一抓到母亲的手，立刻知道我是在家里，我是平安的。后来我经历名目繁多的手术，人赠雅号“挨千刀的”。在挨千刀的过程中，也是母亲，一次又一次陪我奔走医院。医院的人总以为是我陪母亲，其实是母亲陪我。我过了四十岁，还是觉得睡在母亲身边最心安。

母亲的爱护，许多细微曲折处是说不完、也无法全捕捉到的。也就是有这些细微曲折才形成一个家。这个家处处都是活的，每一寸墙壁，每一寸窗帘都是活的。小学时曾以“我的家庭”为题作文。我写出这样的警句：“一个家，没有母亲是不行的。母亲是春天，是太阳。至于有没有父亲，不很重要。”作业在开家长会时展览，父亲去看了。回来向母亲描述，对自己的地位似并不在意，以后也并不努力增加自己的重要性，只顾沉浸在他的哲学世界中。

希腊文明是在奴隶制时兴起的，原因是有了奴隶，可以让自由人充分开展精神活动。我常说父亲和母亲的分工有点儿像古希腊。在父母那时代，先生专心做学问，太太操劳家务，使无后顾之忧，是常见的。不过父母亲特别典型。他们真像一个人分成两半，一半主做学问，一半主理家事，左右合契，毫发无间。应该说，他们完成了上帝的愿望。

母亲对父亲的关心真是无微不至，父亲对母亲的依赖也是到了极点。我们的堂姑父张岱年先生说：“冯先生做学问的条件没有人比得上。冯先生一辈子没有买过菜。”细想起来，在昆明乡下时，有一阵子母亲身体不好，父亲带我们去赶过街子，不过次数有限。他的生活基本上是水来湿手，饭来张口。古人形容夫妇和谐用“举案齐眉”几个字,实际上就是孟光给梁鸿端饭吃,若问“是几时孟光接了梁鸿案”,应该是做好饭以后。

旧时有一副对联:“自古庖厨君子远,从来中馈淑人宜。”放在我家正合适。母亲为一家人真操碎了心。在没有什么东西的情况下,变着法子让大家吃好。她向同院的外国邻居的厨师学烤面包,用土豆做引子,土豆发酵后力量很大,能“嘭”的一声,顶开瓶塞,声震屋瓦。在昆明时一次父亲患斑疹伤寒,这是当时西南联大一位校医郑大夫经常诊断出的病,治法是不吃饭,只喝流质,每小时一次,几天后改食半流质。母亲用里脊肉和猪肝做汤,自己擀面条,擀薄切细,下在汤里。有人见了说,就是吃冯太太做的饭,病也会好。

一九六四年父亲患静脉血栓,在北京医院卧床两个月。母亲每天去送饭,有时从城里我的住处,有时从北大,都总是第一个到。我想要帮忙,却没有母亲的手艺。父亲暮年,常想吃手擀的面,我学做过几次,总不成功,也就不想努力了。

母亲把一切都给了这个家。其实母亲的才能绝不只限于持家。母亲结业于当时的女子最高学府,曾任河南女子师范学校预科算术教员。她有一双外科医生的巧手,还有很高的办事能力。外科医生的工作没有实践过,但从日常生活中,从母亲缝补、修理的功夫可以想见。办事能力倒是有一些发挥。

五十年代初至一九六六年,母亲做居民委员会工作,任北大燕南、燕东、燕农、镜春、朗润、蔚秀、承泽、中关八大园的主任。曾为家庭妇女们办起装订社、缝纫社等。母亲不畏辛劳,经常坐着三轮车来往于八大园间。这是在家庭以外为社会服务,她觉得很神圣,总是全心全意去做。居委会成员常在我家学习。最初贺麟夫人刘自芳、何其芳夫人牟决鸣等都是成员。后来她们迁往城内,又有吴组缃夫人沈淑园等参加。五十年代有一次选举区人民代表,不记得是哪一位曾对我说:“任大姐呼声最高。”这是真正来自居民的声音。

我心中有几幅图像,愈久愈清晰。

一幅在清华园乙所,有一间平台加出的房间,三面皆窗,称为玻璃房。母亲常在其中办事或休息。一个夏日,三面窗台上摆着好几个宽口瓶和小水盆,记得种的是茨菰。母亲那时大概不到四十岁,身着银灰色起蓝花的纱衫,坐在房中,鬓发漆黑,肌肤雪白。常见外国油画有什么什么夫人肖像,总想怎么没有人给母亲画一幅。

另一幅在昆明乡下龙头村。静静的下午,泥屋、白木桌,母亲携我坐在桌前,为我讲解鸡兔同笼四则题。父亲从城里回来,笑说这是一幅乡居课女图。

龙头村旁小河弯处有一个小落差,水的冲力很大。每星期总有一两次,母亲把一家人的衣服装在箩筐里,带着我和小弟到河边去。还有一幅图像便是母亲弯着腰站在欢快的流水中,费力地洗衣服,还要看着我们不要跑远,不要跌进河里。近来和人说到洗衣的事,一个年轻人问,是给别人洗吗?还没到那一步,我答。后来想,如果真的需要,母亲也不怕。在中国妇女贤淑的性格中,往往有极刚强的一面,能使丈夫不气馁,能使儿女肯学好,能支撑一个家度过最艰难的岁月。孔夫子以为女人难缠,其实儒家人格的最高标准“富贵不能淫,贫贱不能移,威武不能屈”,用来形容中国妇女的优秀品质倒很恰当,不过她们是以家庭为中心罢了。

母亲六十二岁时患甲状腺癌,手术后一直很好。从六十年代末患胆结石,经常大发作,疼痛,发烧,最后不得不手术。那一年母亲七十五岁。夜里推进手术室,父亲和我在过厅里等,很久很久,看见手术室甬道那边推出一辆平车,一个护士举着输液瓶,就像一盏灯。我们知道母亲平安,仍能像灯一样给我们全家以光明、以温暖。这便是那第四幅图像了。握住母亲的手时,我的一颗心落在腔子里,觉得自己很有福气。

母亲虽然身体不好，仍是操劳家务，真没有过一天清闲的日子。她总是说，你们专心做你们的事。我们能专心做事，都因为有母亲，操劳一生的母亲！

一九七七年九月十日左右母亲忽然吐血，拍片后确诊为肺门静脉瘤。当时小弟在家，我们商量说，母亲虽然年迈，病还是该怎么治就怎么治，不可延误。在奔走医院的过程中，遭到许多白眼。一家医院住院部一位女士说："都八十三岁了，还治什么！我还活不到这岁数呢。"可以说，母亲的病没有得到治疗，发展很快。最后在校医院用杜冷丁控制疼痛，人常在昏迷状态。一次忽然说："要挤水！要挤水！"我俯身问什么要挤水，母亲睁眼看我，费力地说："白菜做馅要挤水。"我的眼泪一下涌了出来，滴在母亲脸上。

母亲没有让人多伺候，不过三周便抛弃了我们。当时父亲还在受审查，她走时很不放心，非常想看个究竟，但她拗不过生死大限。她曾自我排解说，知道儿女是好的，还有什么别的可求呢。十月三日上午六时三刻，我们围在母亲床前，眼见她永远阖上了眼睛。我知道，我再不能睡在母亲身边讨得那样深的平安感了；我们的家从此再没有春天和太阳了。我们的家像一叶孤舟忽然失了掌舵的人，在茫茫大海中任意漂流。我和小弟连同父亲，都像孤儿一样不知漂向何方。

因为政治形势，亲友都很少来往。没有足够的人抬母亲下楼，幸亏那天来了一位年轻的朋友，才把母亲抬到太平间。当晚哥哥自美国飞回，到家后没有坐下，立刻要"看娘去"，我不得不告诉他母亲已去。他跌坐在椅上，停了半晌，站起来还是说"看娘去"。

父亲为母亲撰写了一副挽联："忆昔相追随，同荣辱，共安危，期颐望齐眉，黄泉碧落君先去；从今无牵挂，斩名缰，破利锁，俯仰无愧怍,海阔天空我自飞。”自己一半的消失使父亲把一切都看透了。以后母亲的骨灰盒,一直放在父亲卧室里。每年春节,父亲必率领我们上香。如此凡十三年。直到一九九〇年初冬那凄惨的日子,父母相聚于地下。又过了一年,一九九一年冬我奉双亲归窆于北京万安公墓。一块大石头作为石碑,隔开了阴阳两界。

我曾想为母亲百岁冥寿开一个小小的纪念会,又想到老太太们行动不便最好少打扰,便只就平常的了解或电话上交谈,记下几句话。

姨母任均是母亲最小的妹妹,姨父母在驻外使馆工作时,表弟妹们读住宿小学,周末假日接回我家,由母亲照管。姨母说,三姐不只是你们一家的守护神,也是大家的贴心人。若没有三姐,那几年我真不知怎么过。亲戚们谁没有得过她关心照料?人人都让她费过心血。我们心里是明白的。

牟决鸣先生已是很久不见了。前些时打电话来,说:“回想起在北大居住的那段日子,觉得很有意思。任大姐那时是活跃人物,她做事非常认真,总是全力以赴,而且头脑总是很清楚。”

在昆明时赵萝蕤先生和我家几次为邻居。那时她还很年轻,她不止一次对我说很想念冯太太。她说在人际关系的战场上,她总是一败涂地当俘虏。可是和冯太太相处,从未感到战场问题。是母亲教她做面食,是母亲教她用布条打纽扣结。有什么事可以向母亲倾诉。记得在昆明乡下龙头村时,有一次赵先生来我家,情绪不大好,对母亲说,一位军官太太要学英语,又笨又俗又无礼,总问金刚钻几克拉怎么说,她不想教,来躲一躲。母亲安慰她,让她一起做家务事。赵先生走时,已很愉快。

另一位几十年的邻居是王力夫人夏蔚霞。现在我们仍然对门而居。夏先生说:“你千万别忘记写上我的话。我的头生儿子缉志是你母亲接生的。当时昆明乡下缺医少药，那天王先生进城上课去了。半夜时分我遣人去请你母亲。冯先生一起来的，然后先回去了。你母亲留下照顾我，抱着我坐了一夜。次日缉志才出世。若没有你母亲，我和孩子会吃许多苦！”

像春天给予百花诞辰一样，母亲用心血哺育着，接引着——

亲爱的母亲的诞辰，是花朝节后十日。

哭小弟

我面前摆着一张名片,是小弟前年出国考察时用的。名片依旧,小弟却再也不能用它了。

小弟去了。小弟去的地方是千古哲人揣摩不透的地方,是各种宗教企图描绘的地方;也是每个人都会去,而且不能回来的地方。但是现在怎么能轮得到小弟!他刚五十岁,正是精力充沛、积累了丰富的学识经验、大有作为的时候。有多少事等他去做啊!医院发现他的肿瘤已经相当大,需要立即做手术,他还想去参加一个技术讨论会,问能不能开完会再来。他在手术后休养期间,仍在看研究所里的科研论文,还做些小翻译。直到卧床不起,他手边还留着几份国际航空材料,总是"想再看看"。他也并不全想的是工作。已是滴水不进时,他忽然说想吃虾,要对虾。他想活,他想活下去呵!

可是他去了,过早地去了。这一年多,从他生病到逝世,真像是个梦,是个永远不能令人相信的梦。我总觉得他还会回来,从我们那冬夏一律显得十分荒凉的后院走到我窗下,叫一声"小姊——"。

可是他去了,过早地永远地去了。

我长小弟三岁。从我有比较完整的记忆起,生活里便有我的弟弟,一个胖胖的、可爱的小弟弟,跟在我身后。他虽然小,可是在玩耍时，他常常当老师，照顾着小朋友，让大家坐好，他站着上课，那神色真是庄严。他虽然小，在昆明的冬天里，孩子们都生冻疮，都怕用冷水洗脸，他却一点不怕。他站在山泉边，捧着一个大盆的样子，至今还十分清晰地在我眼前。

“小姊，你看，我先洗！”他高兴地叫道。

在泉水缓缓地流淌中，我们从小学、中学到大学，大部分时间都在一个学校。毕业后就各奔前程了。不知不觉间，听到人家称小弟为强度专家；不知不觉间，他担任了总工程师的职务。在那动荡不安的年月里，很难想象一个人的将来。这几年，父亲和我倒是常谈到，只要环境许可，小弟是会为国家做出点实际的事的。却不料，本是最年幼的他，竟先我们而去了。

去年夏天，得知他患病后无法得到更好的治疗，我于八月二十日到西安。记得有一辆坐满了人的车来接我。我当时奇怪何以如此兴师动众，原来他们都是去看小弟的。到医院后，有人进病房握手，有人只在房门口默默地站一站，他们怕打扰病人，但他们一定得来看一眼。

手术时，有航空科学研究院、六二三所、六三一所的代表，弟妹、侄女和我在手术室外，还有一辆轿车在医院门口。车里有许多人等着，他们一定要等着，准备随时献血。小弟如果需要把全身的血都换过，他的同志们也会给他。但是一切都没有用。肿瘤取出来了，有一个半成人的拳头大，一面已经坏死。我忽然觉得一阵胸闷，几乎透不过气来——这是在穷乡僻壤为祖国贡献着才华、血汗和生命的人啊，怎么能让这致命的东西在他身体里长到这样大！

我知道在这黄土高原上生活的艰苦，也知道住在这黄土高原上的人工作之劳累，还可以想象每一点工作的进展都要经过十分恼人的迂回曲折。但我没有想到，小弟不但生活在这里，战斗在这里，而且把性命交付在这里了。他手术后回京在家休养，不到半年，就复发了。

那一段焦急的悲痛的日子，我不忍写，也不能写。每一念及，便泪下如绠，纸上一片模糊。记得每次看病，候诊室里都像公共汽车上一样拥挤。等啊等啊，盼啊盼啊，我们知道病情不可逆转，只希望能延长时间，也许会有新的办法。航空界从莫文祥同志起，还有空军领导同志都极关心他，各个方面包括医务界的朋友们也曾热情相助，我还往海外求医。然而错过了治疗时机，药石难再奏效。曾有个别的医生不耐烦地当面对小弟说，治不好了，要他“回陕西去”。小弟说起这话时仍然面带笑容，毫不介意。他始终没有失去信心，他始终没有丧失生的愿望，他还没有累够。

小弟生于北京，一九五二年从清华大学航空系毕业。他填志愿到西南，后来分配在东北，以后又调到成都、调到陕西。虽然他的血没有流在祖国的土地上，但他的汗水洒遍全国，他的精力的一点一滴都献给祖国的航空事业了。个人的功绩总是有限的，也许燃尽了自己，也不能给人一点光亮，可总是为以后的绚烂的光辉做了一点积累吧。我不大明白各种工业的复杂性，但我明白，任何事业也不是只坐在北京就能够建树的。

我曾经非常希望小弟调回北京，分我侍奉老父的重担。他是儿子，三十年在外奔波，他不该尽些家庭的责任吗？多年来，家里有什么事，大家都会这样说“等小弟回来”，“问小弟”。有时只要想到有他可问，也就安心了。现在还怎能得到这样的心安？风烛残年的父亲想儿子，尤其这几年母亲去世后，他的思念是深的、苦的，我知道，虽然他不说。现在他永远失去他的最宝贝的小儿子了。我还曾希望在我自己走到人生的尽头，跨过那一道痛苦的门槛时，身旁的亲人中能有我的弟弟，他素来的可依可靠会给我安慰。哪里知道，却是他先迈过了那道门槛啊！

一九八二年十月二十八日上午七时，他去了。

这一天本在意料之中，可是我怎能相信这是事实呢！他躺在那里，但他已经不是他了，已经不是我那正当盛年的弟弟，他再不会回答我们的呼唤，再不会劝阻我们的哭泣。你到哪里去了，小弟！自一九七四年沅君姑母逝世起，我家屡遭丧事，而这一次小弟的远去最是违反常规，令人难以接受！我还不得不把这消息告诉当时也在住院的老父，因为我无法回答他每天的第一句问话："今天小弟怎么样？"我必须告诉他，这是我的责任。再没有弟弟可以依靠了，再不能指望他来分担我的责任了。

父亲为他写挽联："是好党员，是好干部，壮志未酬，洒泪岂只为家痛；能娴科技，能娴艺文，全才罕遇，招魂也难再归来！"我那唯一的弟弟，永远地离去了。

他是积劳成疾，也是积郁成疾，他一天三段紧张地工作，参加各式各样的会议。每有大型试验，他事先检查到每一个螺丝钉，每一块胶布。他是三机部科技委员会委员，他曾有远见地提出多种型号研究。有一项他任主任工程师的课题研制获国防工办和三机部科技一等奖。同时他也是六二三所党委委员，需要在会议桌上坦率而又让人能接受地说出自己对各种事情的意见。我常想，能够"双肩挑"，是我们五十年代到六十年代初期出来的知识分子的特点。我们是在"又红又专"的要求下长大的。当然，有的人永远也没有达到要求，像我。大多数人则挑起过重的担子，在崎岖的、荆棘丛生的，有时是此路不通的山路上行走。那几年的批判斗争是有远期效果的。他们不只是生活艰苦，过于劳累，还要担惊受怕，心里塞满想不通的事，谁又能经受得起呢！

小弟入医院前，正负责组织航空工业部系统的一个课题组，他任主任工程师。他的一个同志写信给我说，一九八一年夏天，西安一带出奇的热，几乎所有的人晚上都到室外乘凉，只有“我们的老冯”坚持伏案看资料。“有一天晚上，我去他家汇报工作，得知他经常胃痛，有时从睡眠中痛醒，工作中有时会痛得大汗淋漓，挺一会儿，又接着做了。天啊，谁又知道这是癌症！我只淡淡地说该上医院看看。回想起来，我心里很内疚，我对不起老冯，也对不起您！”

这位不相识的好同志的话使我痛哭失声！我也恨自己，恨自己没有早想到癌症对我们家族的威胁，即使没有任何症状，也该定期检查。云山阻隔，我一直以为小弟是健康的。其实他早感不适，已去过他该去的医疗单位。区一级的说是胃下垂，县一级的说是肾游走。以小弟之为人，当然不会大惊小怪，惊动大家。后来在弟妹的催促下，乘工作之便到西安检查，才做手术。如果早一年有正确的诊断和治疗，小弟还可以再为祖国工作二十年！

往者已矣。小弟一生，从没有“埋怨”过谁，也没有“埋怨”过自己，这是他的美德之一。他在病中写的诗中有两句：“回首悠悠无恨事，丹心一片向将来。”他没有恨事。他虽无可以彪炳史册的丰功伟绩，却有一个普通人的认真的、勤奋的一生。历史正是由这些人写成的。

小弟白面长身，美丰仪；喜文艺，娴诗词；且工书法、篆刻。父亲在挽联中说他是“全才罕遇”，实非夸张。如果他有三次生命，他的多方面的才能和精力也是用不完的；可就这一辈子，也没有得以充分地发挥和施展。他病危弥留的时间很长，他那颗丹心，那颗让祖国飞起来的丹心，顽强地跳动，不肯停息。他不甘心！

这样壮志未酬的人，不止他一个啊！

我哭小弟，哭他在剧痛中还拿着那本航空资料“想再看看”，哭他的“胃下垂”“肾游走”；我也哭蒋筑英抱病奔波，客殇成都；我也哭罗健夫不肯一个人坐一辆汽车！我还要哭那些没有见诸报章的过早离去的我的同辈人。他们几经雪欺霜冻，好不容易奋斗着张开几片花瓣，尚未盛开，就骤然凋谢。我哭我们这迟开而早谢的一代人！

已经是迟开了，让这些迟开的花朵尽可能延长他们的光彩吧。

这些天，读到许多关于这方面的文章，也读到了《痛惜之余的愿望》，稍得安慰。我盼“愿望”能成为事实。我想需要“痛惜”的事应该是越来越少了。

小弟，我不哭！

猫　家

10月份到南方转了一圈，成功地逃避了气管炎和哮喘——那在去年是发作得极剧烈的。月初回到家里，满眼已是初冬的景色。小径上的落叶厚厚一层，树上倒是光秃秃的了。风庐屋舍依旧，房中父母遗像依旧，我觉得一切似乎平安，和我们离开时差不多。

见过了家人以后，觉得还少了什么。少的是家中另外两个成员——两只猫。“媚儿和小花呢？”我和仲同时发问。

回答说，它们出去玩了，吃饭时会回来。午饭之后是晚饭，猫儿还不露面。晚饭后全家在电视机前小坐，照例是少不了两只猫的。媚儿常坐在沙发扶手上，小花则常蹲在地上，若有所思地望着我，我总是和它说话，问它要什么，一天过得好不好。它以打呵欠来回答。有时就试图坐到膝上来，有时则看看门外，那就得给它开门。

可这一天它们不出现。

“小花，小花，快回家！”我开了门灯，站在院中大声召唤。因为有个院子，屋里屋外，猫们来去自由，平常晚上我也常常这样叫它，叫过几分钟后，一个白白圆圆的影子便会从黑暗里浮出来，有时快步跳上台阶，有时走两步停一停，似乎是闹着玩。有时我大开着门它却不进来，忽然跳着抓小飞虫去了，那我就不等它，自己关门。一会儿再去看时，它坐在台阶上，一脸期待的表情，等着开门。

小花被家人认为是我的猫。叫它回家是我的差事，别人叫，它是不理的，仲因为给它洗澡，和它隔阂最深。一次仲叫它回家，越叫它越往外走，走到院子的栅栏门了，忽然回头见我出来站在屋门前，它立刻转身飞箭似的跑到我身旁。没有衡量，没有考虑，只有天大的信任。

对这样的信任我有些歉然，因为有时我也不得不哄骗它，骗它在家等着，等到的是洗澡。可它似乎认定了什么，永不变心，总是坐在我的脚边，或睡在我的椅子上。再叫它，还是高兴地回家。

可是现在，无论怎么叫，只有风从树枝间吹过，好不凄冷。

70 年代初，一只雪白的、蓝眼睛的狮子猫来到我家，我们叫它狮子，它活了五岁，在人来讲，约三十多岁，正在壮年。它是被人用鸟枪打死的。当时正生过一窝小猫，好的送人了，只剩一只长毛三色猫，我们便留下了它，叫它花花。花花五岁时生了媚儿，因为好看，没有舍得送人。花花活了十岁左右，也还有一只小猫没有送出。也是深秋时分，它病了，不肯在家，曾回来有气无力地叫了几声，用它那妩媚温顺的眼光看着人，那是它的告别了。后来忽然就不见了。猫不肯死在自己家里，怕给人添麻烦。

孤儿小猫就是小花，它是一只非常敏感，有些神经质的猫，非常注意人的脸色，非常怕生人。它基本上是白猫，头顶、脊背各有一块乌亮的黑，还有尾巴是黑的。尾巴常蓬松地竖起，如一面旗帜招展，很有表情。它的眼睛略呈绿色，目光中常有一种若有所思的神情。我常常抚摸它，对它说话，觉得它不知什么时候就会回答。若是它忽然开口讲话，我一点不会奇怪。

小花有些狡猾，心眼儿多，还会使坏。一次我不在家，它要仲给它开门，仲不理它，只管自己坐着看书。它忽然纵身跳到仲膝上，极为利落地撒了一泡尿，仲连忙站起时，它已方便完毕，躲到一个角落去了。“连猫都斗不过”，成了一个话柄。

小花也是很勇敢的，有时和邻家的猫小白或小胖打架，背上的毛竖起，发出和小身躯全不相称的吼声。“小花又在保家卫国了。”我们说。它不准邻家的猫践踏草地。猫们的界限是很分明的，邻家的猫儿也不欢迎客人。但是小花和媚儿极为友好地相处，从未有过纠纷。

媚儿比小花大四岁，今年已快九岁，有些老态龙钟了，它浑身雪白，毛极细软柔密，两只耳朵和尾巴是一种娇嫩的黄色。小时可爱极了，所以得一“媚儿”之名。它不像小花那样敏感，看去有点儿傻乎乎的。它曾两次重病，都是仲以极大的耐心带它去小动物门诊，给它打针服药，终得痊愈。两只猫洗澡时都要放声怪叫。媚儿叫时，小花东藏西躲，想逃之夭夭。小花叫时，媚儿不但不逃，反而跑过来，想助一臂之力。其憨厚如此。它们从来都用一个盘子吃饭。小花小时，媚儿常让它先吃。小花长大，就常让媚儿先吃，有时一起吃，也都注意谦让。我不免自夸几句：“不要说郑康成婢能诵毛诗，看看咱们家的猫！”

可它们不见了！两只漂亮的、各具性格的、懂事的猫，你们怎样了？

据说我们离家后几天中，小猫在屋里大声叫，所有的柜子都要打开看过。给它开门，又不出去。以后就常在外面，回来的时间少。以后就不见了，带着爱睡觉的媚儿一起不见了。

“到底是哪天不见的？”我们追问。

都说不清，反正好几天没有回来了。我们心里沉沉的，找回的希望很小了。

“小花，小花，快回家！”我的召唤在冷风中，向四面八方散去。

没有回音。

猫其实不仅是供人玩赏的宠物，它对人是有帮助的。我从来没有住过新造成的房子，旧房就总有鼠患。在城内乃兹府居住时，老鼠大如半岁的猫，满屋乱窜，实在令人厌恶，抱回一只小猫，就平静多了。风庐中鼠洞很多，鼠们出没自由。如有几个月无猫，它们就会偷粮食，啃书本，坏事做尽。若有猫在，不用费力去捉老鼠，只要坐着，甚至睡着喵呜几声，鼠们就会望风而逃。一次父亲和我还据此讨论了半天“天敌”两字。猫是鼠的天敌，它就有灭鼠的威风！驱逐了鼠的骚扰，面对猫的温柔娇媚，感到平静安详，赏心悦目，这多么好！猫实在是人的可爱而有利的朋友。

小花和媚儿的毛都很长，很光亮。看惯了，偶然见到紧毛猫，总觉得它没穿衣服。但长毛也有麻烦处，它们好像一年四季都在掉毛，又不肯在指定的地点活动，以致家里到处是猫毛。有朋友来，小坐片刻，走时一身都是猫毛，主人不免尴尬。

一周过去了，没有踪影。也许有人看上了它们那身毛皮——亲爱的小花和媚儿，你们究竟遇到了什么！

我们曾将狮子葬在院门内枫树下，大概早溶在春来绿如翠、秋至红如丹的树叶中了。狮子的儿孙们也一代又一代地去了，它们虽没有葬在家内，也各自到了生命的尽头。“前不见古人，后不见来者。”生命只有这么有限的一段，多么短促。我亲眼看见猫儿三代的逝去，是否在冥冥中，也有什么力量在看着我们一代又一代在消逝呢。

三松堂岁暮二三事

往年每到十二月初,总要收到一通祝贺父亲寿诞的信件和卡片,最准时的是父亲的老友、两卷本《中国哲学史》的英译者卜德先生。我一见那几个中国字,便知是这位老人了。到十二月十日左右,便开始收到祝贺新年的美丽的卡片了。家里每个人都收到一些,有时还要比一比,“今年我得的最早”,“谁说的!我昨天就得了”。我会把收到的贺卡大声喊给父亲听,连从花园中穿过的行人都听得见。

父亲去世已两年了。十二月的热闹冷落下来。两年来,信件少多了,本应该完全没有父亲的信了,但还是陆续不断,从全世界。昨天去哲学系办点儿小事,又带回一叠信件。

信件中有张向父亲祝贺新年的音乐卡,是河北水产学校一个名叫娄震宁的学生寄来的,卡上写道:“我带着仰慕和敬爱的心情,在天涯为您祈祷,祝愿您新年愉快,健康长寿。”

这是今年的第一张节日卡。

记得父亲去世以后,我第一次在信箱里拿到给他的信,心里有一种凄然而异样的感觉。那是英国一家学术出版公司寄来的,关于哲学和医药的书目。这种书目以前我是根本不拆的,这次却反复看了好久,还想到书房去,大声喊着告诉什么什么事,几乎举起脚步,忽然猛省，即使喊破了喉咙，谁来听呢。

渐渐地，我习惯了。习惯于收阅寄给另一世界的信件。多半置之不理，有时也代复。譬如询问何处可买到《三松堂全集》《中国哲学史》《中国哲学史新编》等书，就要回复。虽然明知回复了也还是买不到的。

这次拿回的信件中，有几个新鲜机构和编辑部约请帮助，还有两本与父亲无关的校友通讯，不知何故寄来。积两年之经验，得一印象，真的有许多人是不看报纸的。我不知道这是好习惯抑或坏习惯，可能什么习惯也不是，只是太忙了。

来信人中也有明察秋毫的。一封打听《新编》售书处的信是写给我的。信封上写的是“北京大学哲学系转冯友兰先生家冯宗璞女士”。另一封给我的信因不知我的地址，写的是“北京大学冯友兰先生纪念馆转交”。许多人昧于已发生的事，混淆了阴阳界。这位朋友本着善良的愿望，想当然以为必有一个纪念馆，把未发生的事当真了。孰知虽有关心的各方人士倡议，此事还不大有要成为现实的样子。

庭院中三松依旧，不时有人来凭吊并摄影。那贺卡中平凡的乐音似乎在三棵松间萦绕。读三松堂书的人，都会在心中有一个小小的纪念馆。

一块大石头

这样一块大石，不是碑，不是柱，只是石头。立在众多的拥挤的墓碑中，进得万安公墓，向左转过一处假山，即可看见。石头略带红色，若有绿松掩映最好。但是没有，有的是许久不填平的新穴和坑坑洼洼的小路。

静极了,冬日的墓地。远处传来清脆的敲石头的声音,越显得寂静把墓地罩得很紧。

大石在寂静和寒冷中默默地站着。石上刻有“冯友兰先生夫人之墓”几个大字。我的父母亲就长眠在这里。我原想要一块自然的大石,不着一点人工痕迹,现在这一块前面还是凿平了,习惯是很难改的。

十二月四日,是父亲的诞辰,冥寿九十七岁。我一家人在六日来扫墓。先将墓石擦拭干净,然后献上几朵深红色的玫瑰花,花朵在一片灰蒙蒙中很打眼。这是墓地中唯一的红色。

我们站在墓前,也被寂静笼罩住了。

去年安葬时,正是冬至。从早便飘着雪。雪花纷纷扬扬,墓地一片白。来参加葬礼的亲友都似披了一层花白毯子。我请大家不必免冠,大家还是脱下帽子一任雪花飘洒。白雪掩盖了墓志,一个年轻人不戴手套,用手抹去雪花。他是那热衷创立“从零到零”体系的学生,我记得。

张岱年先生在墓前讲话,说冯先生的一生是好学深思、永远追求真理的一生,永远跟随时代前进的一生,他对中国文化的贡献是巨大的。也向我的母亲——为父亲承担了一切俗务的母亲,表示敬意。如果没有母亲几十年独任井臼之劳,父亲这样专心于学问也是不可能的。

我的弟弟、飞机强度专家冯钟越随父母安葬于此,这对于逝者和生者,都是很大的安慰。

墓穴封住了,大家献上鲜花。花朵在冷风中瑟缩着。它们本来是经不起寒冷的,这也是一种牺牲吧。

而墓中人再也不怕冷了,那深深的洞穴啊!

今年清明前后，一直下小雨。我们在清明后一天来到墓地。没想到平常极清静的墓地如同闹市一般，人们在墓石间穿来穿去，不少人把放置在骨灰堂里的骨灰盒拿出来，摆在石桌上一起坐一会儿。天阴得很，雨丝若有若无，草都绿了。更显得有生气的是各个墓上摆了各种鲜花，有折枝，有盆花，有花篮和花圈，和灰色的天空成为强烈的对比。父母亲的邻墓有一座较高大的碑，刻了不少子孙的名字，似是兴旺人家。墓上摆了两个大花篮，紫色的绸带静静地从花篮上垂下来。一路走过去，我心里很不安，我们来晚了，带的花太少了！大石头前果然显得很空，但是我们马上发现，这里并不孤寂。

一束小小的二月兰放在墓志石上。这是一种弱小的野花，北京西郊几个园子里都很多。那么是有人来凭吊过了，是谁？是朋友？是学生？是读者？大概我们永远不会知道。

我们献上几枝花，小心地不碰着那二月兰。

我们在寂静中站着，敲石头的声音响着，很清脆。

我们的祈求是一致的，保佑平安。

学术基金

十二月十二日，北京大学接受了冯友兰先生捐献的人民币五万元，设立了冯友兰学术基金。

数目小得可怜，心愿却大得不得了。

父亲在三十年代就提出要“继往开来”，认为这是他作为一个哲学家一生的使命。一九四六年他撰写西南联大纪念碑文，文中有句云：“我国家以世界之古国，居东亚之天府，本应绍汉唐之遗烈，作并世之先进。将来建国完成，必于世界历史，居独特之地位。盖并世列强，虽新而不古；希腊罗马，有古而无今。惟我国家，亘古亘今，亦新亦旧。斯所谓‘周虽旧邦，其命维新’者也。”他后来一再提出，“旧邦新命”是现代中国的特点。中国有源远流长丰富宏大的文化，这是旧邦；中国一定要走上现代化的道路，作并世之先进，这是新命。在三松堂寓所书房壁上，挂了他自撰自书的一副对联：“阐旧邦以辅新命，极高明而道中庸。”上联是平生之志向，下联是追求之境界。

父亲希望有更多青年学子加入阐旧邦以辅新命的行列。所以就要以基金为基础，在北大中文、历史（中国历史）、哲学（中国哲学）三大系设立奖学金，并每三年一次面向全国奖励有创见的哲学著作。

父亲最关心哲学，但不限于哲学。他任清华大学文学院长十八年，清华文学院是一座极有特色的文科学府，至今为学者们所怀念。父亲曾说，他一生最幸福的时光就是在清华的那一段日子。

又因为西南联大老校友加籍学人余景山先生用加币在北大哲学系设立了冯友兰奖学金，已经数年，对哲学系就不必再有偏向。

当我把款项交出去时，颇有轻松之感。“又办完一件事。”我心里在告禀。

回想起来，父亲和母亲一生自奉甚俭，对公益之事总是很热心的。一九四八年父亲从美国回来，带回一个电冰箱，当时是清华园中唯一的，大概北京城也不多。知道校医院需要，立即捐出。近年又向家乡河南唐河县图书馆和祁仪镇中学各捐赠一万元。款项虽小，也算是为文教事业做出的小小的呐喊吧。

北大校园电视校内新闻节目中，播出了设立冯友兰学术基金的消息。荧屏上出现了父亲的画像，那样泰然，那样慈祥。他看着我，似乎说:“你又办完一件事,可你的《野葫芦引》呢?”

《野葫芦引》是我的一部长篇小说,是父亲一直关心的。可我不争气,写完第一卷《南渡记》,一停就是四年。还不知道下一个野葫芦在哪里。

蜡炬成灰泪始干

2000年春，我患目疾，好几个月都在奔走医院。住医院，上手术台，对我都不是新鲜事，这一次却怀着极大的恐怖，我怕变为盲人。我怎能忍受那黑洞里的生活，怎能忍受那黑暗，那茫然，那隔绝。

我在等待第三次手术，日子一天天过去，还在等待。一个夜晚，我披衣坐在床上，觉得自己是这样不幸，我不会死，可是以后再无法写作。模糊中似乎有一个人影飘过来，他坐在轮椅上，一手拈须，面带微笑，那是父亲。

“不要怕，我做完了我要做的事，你也会的。”我的心听见他在说。此后，我几次感觉到父亲。他有时坐在轮椅上，有时坐在书房里，有时在过道里走路，手杖敲击地板，发出有节奏的声音。他不再说话，可是每次我想到他，都能得到指点和开导。

老实说，父亲已去世十年。时间移去了悲痛，减少了思念。以前在生活安排上，总是首先考虑老人，现在则完全改变了，甚至淡忘了。而在失明的威胁下，父亲并没有忘记我。或者说，我又想起了他，因为我需要他。

“不要怕，我做完了我要做的事，你也会的。”

我会吗？我需要他的榜样，我向记忆深处寻找……

用口授方式，完成 150 万字的大书，可谓学术史上的奇迹

父亲最后的日子，是艰辛的，也是辉煌的。他逃脱了政治旋涡的泥沼，虽然被折磨得体无完肤，却幸而头在颈上。他可以相当自由地思想了。1980 年，他开始从头撰写《中国哲学史新编》这部大书。当时他已是 85 岁高龄。除短暂的社会活动，他每天上午都在书房度过。他的头脑便是一个图书馆，他的视力很可怜，眼前的人也看不清，可是中国几千年来的哲学思想的发展在他头脑里十分清楚，那是他一辈子思索的结果。哲学是他一生的依据。自 1915 年，他进入北京大学哲学门，他从没有离开过哲学。

父亲考入北大时，报的是文科。当时有人劝他读法科容易找工作，而且，法科可以转文科，可是文科不可以转法科。父亲依言报了法科，考取了，但他还是转入文科。如果他要进仕途，可以从入法科开始，但那不是他的理想。他选择了哲学作为他的终身事业。

父亲那样出生在 19 世纪末的一代人，分布在各个学科，创造了中国社会转型时期的新文化。不管在哪一学科，他们有一个共同点，那就是热爱祖国，要使自己的国家扬眉吐气地屹立在世界民族之林。我相信，我的了解没有错。父亲的哲学也不是空谈哲理，也不是书斋里的机锋，他要"阐旧邦以辅新命"，就是要汲取中国文化的精华，作为建设新国家的营养，永远关心着国家、民族的命运，这就是他的"所以迹"。经过多少折腾、磨难，初衷不改，他的最后巨著《中国哲学史新编》的最后一页，仍写着张载的那几句话："为天地立心，为生民立命，为往圣继绝学，为万世开太平。"他仍然是"虽不能至，心向往之"。

他在 1942 年写的《新原人》中写出了他的境界说——他的哲学

的灵泉。此书自序一开始就写了张载四句，接下去便说，“此哲学家所应自期许者也。况我国家民族，值贞元之会，当绝续之交，通天人之际，达古今之变，明内圣外王之道者，岂可不尽所欲言，以为我国家致太平、我亿兆安身立命之用乎？虽不能至，心向往之。非曰能之，愿学焉。”我一直认为，“贞元六书”的几篇短序都是绝妙文章，表现了父亲的心胸气魄。听人说有哲学教师讲张载四句竟至泪下，可知怀有为国家致太平，为亿兆安身立命这种深情的人并非少数。

父亲最后十年的生命，化成了《中国哲学史新编》这部书。学者们渐渐有了共识，认为这部书对论点、材料的融会贯通超过了30年代的两卷本，又对玄学、佛学、道学，对曾国藩和太平天国的看法提出了独到的见解，还认为人类的将来必定会“仇必和而解”，都说出了他自己要说的话，一点一滴，一字一句，用口授方式写成了这部150万字的大书，可谓学术史上的奇迹。蝇营狗苟、利欲熏心的人能写出这样的书么？我看是抄也抄不下来！有的朋友来看望，感到老人很累，好意地对我说：“能不能不要写了。”我转达这好意，父亲微叹道：“我确实很累，可是我并不以为苦，我是欲罢不能。这就是‘春蚕到死丝方尽，蜡炬成灰泪始干’吧！”

是的，他并不以写这部书为苦，他形容自己像老牛反刍一样，细细咀嚼储存的草料。他也在细细咀嚼原有的知识储备，用来创造。这里面自有一种乐趣。父亲著述还有一个特点，就是不做卡片。曾有外国朋友问：“在昆明时，各种设备差，图书难得，你到哪里找资料？”父亲回答：“我写书，不需要很多资料，一切都在我的头脑中。”这是他成为准盲人后，能完成大书的一个重要条件。

“有病要治，是因为书没有写完，等书写完了，有病就不必治了”

更重要的是他的专注，他的执着，他的不可更改的深情。他在生命的最后两年中不能行走，不能站立，起居需人帮助，甚至咀嚼困难，进餐需人喂，有时要用一两个小时。不能行走也罢，不能进食也罢，都阻挡不了他的哲学思考。一次，因心脏病发作，我们用急救车送他去医院，他躺在病床上，断断续续地说："现在有病要治，是因为书没有写完，等书写完了，有病就不必治了。"

当时，我为这句话大恸不已，现在想来，如丝已尽，泪已干，即使勉强治疗也是支撑不下去的。而丝未尽，泪未干，最后的著作没有完成，那生命的灵气绝不肯离去。他最后的遗言"中国哲学将来一定会大放光彩"，就是用他整个生命说出来的。

父亲久病后，偶然颤巍巍地站立，总让人想到风烛残年这几个字，烛火在风中摇曳，可以随时熄灭，但父亲的精神之火却是不会熄灭的。他是那样顽强，坚韧，那样丰富，他不烧干自己决不甘心。

薪尽火传的精神后面，有着极飘逸、极空明的另一面

1982 年，父亲到哥伦比亚大学接受名誉博士学位，他写了一首诗："一别贞江六十春，问江可认再来人？智山慧海传真火，愿随前薪做后薪。"薪火相传的意思出自《庄子·养生主》："指穷于为薪，火传也，不知其尽也。"他要像浇了油的木柴一样，前面的木柴烧完了，后面的木柴便接上去，薪火相传代代不息。

父亲那一代人责任感太强了，他们无暇逍遥。其实父亲心底是赞成孔子"吾与点也"那一句话。曾点说，他的愿望是"浴乎沂，风乎舞雩，咏而归"。父亲是欣赏这种境界的。

40 年代，常有人请父亲写字，父亲最喜写唐李翱的两首诗——"练得身形似鹤形，千株松下两函经，我来问道无余说，云在青天水在瓶。""选得幽居惬野情，终年无送亦无迎，有时直上孤峰顶，月下披云

啸一声。”

这两首诗，父亲写过几十幅，现在家中只有“月下披云啸一声”那一幅，没有了“云在青天水在瓶”的那一幅。父亲的执着顽强，那春蚕到死、蜡炬成灰、薪尽火传的精神，后面有着极飘逸、极空明的另一面。一方面是儒家“知其不可而为之”的担得起，一方面是佛、道、禅的“云在青天水在瓶”的看得破。有这样的互补，中国知识分子才能在极严酷的环境中活下去。

很多年以前，父亲为我写了一幅字，写的是龚定庵诗：“虽然大器晚年成，卓荦全凭弱冠争。多识前言蓄其德，莫抛心力贸才名。”后来父亲又为我和外子做过一首诗：“七字堪为座右铭，莫抛心力贸才名。乐章奏到休止符，此时无声胜有声。”父亲深知任何事都要用心血做成，谆谆教诲，不要为一点轻易取得的浮名得意，在寂静中也许会有更好的音乐。想到这些常觉得是父亲坐在那里，以手向上一指向下一指，在沉默中，让人想到“云在青天水在瓶”的诗句。可是那含义，那境界，有谁领会？

我做了手术，出院回家，在屋中走来走去，想倾听原来的父亲卧房里发出的咳声，但是只有寂静。我坐在父亲的书房里，看着窗外高高的树，在这里，准盲人冯友兰曾坐了三十三年；无论是否成为盲人，我都会这样坐下去。

第三辑　京西小巷槐树街

京西小巷槐树街

这是一条长不足百米的胡同，两侧皆植槐树，掩映着一个个小宅院。名为槐树街，可谓名副其实。这一带街道，再没有种槐树的，若寻槐树街，认准槐树便是。

可能因为短小，人们说到它时，加之以儿——槐树街儿，似乎很亲热。树荫后面人家，经过许多变迁了，门前高台阶大都破旧不堪，双扇院门上的对联字迹模糊，很难辨认。有些双扇门已改为房门一样单扇门了，开在胡同里，有点儿不伦不类。但那门前歪斜的台阶、门上剥落的字迹，以及两行槐树，仍然像北京的数千条胡同一样，给人一种遥远的、宁静的气氛。

这个居民点总称成府，位于北大和清华之间。以前的燕京和清华，现在的北大和清华，都有教职工住在这里。

一个黄昏，我站在槐树街口，目的是看一看槐树街十号。

找到十号。门洞窄小，房子没有格局，直觉地觉得不对。一个人出来说，原来的十号改为九号了，请到隔壁。

隔壁有几层台阶，门扇依然完好，若油漆一下，还是很像样的。经过仔细辨认，认清了门上的字，“中心育物，和气生春”。

我不记得这副对联。

进门向右,穿过一个小夹道,眼前豁然开朗,这是一个真正的四合院,正门朝北,垂花门开在西侧,正房对面建有南房。四面房屋都很整齐,木格窗,正房还有雕花。

院中几个人在闲坐,拿着蒲扇。旁边一棵石榴,正开着火红的花朵。正房前搭葡萄架,翠绿的叶子垂下来。多少年不见这样的院子了!

“这是我的出生地,就在这北房里。”寒暄后说明来意。

他们大概是东厢房的住户,很殷勤,却没有邀我进房去参观。只问:

“走了多少年了?出国了吧?”

其实我出生后两个月,随父母迁到清华。转了几十年,并没有转出北大清华这一带,很觉惭愧,只好含糊应了一句。

“我们是北大的职工,这房子属北大,新十号属清华。”他们介绍,“现在这院子住了八家。”

四面房屋前都搭了小棚屋,还停着一辆平板车,上有玻璃罩,写着“米酒”。

“是第二职业了?”我笑问。

他们说是邻居的,当然是业余的。

告辞时主人说欢迎常来。我知道我不会常来。

出了门,见斜对过有彩灯一闪一闪,原来是开了一家冷饮小店。记得邻近的蒋家胡同有一间常三酒馆,当年是燕京清华的学生们谈心的好地方,专营海淀莲花白,那酒有的粉红,有的青绿。后来酒馆改为门市部,专营全世界到处买得到的东西。走过时张望了一下,心中诧异,怎么没有听说常三酒馆要重新开张。

走过新建的砖房,简直说不出是什么式样。两墙之间有一条极窄小的胡同,仅容一人行走,通过去不知是哪里。墙上挂着崭新的牌子“新胡同”,也是名副其实。

一阵清脆的笑声,从新胡同跑出几个女孩子。她们是要跳房子还是跳皮筋?我站住等着。她们不跳什么,笑着跑远了,把笑声留在胡同里。

绿衣人

近来翻译了一篇小说《信》,其中有一个自私的母亲教育孩子说,你到了一定年龄就不要再拆信,信里都是别人的痛苦,不要让别人的事伤你自己的心。译时觉得纸上一股冷气逼人,暗自庆幸我对信的感受完全相反。

我喜欢信,喜欢读信,书信越过高山,使分隔两地的离人能互诉衷曲,从互相关心中得到滋养。古时把生离死别并列,自从有了邮政,虽生离而能有音信,比起去到那永不会有任何消息回来的天国,自然大不一样。

每个人一生会收到许多信,我也一样。我曾为别人的欢喜而欢喜,为别人的悲哀而悲哀;也曾写过许多信,希望别人为我的欢喜而欢喜,为我的悲哀而悲哀。为了信,我曾盼望,也曾等待。哪怕得到的是难题,是痛苦,我却因世界上不只有我一个自己,而觉得更充实更温暖。

得信的最后一个环节,是送信人了。他们身着绿衣,骑车在一栋栋房屋前停下来,投递着人们期望或不期望的消息。这一带春来樱花如雪,夏日榴花似火,秋时蔷薇类的黄花开得满院皆金,冬天的雪花飘飘扬扬,覆盖了一切。绿衣人总是准时地走过花的曲径或雪的小路，把一封封信送到门前。

今年雪下得早，雪使世界变得纯洁了，柔软了，像一篇正在写的童话，像一个尚未飘逝的梦。在静静地飘落着的雪花中，我看见一点绿色，被地上的雪光照着，移过来，移过来——

这是小展。奇怪的是，以前我们都不曾知道绿衣人的姓，而现在人人知道她是小展。因为她不只送来邮件，还曾带来欠资信，免得我到邮局去取；有朋友的汇款要转到别处，她说代办了吧，不麻烦。邻居在路上遇到她，她会告诉今天有他的信；年底收款，头一天每份报纸都打上醒目的红字："明日收报费。"

也许小展有时不能给人带来人们所期望的消息，但是小展本身，便展示着希望了。她不只骑车又下车，拿出信报放进信箱，她是用了心，一颗充满了希望的心，充满了关切的心，总是想给别人方便的心。医生们说，两个同样的病人，一个受到应有的治疗，一个除了治疗，还有亲人的关心，后者得生的希望要大得多。我们曾伤过元气，我们多么需要千千万万这样宝贵的心，来补养，来恢复，来建设新的一切。

雪地上那一点移过来的绿色，常在眼前拂拭不去。忽然想起不只送信人身着绿衣，整个邮政系统用的俱是绿色。这也许有什么史话吧。我无考据癖，只从常理来想，绿色正是春天的颜色，生命的颜色。人们希望书信能带来春天，带来生命，带来希望。虽然有的信会传来噩耗，但是身着绿衣的人却承担着带来希望的使命。

春天的希望，生命的希望——绿色的希望，不是每一个新年都应该带给我们的吗？

从“粥疗”说起

从小便多病，以这多病之身居然维持过了花甲，而且还在继续维持下去，也算不简单。60年代后期，随着“文化大革命”这场大灾难，我也得了一场重病。年代久了，记忆便淡漠，似乎已和旁人平等了。可能是为了提醒吧，前年底，经历了父丧之痛以后，又是一次重病，成了闻名遐迩的大病号。

病中得到广泛而深厚的关心，让我有点飘飘然。有时卧床而“飘”，飘着飘着，想起二十年前，我的夫弟——俗称“小叔子”的，他们只有兄弟二人，不必说明第几位——从上海寄了一本《粥疗法》，是本薄薄的旧书，好像还是古籍出版社一类的地方出版的。书中极称粥食之妙，还介绍了许多食粥之法。有的很普通，如山药粥、百合粥、莲子粥等，不必查书，我也曾奉食老父。有用肉类制作的，就比较复杂。无论繁简，都注明各有所治，“粥效”可谓大焉。不过此书的命运同我家多数小册子一样，在乃兄的管理下，不久就不见踪影，又是“只在此山中，云深不知处”了。

后来又听朋友说，还有一种书，题名为《一百种粥》，所记粥事甚详。可见“粥”在出版界颇不寂寞。

病中不能出门，只在房中行走。体力恢复到能东翻西翻时，偶见陆游有一首食粥诗："世人个个学长年，不悟长年在目前。我得《宛丘》平易法，只将食粥致神仙。"再一研究，写《宛丘集》的张耒，更有一篇《粥记》。文字不长，兹录如下：

张安定每晨起食粥一大碗，空腹胃虚，谷气便所补不细，又极柔腻，与肠腑相得，最为饮食之良妙。齐和尚说，山中僧每将旦一粥，甚是厉害，如或不食，则终日觉脏腑燥渴，盖能畅胃气，生津液也。今劝人每日食粥以为养生之道，必大笑。大抵养性命求安乐亦无深远难知之事，正在寝食之间耳。

这位张耒是自称"吾苏学士徒也"的，如此再作推理，原来东坡也嗜粥。他说：

夜饥甚，吴子野劝食白粥，云能推陈出新，利膈益胃。粥既快美，粥后一觉，妙不可言。

看来宋代便有不少大名士深知粥理。想想我曾那样不重视粥疗，不觉自叹所知太少。

南方人似乎喜吃泡饭胜于粥。幼时在昆明，一度住在梅家，曾和小弟还有从小到大的友伴和同窗梅祖芬三人一起偷吃剩饭。那天的饭是用云南特产的一种香稻做的，用开水泡一下，还有什么人送来自制的腐乳，我们每人都吃了两三碗，直吃到再也咽不下，终于胃痛得起不了床。梅伯母不知缘故，见三人一起不适，甚感惊慌。好在服用酵母片后，个个痊愈。梅伯母现已年近百岁，对于一起胃痛的奥妙，还是不甚了然。当时若吃的不是泡饭而是粥，谅不至于胃痛。

1959年下放在桑干河畔，那里习惯用玉米糙子煮干饭，称为“格仁粥”，煮成稀饭，则称“格仁稀粥”。我印象中稀粥比名为粥的干饭容易下咽多了。房东大娘把炒过的玉米、小米和豆类碾碎，煮成粥状，也笼统称为粥。下放回来后，大娘还托人带来一小口袋这种粥的原料，试者无不说好。但若吃久了，这些粥都比不上白米粥。只是大米在北方农村不多，米粥也就难得了。

有一阵子以为广东粥很好。记得那年夜游洛杉矶，午夜到一小吃店吃鱼生粥。只那端上来时的热气腾腾便赶走一半夜寒。碗中隐约现出嫩绿的葱花，浅黄的花生碎粒，略一搅动，翻起雪白的鱼片，喝下去不只暖适而且美味。回来每每念及“广东粥”，或外购或内制，总到不了那个水平。这也许和当时的身体情况以及环境有关。

陆游还有一首诗云：“粥香可爱贫方觉，睡味无穷老始知。要识放翁真受用，大冠长剑只成痴。”食粥的根本道理在于自甘淡泊。淡泊才能养生。身体上精神上都一样。所以鱼呀肉的花样粥，总不如白米粥为好。白米粥必须用好米，籼米绝熬不出那香味来。而且必须黏润适度，过稠过稀都不行。还要有适当的小菜佐粥。小菜因人而异。贾母点的是炸野鸡块子，“咸浸浸的好下稀饭”。我则以为用少加香油白糖的桂林腐乳，或以落花生去壳衣，蘸好酱油和粥而食，天下至味。

不知当初东坡食白粥，用的什么小菜。

药杯里的莫扎特

一间斗室，长不过五步，宽不过三步，这是一个病人的天地。这天地够宽了，若死了，只需要一个盒子。我住在这里，每天第一要事是烤电，在一间黑屋子里，听凭医生和技师用铅块摆出阵势，引导放射线通行。是曰“摆位”。听医生们议论着铅块该往上一点或往下一点，便总觉得自己不大像个人，而像是什么物件。

精神渐好一些时，安排了第二要事：听音乐。我素好音乐，喜欢听，也喜欢唱，但总未能升堂入室。唱起来以跑调为能事，常被家人讥笑。好在这些年唱不动了，大家落得耳根清净。听起来耳朵又不高明，一支曲子，听好几遍也不一定记住，和我早年读书时的过目不忘差得远了。但我却是忠实，若哪天不听一点音乐，就似乎少了些什么。在病室里，两盘莫扎特音乐的磁带是我亲密的朋友。使我忘记种种不适，忘记孤独，甚至觉得斗室中天地很宽，生活很美好。

三小时的音乐包括三个最后的交响乐“三十九”“四十”“四十一”，还有钢琴协奏曲、提琴协奏曲、单簧管协奏曲等片段。《第四十交响曲》的开始，像一双灵巧的手，轻拭着听者心上的尘垢。然后给你和着淡淡哀愁的温柔。《第四十一交响曲》素以宏伟著称，我却在乐曲中听出一些洒脱来。他所有的音乐都在说，你会好的。

会吗？将来的事谁也难说。不过除了这疗那疗以外，我还有音乐。它给我安慰，给我支持。

终于出院了，回到离开了几个月的家中，坐下来，便要求听一听音响，那声音到底和用耳机是不同的。莫扎特《第二十一钢琴协奏曲》的第二乐章，提琴组齐奏的那一段悠长美妙的旋律简直像从天外飘落。我觉得自己似乎已溶化在乐曲间，不知身在何处。第二乐章快结尾时，一段简单的下行的乐音，似乎有些不得已，却又是十分明亮，带着春水春山的妩媚，把整个世界都浸透了。没有人真的听见过仙乐，我想莫扎特的音乐胜过仙乐。

别的乐圣们的音乐也很了不起，但都是人间的音乐。贝多芬当然伟大，他把人间的情与理都占尽了，于感动震撼之余，有时会觉得太沉重。好几个朋友都说，在遭遇到不幸时，柴可夫斯基是不能听的，本来就难过，再多些伤心又何必呢。莫扎特可以说是超越了人间的痛苦和烦恼，给人的是几乎透明的纯净。充满了灵气和仙气，用欢乐、快乐的字眼不足以表达，他的音乐是诉诸心灵的，有着无比的真挚和天真烂漫，是蕴藏着信心和希望的对生命的讴歌。

在死亡的门槛边打过来回的人会格外欣赏莫扎特，膜拜莫扎特。他自己受了那么多苦，但他的精神一点没有委顿。他贫病交加以致穷死，饿死，而他的音乐始终这样丰满辉煌，他把人间的苦难踏在脚下，用音乐的甘霖润泽着所有病痛的身躯和病痛的心灵。他的音乐是真正的“上界的语言”。

虽然时代不同，文化背景不同，专业不同，莫扎特在音乐领域中全能冠军的地位有些像我国文坛上的苏东坡。莫扎特在短促的人生旅程间写出了交响乐、协奏曲、独奏曲、歌剧等许多伟大作品。音乐创作中几乎什么都和他有关，近来还考证出他是摇滚乐的祖师爷。苏东坡在宦游之余写出了诗词文赋等各种体裁的作品，始终是未经册封的文坛盟主。他们都带有仙气，所以后人称东坡为坡仙，传说中八仙过海时来了九朵莲花，第九朵是接东坡的，但他没有去。莫扎特生活在18世纪，世界已经脱离了传说，也少有想象的光彩了，我却愿意称他为“莫仙”。就个人生活来说，东坡晚年屡遭贬谪直到蛮荒之地。但在他流放的过程中，始终有家人陪伴，侍妾王朝云为侍奉他而埋骨惠州。莫扎特不同，重病时也没有家人的关心。（比较起来，中国女子多么伟大！）但是他不孤独，他有音乐。

回家以后的日子里，主要内容仍是服药。最兴师动众且大张旗鼓的是服中药。我手捧药杯喝那苦汁时，下药（不是下酒）的是音乐。似乎边听音乐边服药，药的苦味也轻多了。听的曲目较广，贝、柴、肖邦、拉赫玛尼诺夫等，还有各种歌剧，都曾助我一口（不是一臂）之力。便是服药中听勃拉姆斯，发现他的《第一交响曲》很好听。但听得最多的，还是莫扎特。

热气从药杯里冉冉升起，音乐在房间里回绕，面对伟大的艺术创造者们，我心中充满了感激。我觉得自己真是幸运而有福气，生在这样美好的艺术已经完成之后——而且，在我对时间有了一点自主权时，还没有完全变成聋子。

星期三的晚餐

去年春来时,我正在医院里。看见小花园中的泥土变得湿润,小草这里那里忽然绿了起来,真有说不出的安慰和兴奋。“活着真好。”我悄悄对自己说。

那时每天想的是怎样配合治疗。为补元气,饮食成为一件大事。平常我因太懒,奉行“宁可不吃也不做”的原则。当然别人做了好吃的,我也有兴趣,但自己是懒得动手的。得了病,别人做来我吃,成为天经地义,还唯恐不合口味,做者除了仲和外甥女冯枚,扩及住得近的表弟、妹和多年老友立雕(韦英)夫妇。

立雕是闻一多先生次子,和我同岁。我和他的哥哥立鹤同班,可不知为什么我和闻老二比闻老大熟得多。立雕知道我的病况后,认下了每星期三的晚餐,把探视的日子留给仲。因为星期三不能探视,就需要花言巧语费尽周折才能进到病房。每次立雕都很有兴致地形容他的胜利。后来我身体渐好,便到楼下去“接饭”。见他提着饭盒沿着通道走来,总要微惊,原来我们都是老人了。

好一碗鸡汤面!油已去得干净,几片翠绿的菜叶,让人看了胃口大开。又一次是煮米粉,不知都放了什么佐料,我居然把一碗吃完。立雕还征求意见:“下次想吃什么?”

“酿皮子。”我脱口而出，因为知道春华弟妹是陕西人。

“你真会挑！”又笑加一句，“你这人天生的要人侍候。”

又是一个星期三，果然送来了酿皮子。那东西做起来很麻烦，要用特制的盘子盛了面糊，在开水里搅来搅去。味道照例是浓重的。饭盒里还有一个小碟，放了几枚红枣。立雕说这是因为佐料里有蒜，餐后吃点枣可以化解蒜味儿，是春华预备的。

我当时想，我若不痊愈，是无天理。

立雕不只拿来晚饭，每次还带些书籍来。多是关于抗战时昆明生活的。一次说起 1945 年 1 月我们随闻一多先生到石林去玩。闻先生那张口衔烟斗的照片就是在石林附近尾泽小学操场照的。

“说起来，我还没有这张照片呢。”我说。

“洗一张就是了。”果然下次便带来了那照片。比一般常见的大些。闻先生浓眉下双目炯炯有神，正看着我们，烟斗中似有轻烟升起。

闻先生身后有个瘦瘦的小人儿，坐在地上，衣着看不清，头发略长，弯弯的。

“呀！”我叫了一声，“这是谁呀？”

素来反应迟钝的仲这次居然一眼看清，虽然他从未见过少年时代的我：“这是谁？这不是我们的病号吗！”

立雕原来没有注意，这时鉴定认可。我身旁还有一个年轻人，不是立雕，也不是小弟，总是当时的熟人吧。

素来自命清高，不喜照相，人多时便躲到一边去。这回怎么了！我离闻先生不近，却正好照上了。而且在近 50 年后才发现。看见自己陪侍闻先生在照片里，觉得十分快乐。

在昆明有一段时间，我们和闻家住隔壁。家门前都有西餐桌面大的一小块土地，都种了豌豆什么的，好掐那嫩叶尖。母亲和闻伯母常各自站在菜地里交谈。小弟向立鹤学得站立洗脚法,还向我传授。盆放在凳子上,人站在地下,两脚轮流做金鸡独立状。我们就一面洗一面笑。立鹤很有才华,能绘画、善演戏,英语也不错,若是能够充分发挥,应也像三弟立鹏一样是位艺术家。可叹他在1946年的灾难中陪同闻先生在鬼门关走了一遭;1957年又被错误地批判,并受了处分,经历甚为坎坷,心情长期抑郁不畅。他1981年因病去世,似是同辈人中最早离去的。

那次去石林是西南联大学生组织的,请闻先生参加。当时立鹤、立雕兄弟,小弟和我都是联大附中学生,是跟着闻先生去的。先乘火车到路南,再骑一种矮脚马。我们那时都没有棉衣,记得在旷野中迎风骑马,觉得寒气沁人。骑马到尾泽后,住在尾泽小学。以后无论到哪里都是步行了。先赏石林的千姿百态,为那鬼斧神工惊叹不止。再访瀑布大叠水、小叠水。给我印象最深的是尾泽附近的长湖。湖边的石奇巧秀丽,树木品种很多,一片绿影在水中,反照出来,有一种淡淡的幽光。水面非常安详闲在,妩媚极了。我以后再没有见到这样纯真妩媚的湖。1980年回昆明,再去石林,见处处是人为的痕迹,鬼斧神工的感觉淡得多了。没有人提到长湖,我也并不想再去,怕见到那本是不食人间烟火的天真烂漫,也沾惹上市井之气。

这张照片中没有风景,那时大同学组织活动,目的也不在风景。只是我太懵懂了,只记得在操场围成一个大圈子,学阿细跳月。闻先生讲话,大同学朗诵诗、唱歌,内容都不记得了。

1980年曾为衣冠冢写了一首诗,后半段有这样几句:"亲眼见那燃着的烟斗/照亮了长湖边的苍茫暮霭/我知道这冢内还有它/除了衣冠外。"原来照片中不只有它,还有我。

闻先生罹难后,清华不再提供住宅。父母亲邀闻伯母带领孩子们到白米斜街家中居住。我们住后院,立雕一家住前院。常和小弟三人一道骑车。那时街上车辆不像现在这样拥挤，三人并排而行，也无人干涉。现存有几张当时在北海拍摄的相片，一张是立雕和我在白塔下，我的头发和在闻先生背后的一张还是一模一样。后来我们迁到清华住了，他们一家经组织安排到了解放区。一晃便是几十年过去了。

在昆明时，教授们为生活所迫，不得不做点能贴补家用的营生。闻先生擅长金石，对美学和古文字又有很高的造诣，这时便镌刻图章，石章每字1200元，牙章每字3000元。立雕、立鹤兄弟二人有很好的观摩机会，渐得真传，有时也分担一些。立雕参加革命后长期做宣传工作，1988年离休，在家除编辑新编《闻一多全集》的《书信卷》之外，还应邀为浠水闻一多纪念馆设计和编写展览脚本。近期又将着手编闻先生的影集《人民英烈闻一多》。看样子他虽离休了，事情还很多，时间仍是不敷分配。

看来子孙还是非常重要，闻先生不只有子，而且有孙。《闻一多年谱长编》是由立雕之子闻黎明编写的。黎明查找资料很仔细，到昆明看旧报，见到冯爷爷的材料也都摘下。曾寄来蒙自"故居"的照片，问"璞姑"是不是这栋房子。房子不是，但在第三代人心中存有关切，怎不让人感动！

父亲前年去世后，立雕写了情意深重的信。信中除要以他们兄妹四人名义敬献花圈外，还说："伯父去世是我们国家和人民的重大损失。我永远忘不了在我们最困难的时候，伯父、伯母给我们的关怀、帮助和安慰。我们两家两代人的友谊，是我脑海中永不会消失的美好记忆与回忆。"

从那桌面大的豌豆地，从那长湖上的暮霭，友谊延续着，通过了星期三的晚餐，还在延续着。我虽伶仃，却仍拥有很多。我有知我、爱我的朋友，有众多的堂兄弟姊妹、表兄弟姊妹，还有因上一代友情延续下来的诸家准兄弟姊妹。

比起“文革”间那一次重病的惨淡凄凉，这次生病倒是满风光的。怎舍得离开这个世界呢。

活着真好。

变　迁

二十世纪七十年代末，中关村出现了一家农贸市场，那是新事物。去看过吗？人们互相问。

我也去了。哎呀！只觉五光十色。各种各样的农产品，大葱雪白，青菜碧绿，黄瓜土豆西红柿，真是十分可爱。当时的欢喜，简直可以说是心花怒放！

不久，路边有了摊贩，又有了一些小杂货铺、小饭馆。人们从长久的束缚中解脱了，一点一点尝试着吸进新鲜空气。

转眼已是八十年代中叶。一个细雨蒙蒙的秋天下午，我和外子仲从颐和园出来，走过牌坊去乘公共汽车。“那里有一家西餐馆。”仲指着斜对面不远处。“我们去看看。”我说。那时的我，什么都要看看。

门口挂一个小牌——维兰西餐馆。院子很小，屋子也不大，只有三四张桌子。因时间还早，并没有客人。一位中年人迎出来，大概是店主了。“吃西餐吗？”他问。我们坐下来，那中年人自去厨房。

店内陈设简单，桌上倒是铺了台布。我的座位可以看见厨房，那中年人正带着一个助手在操作。菜做好了，中年人走出来，和我们攀谈。他姓郑，原在“法国府”任厨师，允许个体户开业后，出来开这家餐馆，已经两三年了。

“尼克松来参观过。”郑经理指指墙上的照片,那是尼克松第二次来华时的留影。

他的手艺很好。我和仲常记得那蒙蒙秋雨,那家小店和美味的汤。

当时,父亲已不大能出门,我托人到维兰买他喜欢的炸虾,告诉他今天有这个菜,他总是很高兴。他往往是知道要吃什么,比真的吃到还高兴。

九十年代初,又一次从颐和园出来,看见东宫门南边有一个大门,挂了很大的牌子,写着“维兰西餐馆”几个字。原来它迁到这里了,里面是两层楼,扩大多了。

一次和王蒙贤伉俪游香山后,在此处同进午餐。那天,谈得较多的是义山诗,王蒙对义山诗的见解,多出于平常心。我以为只有这样才能理解感悟。若一矫情,就拐了弯,不对路了。

又过了些时,维兰又不见了。一个住在附近的亲戚告诉我们,它迁回原址了。它确实迁回原址,不过气派已经大不一样。它和整个社会同步前进,已经不再是“乡镇企业”。从门脸到店内陈设,都有些洋了。唐稚松学长特邀我们一聚,选在维兰。饭间,稚松学长念了一首小令,我不大懂他的湖南口音,要他写在餐纸上,现在只记得结尾几句:“无人赏,自家拍掌,唱得千山响。”我们都喜欢这首小令。

以后,没有人提起那西餐馆。一天,在报纸中夹了一份广告,通知维兰又搬迁了,迁到中关村一座楼内。这时的陈设已颇优雅,每张桌上有一个小花瓶,插了一朵康乃馨。郑经理坐在店角的一张椅上,已是老人了。

杨振宁先生的二弟振平,偕眷来京,来看望我。他是我的弟弟钟越中学时的挚友。他们常在昆明文林街上一起走。钟越瘦长,振平较矮。我还记得那景象。我们到维兰进餐,说起许多往事。他说一次在我家，他和钟越一起看一本笑话书，笑个不停。我问他们为什么笑，他们不肯说。自复原以后，他们从未见过面。

母亲没有看见中关村的农贸市场。后来农贸市场以早市的方式出现。畅春园附近有早市，后又迁到圆明园西侧。前几年偶尔去过，看着各种东西都很平常。想想二十世纪七十年代末的感觉，那时真是可怜。

早市之外有超市，超市里面的东西极多，又很方便。这应该都是母亲关心的喜欢的。母亲于一九七七年十月三日离开了我们。她完全没有赶上变迁。

以后，又一个亲戚说，她曾请人到维兰进餐，到了那座大楼却找不到。说是又搬迁了。

没有广告出现，我们几乎忘记了这家餐馆。一天，乘车经过万泉河路，同伴忽然说："维兰搬到这里了。"果然路边有一家店，几个顶端弧形的大窗连着。现在的门脸，不仅很大，而且极洋。

我又去了这家餐馆，桌椅陈设又升了一级。尼克松留影仍在壁上。墙上挂了大幅横标，他们正在举行 26 周年店庆。而且一定还会有所发展。遗憾的是，菠菜泥子汤已不如在那俭朴的小院，和着蒙蒙秋雨所尝了。

也许，这些年尝过的东西太多了。也许，一起品尝滋味的人没有了。也许，胃里虽然丰富了，头脑却还没有足够的自由驰骋的空间。我望着汤盘发愣。我不挑剔。

我有一张五人照片，上有父母小弟，还有仲和我。时光流逝，把他们都带走了。

只有我踽踽独行，在不断变迁的路上，向着生满野百合花的尽头。

促织，促织！

秋来了。

不知不觉间，秋天全面地到来了。

最初的信息还在玉簪花。那一点洁白的颜色仿佛把厚重的暑热戳了一个洞，凉意透了过来。渐渐地，鼓鼓的小棒槌花苞绽开了，愈开愈多，满院中弥漫着淡淡的香气。人走进屋内有时会问一句，怎么会这样香，是熏香还是什么？我们也答说，熏香哪有这样气味，只是花香侵了进来罢了。花香晚间更觉分明，带着凉意。

一个夏天由着知了聒噪，吵得人恨不得大喝一声“别吵了”，也只能想想而已，谁和知了一般见识？随着玉簪的色与香，夜间忽然有了清亮无比的鸣声，那是蟋蟀！叫叫停停，显得夜愈发的静，又是一年一度虫鸣音乐换演员的时候了。知了的呐喊渐渐衰微，终于沉默。蟋蟀叫声愈来愈多，愈来愈亮。清晨在松下小立，竹丛里、地锦间都有不止一支小乐队，后来中午也能听到了。最传神，最有秋之音韵的鸣声是在晚间，似比白天的鸣声高了八度，很是饱满。狄更斯在《炉边蟋蟀》这篇小说里形容蟋蟀的叫声“像一颗星星在屋外的黑暗中闪烁。歌声到最高昂时，音调里便会出现微弱的，难以描述的震颤”。小说中的男女主人公都喜欢这小东西，说炉边能有一只蟋蟀，是世界上最幸运的事。

我们的小歌者中最优秀的一位也是在厨房里。它在门边、炉边、碗柜边、水池边转着圈鸣叫，像要叫醒黑沉沉的夜，叫得真欢！叫到最高昂处似乎星光也要颤一颤。我们怕它饿了，几片白菜叶子扔在当地，它总是不屑一顾。

养蟋蟀有许多讲究，可以写几本书。我可无意此道，几十年前亲戚送的古雅的蛐蛐罐，早不知到哪里去了。我喜欢在自然环境中蟋蟀的歌声，那是一种天籁，是秋的号角，充满了秋天收获的喜悦。

家人闲话时，常常说到家中的两个淘气包——两只猫；说到一只小壁虎，它每天黄昏爬上纱窗捉蚊子，恪尽职守；说到在杂物棚里呼呼大睡的小刺猬，肚皮有节奏地一凸一凹，煞是好看。也说到蟋蟀，这小家伙，为整个秋天振翅长鸣，不惜用尽丹田之气。它的歌声使人燥热的梦凉爽了，使人凄清的梦温暖了。我们还讨论了它的各种名字。蟋蟀，俗名蛐蛐，一名蛩，一名促织。

"促织"这两个字很美，据说是模仿虫鸣声，声音似不大像，却给人许多联想。促织，可以想到催促纺织，催促劳动，提醒人一年过去了大半，劳动成果已在手边，还得再接再厉。

《聊斋志异》中有《促织》一篇，写官府逼人上交蟋蟀，九岁孩童为了父母身家性命，魂投蟋蟀之身。以人的智慧对付虫，当然所向披靡。这篇故事不止写出以皇帝为首的统治者的暴虐荒唐，更写出了人的精神力量，生不可为之事，死以魂魄为之！这是一种坚定执着、无畏无惧，山河为动、金石为开的力量。

近来，我非常不合潮流地厌恶"潇洒"这两个字。这两个字已被用得极不潇洒了，几乎成了不负责任的代名词。潇洒得有坚实的根底，是有源有本，是自然而然的一种人格体现，不是凭空追求能得到的。晋人风流的底是真情，晚明小品空灵闲适的底是妙赏。没有底，只是哼哼唧唧自哀自怜，或刻意作潇洒状，徒然令人生厌。

听得一位全国重点中学的教师说，她班上有一个学生既聪明，又勤奋，每天时间按半小时一单位排好，决不浪费时间。她向别的同学推广，有些人竟嗤之以鼻，说“太牲了！”经过解释，才知道牲者畜生也，意思是太不像人了。

究竟怎样才像人？才是人？才能做与“天地参”的人？只是潇洒吗？只是好玩吗？

听听那小蟋蟀！它还在奋力认真地唱出自己的歌！

促织，促——织——

小东城角的井

昆明是我的第二故乡。

抗战八年，居住昆明，十分思念北平，总觉得北平的一草一木都是好的。回到北京后，又十分思念昆明，思念昆明那蓝得无底的天，乡下路旁没有尽头的木香花篱，几百朵红花聚于一树的山茶，搅动着幽香的海的腊梅林，还有那萦绕在我少年时代的抑扬顿挫的昆明语调。

人就是这样，那远处的总是好一些。至于那逝去的，不可回复的，更是带有神秘色彩，一辈子都可以反复玩味——如果有时间的话。

一九三八至一九四六年，我家在昆明市内和近郊迁移过多次。曾有约一年时间，住在小东城角。一个小花园中的两幢小楼，我们和叔父景兰先生一家住在里面一幢，大门边的一幢由房东自己住。园中花木扶疏，颇为清雅，还有一口井。

刚搬去时，我们几个孩子总爱到井边去，俯在石栏上向下看。那是一面黯淡的镜子，照出我们的好奇的高兴的脸儿。那水很满，惹人想去摸一摸。但我们从未去搅动，只是看看。有时大喊一声，井里立刻有微弱的回声，好象井底住着什么精灵。我们便叫：“出来出来！”

当然什么也没有出来。

房东一家和我们不大来往,后来他们家来了一个梳两条细辫子的少女。据说是远房亲戚。她常到井边打水,对我们笑笑,不说话。在大门边遇见几次她问房东太太"咋个整?",不知问的是关于家务还是她自己的事。

"咋个整?"是我们最先学会的几句昆明话之一。我们也常常要问"咋个整?",听人问这话很觉亲切。

在小东城角住时还有一个重要节目,就是到附近一个图书馆看书,星期日和假日常常去。

似乎是叫作绥靖路图书馆,房间不大,有许多旧小说,读者秩序极好。有一本《兰花梦》给我印象很深。至今能记得其中情节。一户显赫人家有两个女儿,次女出生时家人都盼着是个男孩,不幸是女孩,便假充男儿教养。她冒充男人事事成功,状元得中,高官得做,但不忘自己是个女儿身,不愿在女人方面有所欠缺,要求丫鬟为自己缠足。后来嫁了一个样样逊她一筹的同僚,被虐待至死。书中加了个尾巴,说她返回天上做仙女去了。

一次从图书馆回家,见房东家的那位少女倚在门口,望着路的一端。她对我笑笑,轻轻说了一句:"咋个整?"不知是自问还是问我,我抑头看她,她却又转脸望着路的一端。

次日早饭后,母亲对我们说,不要到井边去玩。我说,井边有栏杆。母亲温和地加重语气说:"不要去了。听见吗?!"

然而花园很小,我们站在门前,便见房东太太和几个人站在井边,指指点点说什么。

几天不见那少女,后来才知道,她投井死了。

大家都觉得很恐怖。又过了些日子,恐怖的感觉渐渐淡了。我悄悄地到井边看,只见花木依旧,井栏边布满青苔,一片碧绿。大着胆子俯身看井,水仍是很满。我不敢仔细辨认自己的脸,看了一眼便跑开。心想跳井似乎是很容易的。

有很长时间,我把那少女和《兰花梦》中的人连在一起,虽然她们的身份悬殊。

在记忆的深井里,往事已经模糊,小东城角究竟是否真有过这样一位少女,很难说。也许是因为习惯于想象,把幻象添了进去。

然而那一口井,是确实存在过的。

梦回蒙自

对我的父亲——冯友兰先生来说，蒙自是一个有特殊意义的地方。

一九三八年春，北大、清华、南开三校从暂驻足的衡山湘水，迁到昆明，成立了西南联合大学。因为昆明没有足够的校舍，文、法学院移到蒙自，停留自四至八月。我们住在桂林街王维玉宅。那是一个有内外天井、楼上楼下的云南民宅。一对年轻夫妇住楼上，他们是陈梦家和赵萝蕤。我们住楼下。在楼下的一间小房间里，父亲修订完毕《新理学》，交小印刷店石印成书。

《新理学》是哲学家冯友兰哲学体系的奠基之作。初稿在南岳写成。自序云："稿成之后，即离南岳赴滇，到蒙自后，又加写鬼神一章，第四章第七章亦大修改，其余各章字句亦有修正。值战时，深恐稿或散失。故于正式印行前，先在蒙自石印若干部，分送同好。"此即为最初的《新理学》版本。其扉页有诗云："印罢衡山所著书，踌躇四顾对南湖。鲁鱼亥豕君休笑，此是当前国难图。"据兄长冯钟辽回忆，父亲写作时，他曾参加抄稿。大概就是《心性》《义理》和《鬼神》这几章。我因年幼，涂鸦未成，只能捣乱，未获准亲近书稿。

《新理学》石印本现仅存一部，为人民大学石峻教授所藏。纸略作黄色，很薄。字迹清晰。这书似乎是该在煤油灯或豆油灯下看的。

蒙自是个可爱的小城。文学院在城外南湖边，原海关旧址。据浦薛凤记："一进大门，松柏夹道，殊有些清华工字厅一带情景。故学生有戏称昆明如北平，蒙自如海淀者。"父亲每天到办公室，我和弟弟钟越随往。我们先学习一阵（似乎念过《三字经》），就到处闲逛。园中林木幽深，植物品种繁多，都长得极茂盛而热烈，使我们这些北方孩子瞠目结舌。记得有一段路全为蔷薇花遮蔽，大学生坐在花丛里看书，花丛暂时隔开了战火。几个水池子，印象中阴沉可怖，深不可测，总觉得会有妖物从水中钻出。我们私下称之为黑龙潭、白龙潭、黄龙潭。不知现在去看，还会不会有这样的联想。

南湖的水颇丰满，柳岸荷堤，可以一观。有时父母亲携我们到湖边散步。那时父亲是四十三岁，半部黑髯（胡子不长，故称半部），一袭长衫，飘然而行。父亲于一九三八年自湘赴滇途经镇南关折臂，动作不便，乃留了胡子。他很为自己的胡子长得快而骄傲。当年闻一多先生参加步行团，从长沙一步步走到昆明，也蓄了胡子。闻先生给家人信中说："此次搬家，搬出好几个胡子。但大家都说，只我和冯芝生的最美。"

记得那时有些先生的家眷还没有来，母亲常在星期六轮流请大家来用点家常饭。照例是炸酱面，有摊鸡蛋皮、炒豌豆尖等菜肴。以后到昆明也没有吃过那样好的豌豆尖了。记得一次听见父亲对母亲说，朱先生（自清）警告要来吃饭的朋友说，冯家的炸酱面很好吃，可小心不可过量，否则会胀得难受。大家笑了半天。

那时新滇币和中央法币的比值是十比一，旧滇币和新滇币的比值也是十比一，都在流通。用法币计算，鸡蛋一角钱可买一百个，以法币为工资的人不愁没钱用。在抗战八年的艰苦的日子里，蒙自数月如激流中一段平静温柔的流水，想起来，总觉得这小城亲切又充满诗意。

当时生活虽较平静，人们未尝少忘战争。而且抗战必胜的信心是坚定的，那是全民族的信心。一九三八年七月七日，学校和当地民众在旧海关旷地举行抗战纪念集会。父亲出席做讲演，强调一年来抗战成绩令人满意，中国坚持持久战是有希望的，一城一地之失，不可悲观，中国必将取得最后胜利。又言战争固能破坏，同时也将取得文明之进步，并鼓励学术界提高效率。浦薛凤说这次讲演“语甚精当”。

在那时战火纷飞的年月，学生常有流动。有的人一腔热血，要上前线；有的人追求真理，奔赴延安。父亲对此的一贯态度还是一九三七年抗战前在清华时引用《左传》的那几句话：“不有居者，谁守社稷？不有行者，谁捍牧圉？”奔赴国难或在校读书都是神圣的职责，可无论做什么都要做好。

清华第十级在蒙自毕业，父亲为毕业同学题词：“天将降大任于斯人也，必先苦其心志，劳其筋骨，饿其体肤，空乏其身，行拂乱其所为，所以动心忍性，增益其所不能。第十级诸同学由北平而长沙衡山，由长沙衡山而昆明蒙自，屡经艰苦，其所不能，增益盖已多矣。书孟子语为其毕业纪念。”

一九八八年第十级毕业五十年，要出一纪念刊物。王瑶（第十级学生）教授来请父亲题词，父亲题诗云：“曾赏山茶八度花，犹欣南渡得还家。再题册子一回顾，五十年间浪淘沙！”

如今又是五年过去了，父亲也去世三年有余了。岁月流逝，滚滚不尽。哲人留下的足迹，让人长思。

烟斗上小人儿的话

一九九九年是闻一多先生百年冥寿。他离开我们已经五十余年了。人们只能从照片里瞻仰他的风采。有一张照片传布最广,这也是最能显出闻先生诗人气质、学者风度的照片。他侧着头,口含烟斗,在画面的烟斗上有一个小人儿,那就是我。

我在照片里坐了四十多年,一九九一年在医院中才发现那是我。我真是高兴。这张照片成为我的护身符,当我和各种魔怪(包括病魔)战斗时,每想到这照片,想到闻先生,就觉得增添了力量。

许多人在语文课本里读过闻先生的《最后一次讲演》,那跨出门就不准备再回来的精神感染了多少人,教育了多少人。有时私下议论,鲁迅、闻一多活到“文革”时代会是怎样情况。估计他们也活不到“文革”,在前面的运动中,就会活不下去,或能顽强地用另一种方式活下来,但肯定是过不了“文革”这一关的。

闻先生倡导说真话,他要做到怎么想就怎么说。抗战后期,他发表许多言论,尖锐批评最高统治者,丝毫不顾及自身安危,他这种大无畏精神,上薄云天。他是无所畏惧,但他对同事朋友是宽厚的,常替别人着想,从未闻有刻薄伤人之言。我想,他对统治者的愤怒是站在人民的利益上,而不是站在一己的利益上,而对于个人之间的摩擦

(总会有的)是不放在心上的。可以说是“横眉冷对千夫指,俯首甘为孺子牛”的表率。

闻先生的革命精神包含了诗人气质,“这是一沟绝望的死水,春风吹不起半点涟漪”。(《死水》)“春光从一张张绿叶上爬过……仿佛有一群天使在紫霄巡逻……忽地深巷里迸出一声清籁:‘可怜可怜我这瞎子,老爷太太!’”(《春光》)他以无比的深情关怀着整个社会。我喜欢《也许》这首葬歌:“我把黄土轻轻盖着你,我叫纸钱儿缓缓地飞。”这又是另一种深情,看透了生死,似浅淡,却长远的深情。闻先生著有《九歌古歌舞剧悬解》,这是他根据屈原《九歌》写的歌舞剧本,想象力真丰富。我非常想看它的演出;另一个愿望是看爱罗先珂《桃色的云》上演。我想今生是看不到了。

最近,闻翻小妹送我一本闻先生的《诗经通义》。这是一部草稿,经闻翻校补成书。我翻阅后,见一字一词注释得详尽,更体会到“何妨一下楼主人”的精神。古人说,“三年不窥园,绝庆吊之礼”,才能做一点学问,做学问需要这种不窥园、不下楼的精神。

一九四七年,我在南开大学上学。五六月间,举行了一次诗歌晚会,纪念闻一多。冯至从北京来参加,做了讲演。会后,我写了一首诗,那是我第一首发表的新诗。现摘一段在这里,诗的题目是“我从没有这样接近过你”。

我从没有这样接近过你。
真的,我从没有这样接近过你。
在大家沉重的脸中我看见了
你的脸。
在大家呜咽的声音里我听到了
你的声音,

我今天才找到了你，找到了你。

找到你

在我们中间。

闻一多是永远在青年中间的，他的精神永远年轻。这些年，我们不大想起闻一多了，远离了他的精神，而我们是多么需要他的精神！对强暴大无畏，对普通人深具同情；富有想象力的审美眼光；还有踏实认真甘坐冷板凳的治学态度。我知道何妨一下楼中只有冷板凳。

再来看一看那张照片。一九四五年初，西南联大悠悠体育会组织去石林，邀请闻先生参加。闻先生带了立雕（韦英）兄弟和我及钟越同往。那时去石林要乘火车，骑小马，到尾泽小学打地铺。到几个地方看景致都是步行，大家都是很能走路的。记得有一天中午，在一个小店打尖。闻先生要了米线，每个孩子一碗，招呼我们先吃。后来在长湖畔举行了联欢会，照片便是那时出世的。

我坐在烟斗上，并不感到云雾缭绕的飘飘然，而是感到焦虑沉重——是因为坐在烟斗上吗？我感到沉重，因为我们离闻一多远了；感到焦虑，因为我们似乎并不知道究竟已经离闻一多有多远。

散失的墨迹

最近收到老友资中筠、陈乐民来信，告诉我，在沈建中著《施蛰存游踪》中有一段关于我父亲的材料。四十年代在昆明，施先生常和父亲在翠湖边散步。父亲赠他两幅字。一幅写的是:“断送一生惟有酒，寻思百计不如闲;莫忧世事兼卑事，须著人间比梦间。”另一幅字是:“鸭绿桑乾尽汉天，传烽自合过祁连，功名在子何殊我，惟恨无人着先鞭。”两幅字都有上款，有印章。

施蛰存是一位中西融会、古今贯通的学者，创作学问都达高致，只是命运不济，一直被视为文坛另类。有时和中筠、乐民谈起，都为世事诡诙而慨叹。

来信是乐民执笔，他患病已十余年，在学术道路上始终没有停步，对冯学很关心，著有论文，为哲学界人士所称道。他们每发现有关材料，必告诉我。这次的信仍用毛笔书写，蝇头小楷，大有卫夫人簪花品格。我早已老眼昏花，偶然写字都是盲书，手持信纸只有佩服。

“断送一生惟有酒”这首诗我估计不是父亲自作，不知原书法有没有写明出处。父亲录他人的诗一般都是写明作者的。“鸭绿桑乾尽汉天”这一首，我原以为是父亲自作，现查明是陆游的诗。信中说这是一幅立轴，且有影印。前几年，从立雕得知，嘉德公司要举行一次字画拍卖专场，并寄来一本材料，上面印有要拍卖的字画，其中有父亲的一副对联，写的是“功名在子何殊我，惟恨无人着先鞭”这两句。笔迹饱蕴秀气，这是父亲书法的特点。拍卖品中也有闻一多先生的一幅字，立雕乃到现场观察，冯字经几次较量，以两万元被一个中年人买去。此对联无上款，可能是故意去掉了。

又有一天，时间较嘉德拍卖还要早，北大一位程先生送来一本自编的《二十世纪中国文化名人墨迹》。程君是书法爱好者，收集了许多书法影印成册，其中有父亲的一幅，写的是“灵龟飞蛇感逝川/豪雄犹自意惘然/但能一滴归沧海/烈士不知有暮年。读曹操《灵龟寿》”。这是父亲在 1974 年写的一首诗，有小序云：“曹操《龟虽寿》辞意慷慨，然犹有凄凉之感。今反其意而用之。”“龟虽寿”书法写为“灵龟寿”，显系误记。此幅字上款是“紫光同志属书”。父亲与金紫光并不相识，经人代求而写此字。现在这幅字流落市间，程先生以 3000 元的价格购得，编入此册。据说还有一位书法爱好者，到各市场去“捡漏”，以 900 元买得冯先生一幅字，雀跃不已。

我自己曾做一件傻事。有人从上海写信给我，说一书画店有冯先生一个中堂，是 20 年代写给孔德成的。我托人去看，说写得不错。店中人并说，此件从海外传进来，得到很不容易，乃以 7000 元买回。亲眼见时，觉得不像，尤其是神气不像。家人都认为是伪造。弄虚作假真是无孔不入。

父亲曾为王伯祥先生写了一个条幅，写的是李翱诗“练得身形似鹤形，千株松下两函经，我来问道无余说，云在青天水在瓶”。40 年代父亲常写李翱的两诗，这是其中之一。王伯祥之子王湜华曾将此字拿到我家，让我欣赏。我非常喜欢这幅字，那诗的空灵和字的隽秀浑成一体，沁人心脾。我将此字送到荣宝斋复制，悬于壁间，每日相对。侄儿冯岱自美归来,见到此字也非常喜欢,便让他带走了。想再复制一幅,找王湜华找了好几年,好容易托人找到了,可是他却不知道字在哪里,可能家里字画太多,又不知要找多久,真是添麻烦了。

最近又有人告诉我,在河南电视台鉴宝节目中,有父亲的一幅字,估价到30万元,不知道是什么字,也不知道后来流落何方。我并不打听。该知道的事要全知道是不可能的,先就得累死。

父亲曾说有一位先生评一个人的书法,说其俗在骨,不可救药。我觉得父亲的字是其秀在骨,是天生的,练不出来的。他从来也没有练过字,都是随意写来。其俗在骨不能医,其秀在骨不可学。

我们从小的生活有一个内容:为父亲研墨、拉纸。研墨常是我和弟弟的事,两人轮换着磨,眼看砚池里的清水变成墨汁,总觉得成绩很大。拉纸则大多是我的事。父亲写字时,要有人站在桌对面,慢慢把纸拉过去,他好往下写。纸有时要熨,那是母亲的事。家里始终没有预备毛毡一类的铺垫,可见不是书法家。最初我拉纸时,父亲是站着写字,写得很直,间隔匀称,自己看看,说行气很好。老来写字,一行字总要向右歪。我提醒说歪了,歪了。他答应着,却总是正不过来。给我写的一副对联"高山流水诗千首,明月清风酒一船",下联便是斜的,我称之为斜联。约在85岁后,改为坐着写,手抖,字的笔画有时不准确,但仍写了不少幅。这几天在书橱中翻出父亲的一幅旧作,写的是"一别贞江六十春,问江可认后来人,智山慧海传真火,愿随前薪做后薪",最后写着"时年八十有九"。1982年我陪侍父亲到他的母校哥伦比亚大学接受名誉博士学位,他写了这首诗,并将此诗写了一个条幅,赠给美国汉学家狄百瑞教授。当时西南联大校友毛春帆也想要字,父亲说回去再写。两年后他践约,写了这幅字,可是不知往哪里送了。这幅字一点没有歪,笔锋虽有不匀,整体看来仍觉遒劲有力。这是精神的力量。

人民出版社哲学编辑李之美在网上看到父亲的字,说真好看,建议将所有的字搜集在一起影印成册,出一本冯友兰书法。我一直无暇顾及此事。这当然是应该做的,应该做的事真多,怎么办呢。

扔掉名字

宗璞，原名冯鍾璞，这是我简历的开场白。原名冯鍾璞，就应该行不更名，坐不改姓。怎么又编出一个宗璞来？原因只有一条：我不喜欢鍾的简体字，它和鐘表的“鐘”（这个字总让我想起双铃马蹄表）的简体字变成了一个字。“鍾天地之灵秀”和“做一天和尚撞一天鐘”，成了一回事，令人不悦。我曾很反对简体字，比如“潇湘”这两个字，看上去，听起来和引起的联想，都很美。一度曾把它们简化为“肖相”，一切意境都没有了。想想看“潇湘馆”成了“肖相馆”岂不大煞风景。好在后来那一批简化字没有通行。当然有些过于繁杂的字，简化了确也方便，不过一切都需要规范。

再说“鍾”字。“鍾”字是我们家族的排行，到我这一辈人的名字都有个“鍾”，鍾字辈的堂兄弟姊妹共有三十二人，男女各十六人。既然它已变成和尚撞的“钟”，我无论如何也要换一换。那时写文章要个名字，就想了一个和“鍾”字读音相近的“宗”做笔名。稀里糊涂地写在笔下，戴在头上几十年。但是我有职业、有单位、有身份证，那上面的本名是生长在那里的。若真是文名大到如雷贯耳，妇孺皆知，原名或可留待专家考证，考证出几个名字来也是不足奇的，一个字多种多样也可以奉为经典。幸而我这辈子也到不了那步田地。在正式场合,笔名是无效的,需要用本名。我则总写繁体字的“鍾”,以示郑重。后来又因常有人误认为我姓宗,便又在宗璞前加了我的本姓。不料名字问题给我带来很多麻烦。首先是“鍾”和“宗”,冯鍾璞和宗璞、冯宗璞,是不是一个人,常常受到质疑,于是设法在户口本上写上曾用名等等。鍾、宗的问题,可谓自找,谁叫你编造新名字。以后的问题,就属于简化字的规范问题了。

“鍾”字和“宗”字的纠缠,差不多平息了,可是“鍾”字本身麻烦更大。面对事实我只好承认自己的弱小,渐渐承认简化,使用“钟”字,但是问题仍不能解决。我们只承认“钟”,不承认“鍾”。海外只有“鍾”,没有这个简化了的“钟”。有一位名字中也有“鍾”字的难友诉苦说,在往邮局、银行办事时,遇到各种关卡,无非是绕许多圈子,来证明这两个字是一个字。我们谈起来大有同病相怜之感。一次台湾某书局编书时收了我的文章,寄来三十元稿费,可是为了这个“鍾”字,缠夹不清,只好弃而不顾。好在只有三十元,再多一点时,就没有那么慷慨。名字出了问题,就要弄清。派出所说,这两个字不是一个字,不能证明你是同一个人。好容易弄清这两个字是同一个字时,又因是同一个字,不能同时写在户口本上,也就不能证明冯鍾璞和冯钟璞是一个人。因为在一个地方住得久了,大家采取以人为本的态度,一般都可通融。形势好转时,偏偏又出现一个偏旁简化的“锺”。字典上没有这个字,只统一说明,这个偏旁就是“金”的简化,那么锺就应该等于“鍾”。这看来很清楚,但办事人员以高度认真负责的精神,不肯承认这是一个字。若是电脑中也没有这个字就罢了,可是电脑中又偏偏打出了这个字,要和“鍾”“钟”分庭抗礼,真是教人怎能不头晕!

几经周折,几个字仍未得到统一,我这个人也好像分成好几个了。哭笑不得之余,我想给自己改一个名字,叫作冯一一(挺可爱的,不是么),这好像没有什么出错的机会了。可是不行,有人一见便说这不是破折号吗,建议干脆叫作冯一好了。又马上得知,改名字的手续极为烦琐,要两个邻居证明、单位证明、街道证明、派出所证明等等。这信息可能是胡诌,很不可靠。但不管怎样,名字肯定是改不了的。

我想最好的办法就是把名字里那无理取闹的"钟",连同它的上家和下家,远远地扔进那春秋不变、水旱不知的大海,做一个"无名"之辈。自己则御风而行,飘然会同了北海若,转往藐姑射之山,大谈一通相对主义。

第四辑　三千里地九霄云

西湖漫笔

平生最喜欢游山逛水。这几年来,很改了不少闲情逸致,只在这山水上头,却还依旧。那五百里滇池粼粼的水波,那兴安岭上起伏不断的绿沉沉的林海,那开满了各色无名的花儿的广阔的呼伦贝尔草原,以及那举手可以接天的险峻的华山……曾给人多少有趣的思想,曾激发起多少变幻的感情。一到这些名山大川异地胜景,总会有一种奇怪的力量震荡着我,几乎忍不住要呼喊起来:"这是我的伟大的、亲爱的祖国——"

然而在足迹所到的地方,也有经过很长久的时间,我才能理解、欣赏的。正像看达·芬奇的名画《永远的微笑》,我曾看过多少遍,看不出她美在哪里;在看过多少遍之后,一次又拿来把玩,忽然发现那温柔的微笑,那嘴角的线条,那手的表情,是这样无以名状的美,只觉得眼泪直涌上来。山水,也是这样的,去上一次两次,可能不会了解它的性情,直到去过三次四次,才恍然有所悟。

我要说的地方,是多少人说过写过的杭州。六月间,我第四次去到西子湖畔,距第一次来,已经有九年了。这九年间,我竟没有说过西湖一句好话。发议论说,论秀媚,西湖比不上长湖,天真自然,楚楚有致;论宏伟,比不上太湖,烟霞万顷,气象万千。好在到过的名湖不多,不然,不知还有多少谬论。

奇怪得很,这次却有着迥乎不同的印象。六月,并不是好时候,没有花,没有雪,没有春光,也没有秋意。那几天,有的是满湖烟雨,山光水色,俱是一片迷蒙。西湖,仿佛在半醒半睡。空气中,弥漫着经了雨的栀子花的甜香。记起东坡诗句:“水光潋滟晴方好,山色空蒙雨亦奇。”便想,东坡自是最了解西湖的人,实在应该仔细观赏、领略才是。

正像每次一样,匆匆地来,又匆匆地去。几天中我领略了一个字,那就是“绿”,西湖的绿,只凭这一点,已使我流连忘返。雨中去访灵隐,一下车,只觉得绿意扑眼而来。道旁古木参天,苍翠欲滴,似乎飘着的雨丝儿也都是绿的。飞来峰上层层叠叠的树木,有的绿得发黑,深极了,浓极了;有的绿得发蓝,浅极了,亮极了。峰下蜿蜒的小径,布满青苔,直绿到石头缝里。在冷泉亭上小坐,真觉得遍体生凉,心旷神怡。亭旁溪水琤琮,说是溪水,其实表达不出那奔流的气势,平稳处也是碧澄澄的,流得急了,水花飞溅,如飞珠滚玉一般,在这一片绿色的影中显得分外好看。

西湖胜景很多,各处有不同的好处,即便一个绿色,也各有不同,黄龙洞绿得幽,屏风山绿得野,九曲十八涧绿得闲……不能一一去说。漫步苏堤,两边都是湖水,远水如烟,近水着了微雨,泛起一层银灰的颜色。走着走着,忽见路旁的树十分古怪,一棵棵树身虽然离得较远,却给人一种莽莽苍苍的感觉,似乎是从树梢一直绿到了地下。走近看时,原来是树身上布满了绿茸茸的青苔,那样鲜嫩,那样可爱,使得绿荫荫的苏堤,更加绿了几分。有的青苔,形状也有趣,如耕牛,如牧人,如树木,如云霞;有的整片看来,布局宛然,如同一幅青绿山水。这种绿苔,给我的印象是坚韧不拔,不知当初苏公对它们印象怎样。

在花港观鱼，看到了又一种绿。那是满地的新荷，圆圆的绿叶，或亭亭立于水上，或婉转靠在水面，只觉得一种蓬勃的生机，跳跃满池。绿色，本来是生命的颜色。我最爱看初春的杨柳嫩枝，那样鲜，那样亮，柳枝儿一摆，似乎蹬着脚告诉你，春天来了。荷叶，则要持重一些，初夏，则更成熟一些，但那透过活泼的绿色表现出来的茁壮的生命力，是一样的。再加上叶面上的水珠儿滴溜溜滚，简直好像满池荷叶都要裙袂飞扬，翩然起舞了。

从花港乘船而回，雨已停了。远山青中带紫，如同凝住了一段云霞。波平如镜，船儿在水面上滑行，只有桨声欸乃，愈增加了一湖幽静。一会儿摇船的姑娘歇了桨，喝了杯茶，靠在船舷，只见她向水中一摸，顺手便带上一条欢蹦乱跳的大鲤鱼。她自己只微笑着一声不出，把鱼甩在船板上。同船的朋友看得入迷，连连说，这怎么可能！上岸时，又回头看那在浓重暮色中变得无边无际的白茫茫的湖水，惊叹道："真是个神奇的湖！"

我还领略到西湖生动活泼的一面。星期天，游人泛舟湖上，真是满湖的笑，满湖的歌！西湖的度量，原也是容得了热闹的。两三人寻幽访韵固然好，许多人畅谈畅游也极佳。见公共汽车往来运载游人，忽又想起东坡在密州出猎时写的一首《江城子》："老夫聊发少年狂，左牵黄，右擎苍。锦帽貂裘，千骑卷平冈。"想来他在杭州，当有更盛的情景吧？那时是"倾城随太守"，这时是每个人在公余之暇，来休息身心，享山水之乐。这热闹，不更有意思吗？

希腊画家亚伯尔曾把自己的画放在街上，自己躲在画后，听取意见。有一个鞋匠说人物的鞋子画得不对，他马上改了。这鞋匠又批评别的部分，他忍不住从画后跑出来说，你还是只谈鞋子好了。因为对西湖的印象究竟只有浮光掠影，这篇小文，很可能是鞋匠的议论，然后心到神知，想西湖不会怪我唐突吧？

墨城红月

一过兴安岭,觉得天气猛然一凉。车窗外不再是无边的青纱帐了,先是些高高低低的灌木丛,再过去,就是均匀的绿色。这就是呼伦贝尔草原么?我其实来过,却又似乎不认识。直到看见那黑色的、又有些透明的河水,才恍然,确实又来到草原上了。

不知为什么,这里的大大小小的河水都有那样一种黑色,它一点不浑浊,只显得有些冷,有些重。但它自己一点不觉得,只顾流着。草原上的中心城市海拉尔,意思是“墨城”。我第一次来时,觉得很奇怪,这个新兴的城和墨哪里有什么关系。这一次,我从河水又认识了草原,便猜想,墨城的名字,可能是从河水而来的吧。

墨城(海拉尔)便在这样一条河旁。河上有大桥把新旧市区连接起来。这次旅行,喜欢活动的我,为病所拘,一点不曾出去活动,只管坐着看天。有时在桥上闲步,水么,只是流,已经知道它的特点了,便也还是看天。不料从天上,竟也看出一些名目。

这天是草原上的天。草原毫无遮拦,这样开阔,这样坦率,只是一个劲儿的绿。天呢,却是变化多端。可能是气候作怪,它常常显得离地很近,有时站在四不靠的草原上,总觉得天还是可以用手摸到的。在大桥上看日落,真是“远在天边,近在眼前”了。太阳如同从炉中锻出的炽热的铁，红得发白。沉下去以后，天边还久久地染着余光。我便想，那一块天，一定很烫很烫。

那云也奇怪。它仿佛不在天上，而在地上，应该说，就是在那天和地的交界上。像要往上飘，又像要往下落，让人摸不着头脑。有时乌云密布，天阴沉沉的，滴得下水来。忽然间，云在空中活动起来，大块大块地往天边滑去，太阳马上就光灿灿的，照的人睁不开眼。天也骤然升高了，就是飞，也难得上去了。那些云，都集中到一堆，落到天地的边缘上，好像是谁在那刷了一笔浓墨。想来那里一定会下大雨，让丰盛的草原畅饮一番。再等一会儿，这一“笔”勾销了，却又在天的另一边，添上了一笔。这看不见的笔挥来挥去，云层就汹涌而来，呼啸而去，忙个不停。那施云童子、布雾郎君，以及四海的龙王爷，在这一带的任务似乎特别繁忙，我真替他们累得慌呢。

一个傍晚，千变万化的落照已经过去了。只在天地间有一道明亮的红云，直从暮色中透过来。我站在桥上望着它，等它隐去，然而它竟不，只执拗地横在那里。等着等着，云层中忽然起了一团红光，像是个正燃烧的火球，滚了一阵，又倏地消失了。紧接着，一个火球又是一个火球，都是那样闪着红光，滚滚而逝。正在看得有趣，听见有人说：“打雷啦，闪电啦，可该回家啦。”回头一看，见是个年老的牧民，牵着一匹肥壮的马，准也是要回家，望着我亲切地笑着。我便也向他笑笑，往住处走去，一路还回头去看那云后的闪电。

过了几天，便是中元节。我的看天的兴趣也达到了顶峰。因为那月亮更是奇怪，它从草原的尽头升起时，简直大得吓人，足像个汽车轮子——当然比汽车轮子好看。它照着刚被黑夜笼罩的绿的草原，显出一种淡黄的颜色。周围有轻云缠绕，引人深思。行到中天，便全没有了那种朦胧的气氛，十分明亮，十分光洁。照得上下左右，成了一片通明的世界。让人看了，胸中再存不住半点杂念。等到将落未落时,却又变成朱红的颜色,在碧沉沉的天空里,红得那样含蓄,那样润泽。记得听人唱过一首民歌,其中有“脸上的红月亮”的句子,觉得奇怪,月亮哪有红的呢,最多是黄的。在这里,知道了月亮真有红的,而且是这样的红,那颜色是活泼的,流动的,仿佛它正在红着……

曾和几位考古专家一同步月,他们用洞察过去的眼光看出这月光下的旷野应该是古战场。这一带民族复杂,地居险要,一向是争战的场所,然而那确都已成了过去。草原,在民族大家庭里劳动着,成长着。在桥头,又看见那老牧民,还是牵着那肥壮的马,大步走着。我们像老相识似的攀谈了许久。他小声告诉我:“咱盟里今年的牲畜,比去年增加了几十万头。”我看着他,高兴而又惊异。他,这个满面风霜的老人,关心的是整个草原的兴旺。扭转乾坤的不就是他,许许多多的他吗?

月光照着他骑马向草原上驰去,我也没问他家住在哪儿。月亮会知道的吧?它默默地照了几千年几万年了。它知道今天的考古学家们将来也会被别人考古,而他也知道这个时代的人怎样在有限的生命里热情地、努力地创造着无限的历史。

我久久不能入睡。推开窗户,等着看那碧天红月的奇景。草原是多么辽阔,天空是多么明净,我们的祖国是多么美,多么好,便连月亮,也是红的呵!

爬　山

我喜欢爬山。

山，可不是容易亲近的，得有多少机缘凑合，才能来到山的脚下。谁也不能把山移到家门前。它不像书，无论内容多么丰富高深，都可以带来带去，枕边案上，随时可取。置身于山脚，也才是看到书的封面。或瑰丽，或淡雅，或雄伟，或玲珑，在这后面，蕴藏着不可知。若要见到每一页的景色，唯一的办法，是一步步走。

山是老实的。山也喜欢老实的、一步一步走着的人。

我们开始爬山。路起始处有几户人家，几棵大树，一点花草，点缀着这座光秃秃的山。向上伸展着的路，黄土白石，很是分明。到了一定的高度，便成为连续不断的之字形，从这面山坡转过去，不知通向哪里。

“云水洞在哪儿？”侄辈问村舍边的老汉。

“在那后面。”老汉仰首指着邻近山峰上的三根电线杆。“还在那杆后面。”他看看我们，笑道：“上吧！”

山路不算险，但因没有修整，路面崎岖，很难行走。我爬到半山腰，已觉气喘吁吁。转身不需要仰首，便见对面山上云雾缭绕，山脚的几户人家，也消失在那一点绿荫中了。

“能上去么?”家人问。

当然能的。我们略事休息,继续攀登。又走了一段,我心跳,头也发胀,连忙摸摸衣袋中的硝酸甘油,坐了下来。“不去了,好么?”家人又问。

当然要去的!只要多休息,从容些就行。我们逐渐升高,山顶越来越近了。

已经有下山的人,他们是从另一侧上去的。“还有多远?”上山的人总爱问。“不远了,快一半了。”“值得看,那洞像天文馆一样。”下山的人说。在同一条山路处,互不相识的人总是互相关心,互相鼓励的。虽然在人生的道路上,并不尽然。

转过了山头,一条陡峭的路依着山峰向上爬去,尽管不像黄山、华山的有些路那样笔直地挂着,却因路面难于脚下,使得爬山很像爬山。

翻过山头,便是下坡路了。可以看见对面山头上的三根电线杆,而无须仰首了。这山头后面的山腰中有两间小屋,一前一后。“那里就是了!”有人叫起来。大家为之精神一振,人们加快了脚步。我还是一步步有节奏地走着。山坳里不再光秃秃,森然的树木送来清凉的空气。走着走着,深深的山谷中忽然出现一堵高大的断墙,巨石一块块摞着,好像随时会倒下来。不知经过了多少年月,多少水流风力和地壳的变化,叠成了这堵墙,这倒有点像黄山的景色。我忽然想起,去年今日,我正在黄山的云海中行走。

对云水洞的向往阻止了关于黄山的回忆。我们终于到了。一路风景平淡,洞外更像个集市,乱哄哄都是人。洞里会是怎样?因为谁也不曾到过这类的洞,大家都很兴奋。进洞了。甬道不宽,地上湿漉漉的,洞顶也在滴水。灯光很弱,显得有些神秘。

前面的人忽然发出一阵惊叹之声,我们进入了一个大厅堂。头上是一个大圆顶,这样的高大！似乎山也没有这样高。“那么山是空的了。”谁说了一句。我们还没有来得及惊叹,灯光灭了,眼前漆黑一片,惊叹声变作惋惜的叹声。如果罩住我们的穹隆能像天文馆的圆顶,发出光来就好了。没有光,什么也看不见。我觉得头上便是黑夜的天空本身,亿万年前便笼罩着大地的天空本身,而我们是在山的内部！人流向前进了。我们模糊地觉得有几块大石,矗立在路边。卧虎？翔龙？还是别的什么？只好想象。有的时候,身在现场也需要想象的。

我们看到石的帐幔,又是这样高大！像是它撑住了黑色的天空。看到洞顶垂下的石钟乳,如同小小的瀑布;听讲解员敲了几下石鼓、石钟,鼓声浑厚,钟声清亮,却不知它们的形状。看得最清楚的,是路边的一只骆驼。它站在那里,不知有几千万年了。第五厅较小,身旁石壁上缀满了闪亮的雪花,头顶垂着的一穗穗玉米,不知出自哪一位能工巧匠之手。等我们赶到第六厅——最后一厅时,看到了一座座玲珑剔透的山峰,在明亮的灯光下,宛如仙境,据说这里有十八罗汉像。又是正要惊叹时,灯倏地灭了,只好慨叹缘悭,不得识罗汉面。但是得睹仙山,也算是到了西天吧。

限于时间,不能等下一次开灯。虽然只匆匆一瞥,那宏伟、那奇特、那黑暗都留在了我的眼前。回来的路上,大家仍兴奋地谈说,只因没有看全,稍有些遗憾。我却满意这番见识。这番见识,是靠一步步走,才得到的。

我们又一步步下了山。山脚的老汉在路边摆出许多块上水石。他问:“上去了?”我对他笑。要知道,比这高得多的山我也上去了呢,无非一步步走而已。

车上人都睡了。我不由得又想起黄山上的那几天。那一次医生原不批准我上山,见我心诚,才勉强同意。我也准备半途而废的。到慈光阁的路上，只是一般山景，已经累了。上了庙后的从容亭，忽觉豁然开朗，远处的大谷，露出宽阔的石壁，如同在敞开胸怀，欢迎每一个来客。小路便沿着这雄伟的山谷，向上，向上，消失在云雾中。谁能在这里止步呢？而且那“从容”两字用得多好！我常觉黄山的文化修养较差，是件憾事。这两个字，却是我一直不忘的。

到半山寺，我已抬不起脚。猛抬头，看见天都峰顶的金鸡，是那样惟妙惟肖，顿时又有了力气。“上来吧！上来吧！”它在叫天门，也在召唤远方的陌生人。走吧，走吧，一步步从容地走，终究会到的。

上得蟠龙坡，才真算到了黄山。从这里开始，上下完全是两个世界。从坡顶远望，每一座山，都好像各自从地下拔起，不慌不忙地高耸入云。我恍然大悟，黄山，原是个大石林。站在没有遮拦的坡顶，罡风吹走了下界的一切烦恼，绮丽的景色涤荡着心胸，只觉得眼前这般开阔，心上了无牵挂，毫无纤尘，真如明镜台了。怪不得庙宇、庵、观都选在奇峰异壑，才能修身养性呢。

记得在玉屏楼那晚，本想出来看月的。前两天汤溪的夜，真是月明如洗。只是房中人太多，我在最里面，走不出来。只好从一个狭窄的窗中，对着黑黝黝的大石壁，想象着月下的群山怎样模糊了轮廓，而群山上的月，又是怎样格外明亮，格外皎洁。

半途而废的计划取消了。我继续一步一步向上爬。忽见远处一片明亮的水，中间隐现城池，我以为那是“人寰处”了。被问的人大笑，说那便是著名的云海，只可惜浅了些，所以露出些峰峦。我坐定了观赏，见它波涛起伏，真像大海一般，但它究竟是云，看上去虚无缥缈，飘飘荡荡，与大海的丰富沉着，是两般风味。黄山是山，山中划分区域，以海为名，最初想到这样命名的，也算得聪明人了。

我一步步走着。看那大鳌鱼，那样大，那样高，那样远。我终于钻进了它的腹中，又从嘴里出来了。我在平天矼上漫步，在东海门流连。我走的是现成的路，是别人一步步走出来的现成的路。徐霞客初到黄山时，是用锄凿冰，凿出一个坑，放上一只脚。如果在现成的路上还不能走，未免惭愧。当然，若是无心山水，当作别论。

我登上了始信峰，那是我登山的最终级处。这峰较小，却极秀丽，只容一人行走的窄石桥下，深渊无底。远看石笋矼，真如春笋出土，在悄悄地生长。峰顶是一块大石，石上又有石，我没有想到，上面又写着“从容”二字。

我从容地下了山。因为未上天都，有人为我遗憾。想来我虽不肯半途而废，却肯适可而止，才得以从容始，又以从容终。

后来一直想写一段关于黄山的文字，又怕过于肤浅，得罪山灵。不料从小小上方山的浮光掠影中联想到去年今日。无论怎样的高山，只要一步步走，终究可以达到山顶的。到达山顶的乐趣自不必说，那一步步地走的乐趣，也不是乘坐直升飞机能够体会到的。

于是又想到把写文章比作爬格子的譬喻。林黛玉有话：还得一笔笔地画。薛宝钗评论说这话妙极，不一笔一笔地画，可怎么画出来了呢。文章也是一个字一个字写的，不在格子上爬，可怎么写出来了呢。

不一步步爬，可怎么上山呢。

我喜欢爬山。

鸣沙山记

西行归来很久了,有些印象已经淡漠;也有些印象经过时间的酿造,轮廓反更分明,意思也更浓郁。这从记忆里时常浮现的画面之一,是鸣沙山。

鸣沙山在敦煌县城南。我们下榻在城东。城东果木成荫,绿色满眼,和华北的夏日无异。可是驱车不到半小时,下得车来,我忽然发现自己落入了沙的世界。眼前是一座沙山,脚下是厚厚的积沙,沙粒很细,踩上去如同在海滩行走。也许亿万年前,这里曾是海底吧。

眼前的沙山就是鸣沙山了。当时是晚上八时许,正值黄昏,那天天色似不很晴朗,在灰暗的天空下,巨大的沙山默默地站着,显得孤寂而遥远。山光光的,除了数不尽的细沙,什么也没有。因为有山,甚至也没有沙漠的瀚海无垠的气魄。但是好像有一种什么力量,使我们都肃然。那感觉不是空间上的,而是时间上的。时间退回到遥远的遥远的过去,那时生命还没有发生,没有动物的踪迹,也没有植物的覆被。有的只是永恒的静谧,和对未来的期待。

我们在沙漠上走,把鞋子拿在手中。风从耳边吹过。我看见风也向沙山上吹着,在半山腰把沙粒向上扬起,似乎是帮助沙山长得更高。我恍然,风若总是从这个方向这样吹,自不会湮没山脚下的泉水。

鸣沙山脚下有一个月牙泉，是与山齐名的。我们走了一段路再向右转，便看见四面黄沙之中那一弯明亮的水。水面据说较前小多了，也浅多了，但还清澈。水边有几株芦苇，大有江南水乡的意味。对岸有几处断墙残壁，那是以前庙宇的遗迹；还有一株枯树，巍然处于瓦砾之中。这一切，很像一幅纸色已经发黄，笔墨也已模糊的古画。这时有一个并没有骑驴的壮年人，安详地走进这幅画面，一点不理会这边的笑嚷，只顾穿过废墟，一直向远处走去。

"他一个人，往哪儿去？"我不禁问，望着远处的山，山那边当然还有山。

没有人能回答，我也不能去问个究竟。于是这孤寂的投向洪荒的身影，便和碧水黄沙一起，在记忆中留了下来。

这时天色更暗，鸣沙山显得更高了，仿佛离天空很近。风扬起细沙，在山腰形成一团团烟雾，又飘飘扬扬地散了。我转身向山脚走去，把伙伴们留在泉边。我真想爬上沙山，再从山上滑下来，据说就可以听到沙粒相撞的声音，但我还是适可而止了。我孤零零地站在山脚下，举目尽是灰色的沙，心中充满莫名其妙的喜悦。那感觉好像是在白茫茫的雪原上，正想扑进雪里抚摸雪的清凉，又如同在浩漫漫的大海边，正想站在起伏的海浪上随着波涛远去。我几乎跪下来拥抱大地！拥抱这孕育着生命，哺育着人类的整个的大地！大地的景色多么丰富，多么幻妙，多么奇，又多么美！这里有塞北的荒凉和江南的妩媚，有山的静止和水的流动，两种情调极不相同的美互相对照，互相辉映，互相联结，成为一体。我想长啸，听一听沙山和清泉的回响，我想大喊，呼叫那投向洪荒的寂寞的人。

"我们在这里！"我喊着。当然，连在月牙泉边的伙伴也听不见，更何况那远去的人。

我们确实在这里。我们在这里生活、战斗、成长。戈壁滩上有一座锁阳城遗址，据说现在夜晚仍有厮杀呐喊之声。记录着人类文明发展的敦煌文化，现在仍在呼吸，仍在散发着光辉。我看见那妙相庄严的菩萨，才忽然懂得“容光照人”这四个字。我看着著名的三兔藻井，真觉得画中的云在旋转、流动，就像眼前灰暗的天空上，大片的、缓缓流动着的、活着的云一样。

我们在这里，我们还要在这里长久地、更好地生活下去。

归途上大家踩着坎坷不平的阡陌，不觉议论道，千万不该在这样的山川中开这几亩不打粮食的田地，还抽用月牙泉水来浇田！做了多年的不肖子孙，现在总该明白一点了吧。

我不时回头，看那孤身远去的人是否赶了上来。沙山在渐浓的夜色中更显得巨大、沉重，沙粒仍然在山腰飘扬旋转，落到沙山上去。

“我们在这里。”我默默地说。

恐再无来鸣沙山的机缘了。我愿听到它的消息，使这一片景色在我的记忆中，苍茫的更苍茫，妩媚的更妩媚——

三峡散记

我所见的三峡，从中峡巫峡始。

船从汉口开。那一天天色灰蒙蒙的，水色也灰蒙蒙的。在一片灰蒙蒙之间，长江大桥平静稳重地跨在龟蛇二山上。古色古香的黄鹤楼和现代化的20层的晴川饭店遥相对峙。水面上忽然闪出一道亮光，摇着、跳着，往船头方向漾开去，一直到大桥那一边。原来云层里透出小半个灰白的太阳来。

船开了，追着水面跳荡的远去的阳光开行了。

大桥看不见了。两岸房屋越来越少，江面越来越宽，有一道绿边围着，极目前方，出口很窄，水天相接，长江从窄窄的天上流过来。等船驶近，原来也是十分宽阔。窄窄的水天相接的出口又移到远处了。于是又向前去穿过那窄的出口。

船行的次日中午过沙市，停四五小时又起锚。直到黄昏，原野还是平阔，江流浩荡，暮色中更显得浑重。我想不出三峡是怎样开始的，便去问过来人。据说山势逐渐高起，过了宜昌才见分晓。日程表上写明第三日7时左右到下峡西陵峡，尽可放心休息。

半夜两点多钟，一阵喧闹的人声、哨声和拖铁链的声音把我惊醒。从窗中看出去，只见一堵铁壁挡在眼前，几乎伸手便可摸到。

“到葛洲坝了!”我猛省,连忙起身出房。只见甲板上灯火辉煌,我们的船在船闸里。上下四层的船不及闸墙三分之一高,抬头觉得闸顶很远,那一块黑漆漆的天空更远。人们从船头走到船尾,又从船尾走到船头,互相招呼:“要放水了!”“要开闸了!”据说闸门每扇有两个篮球场大。等到船闸停满了船只,便开始放水。眼看着我们的船向上浮升,一会儿工夫,已不用仰望闸顶,只消平视了。紧接着闸门缓缓打开,“扬子江号”破浪前行,黑夜间,觉得风声水声灌满两耳。站在船尾看时,璀璨的葛洲坝灯火渐渐远去,终于消失在黑暗里。我心中充满了对人——我的同类的无限敬仰之情。只因有了人,万物之灵长的人,万物本身,包括这日夜奔腾不息的长江,才有各自的意义。

我自己却是愚蠢之物,过分相信日程表,以为离 7 点钟尚早,便又回房。等我再出来时,两岸有丘陵起伏,满心以为要到三峡了,不想伙伴们说:“西陵峡已经过了!屈原和昭君故里都过了!”

我好懊恼。“百里西陵一梦中。”我说。

可是没有时间懊恼或推敲诗句。船左舷很快出现一座山城,古旧的房屋依山势而建,层层叠叠,背倚高山,下临江水,颇觉神秘。这是寇莱公初登仕途,做县令的地方。大江东流,沿岸哺育了多少俊杰人物,有名的和无名的,使人在山水草木城郭之间总有许多联想。不只是地理的,而且是历史的,这是中国风景的特色。

天还是灰蒙蒙的,雨点儿在空中乱飞。据说这是标准的巫峡天气。我们在云雾弥漫中向前行驶。忽然面前出现两座奇峰,布满树木,呈墨绿色。江水从两山间流来。两山后还有山,颜色淡得多,披云着雾。江水在这山前弯过去了,真不知里面有多深多远!这就是巫峡东口了,只觉得一派仙气笼罩着山和水。人们都很兴奋,山水却显得无比的沉静,像一幅无言的画,等待人走进去。

船进入巫峡,江流顿时窄了许多。两岸峭壁如同刀削,插在水里。浑浊泥黄的江水形成了一个个小漩涡，从船两边退去，分不清水究竟向哪个方向流。面前秀丽的山峰截断了江流，到山前才知道可以绕过去。绕过去又是劈开的两座结构奇特的山峰，峰后云遮雾掩，一座座峰颜色越来越淡，像是墨在纸上渗了开来。大家惊异慨叹，不顾风雨，倚在栏边，眼睛都不敢眨一眨。我望着从船旁退去的葱葱郁郁的高山，真想伸手摸一摸。这山似乎并不比船闸远多少。

据说神女峰常为云雾遮蔽，轻易不肯露面。人们从上船起便关心是否有缘得见。抬头仰望，只觉得巉岩绝壁压顶而来，令人赞叹之间不免惶悚。一个个各种名目的峡过去了，奇极了，也美极了。冷风挟着雨滴和山水一起迎接我们的船。“快看，快看！”大家互相指着叫着：“看到了！看到了！”看到的舒一口气，没看到的懊丧地继续伸长脖子。

我看到了。我早就知道神女会见我的。那山峰本来就峻峭秀奇，在云雾中似乎有飞腾之势。就在峰顶侧，站着一个窈窕女子，衣袂飘飘，凝神远望。怎能信她是块石头！再一想，她本是块石头，多亏了人，才化为仙女，得万人瞻仰。她才有她的事迹，得千古流传。薄薄的淡灰色的云纱缠绕着仙女和峰顶，云和山一起移动，人们回头看，再回头看，看不见了。

快到巫山时，一只货船自上游急驶而下，船上人大声喊着，听起来像歌一样萦绕在峡谷中。临近时才听清他喊的是“道谢了！道谢了！”原来是大船为免小船颠簸，放慢了速度。

“道谢了！道谢了！”喊声随着船远去了。忽然想起《水经注》上对巫峡的总结：“巴东三峡巫峡长，猿鸣三声泪沾裳。”现在没有猿啼了，却有人的喊声在峡谷中撞击，充满了和自然搏斗的欢乐。

过了巫山县，驶过黛溪宽谷，便是上峡瞿塘峡。上峡只有 8 公里，仍是高山重障断岸千尺，很是雄浑壮伟，只不如中峡灵秀，出夔门时，据说滟滪堆就在脚下，还有传说为八阵图的礁石也炸掉了。人，当然要胜过石头的。

5月4日上午到重庆。距1946年过此地，已是39年了。当时全家6人，如今只余其半。得诗一首志此：“四十年前忆旧游，曾怀夙约在渝州。雾浓山转疑无路，月冷波回知有秋。似纸人情薄不卷，如云往事散难收。恸哭几度服缟素，销尽心香看白头。”

这里不是物是人非，物也大大变迁了。夜晚在码头候船，江中也有万家灯火，大小船只密密麻麻，好一派热闹气象。这晚皓月当空，距上次见此山城月，已近五百回圆了。

5日从重庆返回，顺江而下。次日上午到奉节停泊。有一小汽船带一座船，载我们到上峡中锋箱峡看纤道。小船行驶在长江里，两岸的山显得格外高，直插入云，水中漩涡急转，深不可测。船行近一座峭壁，只见山侧有一道凹进去的沟，那就是从前的纤道了。《水经注》载过三峡下水五日，上水百日，可见其难。50年代初上水还需半个月，也是人力为主。登石阶数百，可以站在纤道上，头顶山崖几乎不可直立。想当初拉纤人便是这样弯着身子逆水拖船的。这时人没有船的支撑，山势更显雄伟，脚下急流滚滚，真觉得个人不过渺沧海之一粟。从峡口望进去，可以看到六层山色，最近的是黄，然后是深绿、绿、蓝灰、灰和在江尽处天下边的灰白，灰白后似乎还有什么，每个人可以自己在想象里补充。

我忽然想跳进江去，当然没有实行。其实真有机会一亲长江流水时，是绝不肯的。

回去时，小船正驶在江心，上游飞快地下来了一只货船。船上人高声喊着，还是唱歌一样。忽然一声巨响，船猛地歪了一下，许多人跌倒了，有的人头上碰出血来。两边船上都惊呼，又有人喊话，寂静的江心一时好不热闹。原来那货船把小汽船和我们的座船之间的缆绳撞断了。那货船仍在喊话,顺着急流转眼就不见了。下水船是停不住的。我们的座船在江心滴溜溜乱转。我正奇怪它到底要往哪边行驶,忽然发现它不能开,只能随旋转的水而旋转。不免心向下一沉。幸亏小汽船及时抛过缆绳,很快调整好了,平安驶回“扬子江号”。回船后大家都有些后怕。座船上没有任何工具,若冲下去,只有撞在礁石上粉身碎骨了。想来江流吞没的英雄好汉,不在少数。

而吞没的尽管吞没了,几千万年如水流去。人渐渐了解江河了,然后究竟又了解多少呢?

船在奉节停泊一夜,7 日晨又进入三峡。水急船速,中午时分已到下峡。我因上水时错过了,使一直守在船栏边。一般的说法是上峡雄,中峡秀,下峡险。近年来下峡的巨石险滩多已除去,并无特别险阻之处了。眼前是叠峦秀峰,可以引出各种想象。不可仰视的断岸绝壁上有着斑斓的花纹,有的如波浪,有的如山峦,有的如大幅抽象派的画。繁复的线条和颜色,气势逼人,不可名状。这可以说是西陵峡的特色吧。但是我想不出一个准确的字来概括。大幅绝壁上画的是葱葱郁郁的山巅。据说山巅上平野肥沃,别有天地。山水奇妙,真不可思议。

船过秭归、香溪,是屈原、昭君故里。滚滚长江,每一段都有中华民族可歌可泣的历史遗迹。以“扬子江号”的速度,怀古都来不及。而我们的绝才绝色都出于此,也是天地灵秀之所钟了。香溪水斜插入江,颜色与江水截然不同。一青一黄,分明得很。世事滔滔,总有人是在“独醒”的。其实,对于“世事洞明皆学问,人情练达即文章”这两句话,我便是很佩服。

船驶出西陵峡口,顿觉天地一宽。见峡口两峰并不很高大,这是因葛洲坝使水位提高了。峡口山上有亭台,众人如蚁行其上,显然是一公园。远见大堤拦截，各种横杆竖线，我们又回到了红尘。

峡口两山老实地站在江中，船仍随水东流。我和我的记忆，也随船飘远了。

三访鳌滩

这一段上坡路，似乎是伸向天边。四周荒无人迹，低矮的野生植物覆盖着地面，绿色中点缀着简单的黄与红的花。一到坡顶，天蓦地升高了，推远了。眼前就是大海，灰蒙蒙一片，无际无涯。整个的海，像是凝聚着昨天的雨和云，海连着天，天连着海，看不清海天界线。略带腥味的海风挟着涛声阵阵扑面而来，大家兴奋地加快了脚步。

我们站在伸入海中的石头上，左右看去，尽是些巨大的礁石。海水漫漫，看不出石头形状。早听说金石滩的礁石不凡，可以想象为古堡龙宫，神怪猛兽——那弯进海中的大石形成一个穹门，被称为通往龙宫的路；又一块大石则是后羿的臂肘，羿射九日后力尽而死，那弯着的臂肘还做拉弓状。

像么？互相问，又迟疑着，不愿回答。

再到这里时是黄昏。我们从两座石山间下到海滩。两座山般的大石，黄绿色的名黄帝石，红褐色的名炎帝石，我们走在中间，便是炎黄子孙了。夕阳从背面反照过来，海上云霭中透出层次不同的红。海滩上静极了，只有我们在走动。我们举目四望，忽然感觉这里似非人境！巨大的、颜色鲜艳的石山默默地压在头顶，面前是大海，左右是奇形怪状、令人生畏的礁石，脚下是晶莹如玉的石子儿，形成一个奇特的世界。我们在浩漫的大海与压顶的巨石之间，像是一幅雄伟画卷上的几个墨点儿。

“看那大龟！”有人叫。果见海滩另一端有一个硕大无朋的龟，与海中的一个小龟，头对着头，像在互相审视，互相辨认。是小龟在劝说母亲回到大海，还是大龟在召唤儿子上岸休息？鳌滩想因这一石塑而得名了。

海浪仍在一道道向岸边涌来。大海，是不休息的。

“涨潮了。”有人提醒。

海在汹涌，一浪接一浪。每一次海面都升高一些，那些小礁石都已消失了。我们赶快向上走，海水在身后赶来，那小龟向下沉了。走到坡顶，我才忽然想到，刚才是站在海里！

又一次去到鳌滩，天还不大亮。远远便见海滩上灯火明灭，是有人用手电筒，在觅取海的赐予。到滩上看时，赶海人深入海中，离岸相当远，灯光一闪一闪，像是大萤火虫。

他们当然都是精通水性的。我却担心：海水仍在声势浩大地向岸上涌来，他们来得及上岸么？水边许多小礁石，如同黑色的小兽蹲伏着。渐渐地，它们的身体露出得越来越多，是向岸上爬过来了？我们惊异地看着。

远处一道白绿，在黑暗中很明。它滚得很急，奔过来撞到岸上，便消失了。每奔来一次，水面便下落，落得真快！眼见那些小兽爬出水面，眼见那望着母亲的小龟的头离水面越来越高。我们简直可以追赶海水，和赶海人一起，追进海里去，看看浩瀚的海水落到了哪里，哪里又盛得下这无边的大海。

等潮落尽，又要涨了。涨满了，再落。

我还从未见过这样呼吸着的、活得如此健旺的大海。人说不只因现值望日，且因有礁石的标志，才能清楚地感觉潮的涨落、海的起伏。不管这些礁石是否激发起各种的想象，它已使我更认识了大海，使我在短暂的停留中，经历了沧海桑田的变迁。

大海都有升落，有变迁，人生又怎能常处于一个水平面上呢！

养马岛日出

到海边了,便总惦记着看日出。

最初几日阴雨,天空为云霾锁住,只见海天茫茫,是深深浅浅的灰色。不见太阳,也不辨东西南北。

一天清晨到阳台上,忽见一侧天边和海面闪着红光,空中云层后面,有个大红球,那是一轮红日,已经升得很高了。没有多久,便不能逼视。

阳台上看日出,毕竟局促。在告别养马岛的这天,特意到海边去等候。

微弱的晨曦中,树木似醒非醒,海是凝重的灰蓝。昨天还是海面的地方,现在露出高高低低的礁石,线条还不十分清晰。一个小小的人影正在那块伸入海中的大礁石上移动着,他是想上得高些,看得远些。那是我们力所不及的。我们只能循着岸边小路选择一处开阔的地方,等候那伟大的时刻。

天边有云层围护着。渐渐地,东天红了,由浅到深,红得很朴素。似乎云层后面正在燃烧,却看不出那中心在哪里,我们凝望天边,不敢眨一眨眼睛。忽然有一条鱼从水上跳出,接着又是一条。似乎也在盼着太阳。

“快看！快看！”我们彼此叫着，只见云层后面陡然出现一个小红球。那是太阳！那是燃烧的中心。太阳在云霞围绕中跳出了海面！云霞红得耀眼，一条光闪闪的红柱从水面拖过来，每一道水波都发着红光。

这一带几个海岛上都有三官庙，渔民们奉祀天、地和水。我和他们一样，觉得一切是这样神圣。我心中充满感激，感激天有日月、地有泥土。感激太阳辛勤地出没、大海不息地涨落。希腊神话中的日神阿波罗每天驱赶着金色的马车向天上驶去时，是否想到地上水中的生灵在顶礼膜拜？

太阳不停地上升，愈来愈大，水面红柱愈来愈宽而长。终于成为一片落进海水的灿烂的彩色。太阳的红反而淡下来，变成白亮的强光，使我们转过头去。

太阳出来了，新的一天开始了。

太阳是我们的。

三千里地九霄云

我在记忆之井里挖掘着，想找出半个世纪以前昆明的图像。在那里，我从小女孩长成大姑娘，经历了我们民族在20世纪中的头一场灾难，在亡国的边缘上挣扎，奋起。原以为一切都不可磨灭，可是竟有些情景想不起来，提笔要写下昆明的重要景色——白云时，心中只有一个抽象的概念：昆明的云很美。

只有概念，没有形象，这让我觉得可怕，仿佛眼前是个无底的黑洞，把所有的图像都吸进去了。

我记得那蓝天，蓝得透明，蓝得无比。我在《东藏记》开头写道："昆明的天，非常非常的蓝。只要有一小块这样的颜色，就会令人惊叹不已了。而天空是无边际的，好像九天之外，也是这样蓝着。蓝得丰富，蓝得慷慨，蓝得澄澈而光亮，蓝得让人每抬头看一眼，都要惊一下，哦！有这样蓝的天！"

蓝天上有白云，我记得的。可是云在哪里？我必须回昆明去，去寻找那离奇变幻的白云，免得我心中的蓝天空着。免得我整个的记忆留下缺陷。

于是我去了，乘汽车，乘飞机，倒也简单。一路上想，古人为鲈鱼辞官不做，若是现在，可以回乡享受了鱼宴再出来宦游，岂不两全？

然而也就没有那弃官爵如敝屣的佳话了。

飞机沿西线飞，经太原、西安、重庆，到昆明坝。它穿过云层，沿着山盘旋，停在四围青山之间。

飞过了两千多里。若是走路，岂止三千里。为了那虚幻的云。

我站在昆明街角上了。头上蓝天似不如记忆中那样澄澈，似调了一点银灰或乳白。这是工业发展的效果。

天公为迎接我，在这一片不算宽阔的蓝天上缀满了白云。

昆明的云，我久违的朋友！我毫不费力地发现我的朋友与众不同处，他们也发现了我，立刻邀我进入云的世界。这一朵如山峰，层峦叠嶂，厚薄相接处似有溪流落下。那一朵如树丛，老干傍着新枝。这一朵如花苞，花瓣似张未张。那一朵如小船，正待扬帆起航。只一会儿工夫，这些图景穿插变幻，汇成一片，近处如积雪，远处如轻纱，伸展着，为远天拦上一层帷幔。

忽然落下雨点儿，紧接着就是一阵急雨。人们站在街旁店铺的廊檐下。一个水果担子在我身旁。

“你家可买梨？宝珠梨，尝尝看。”挑担人标准的昆明话使我有余音绕梁之感。那是乡音！宝珠梨在记忆中甜而多汁，是名产。据说现在已经退化了，人们在培养新品种。我摇摇手，用乡音对答：“梨么不要。你家说的话好听呢好听。”挑担人不解地望着我。那是典型的云南人的脸，这张脸在我的记忆之井中激起了许多玲珑的水泡，闪着虹的光亮。

雨停了，挑担人拢好箩筐上的绳索，对我笑笑。“要赶 20 里路回家咯。”他向街的一头，十字路口走去，那里从前是城门。

雨后的天空，又是云的世界。我走几步便抬头，不免东歪西倒，受到“不好好走路”的责备。于是便专心走路，回想着白云下的宝珠梨担子，那陌生又熟悉的脸庞和天上的白云。

几天后,朋友们安排我去石林附近的长湖。50 年前,我曾到过那里。当时的长湖藏匿在茂密树林中,踏过曲折的石径,站到湖边时,会觉得如同打了一针镇静剂,一切烦恼不安都骤然离去,只有眼前的绿和绿意中水波的明亮,把人浸透了。我曾把这小小的湖列于西湖太湖之上,因为它不是一般的风景,而是一种心灵的映照。

不料这一次我们驱车往路南尾泽乡,所遇震撼全在长湖之外。再没有坎坷不平的泥路,再没有背上放着木架的小马,有的是上上下下都十分平坦的公路,车子驶过,没有一点颠簸。行到高处,忽见前面豁然开朗,大片蓝天之上,有白云的图案,如一幅抽象派的画,不写真,不状物,只是一团团,一块块,一层层,卷着滚着,又在邀人进入云的世界。"昆明的云!"我叫起来,真想跳离了车子,扑到天边去!车行急速,转眼掀过了这一幅图画,眼前是无比真实的土地,鲜红色的土地,红土地!

红土地连着绿林,红土地连着蓝天,红土地连着白云!我亲爱的云南的土地!多少年来,我怎么忽略了这神秘的鲜艳的红色呢!在这红土上生长着宝珠梨,滋养着本地和外乡的人,回荡着好听的昆明话;在这红土上伸展着蓝天,变幻着白云——

我们走过一个小村庄。村中房舍想必是用红土烧坯建成,屋顶墙壁一派暗红。村前池水也是红的,两三个系蓝布围腰的妇女在池边洗衣服。洗出来的衣服想必也是红的了。颜色很绚丽,心里却酸苦。红土是酸性土壤,她的孕育是艰难的。可是我相信,人人都会有一池清水,这是迟早的事。

尾泽小学已是正式的楼房了。院中植着花木。我住过的土坯房不见了,只是那片操场还在。50 年,该有多少农家孩子从这里得到启蒙的知识,打开了灵魂的窗户。而在操场和我一起学过阿细跳月的人们,还有几个能再来?

车直开到长湖边上，我还一再地问："是这里么？这是长湖么？"可见长湖大变样了，似是从一个纯真的少女变成了人情练达的成年人。湖水不再掩藏在树木间，而是坦然地抚摸着开朗的湖岸。岸上有草地，有野炊用的泥灶，俨然一个公园。

我们坐在一个小岗上，良久不语。作为公园，这里还是不同一般的。水面澄清，天空开阔，而且是这样的蓝！就像我心中的那样蓝。

记得《西游记》中有堆云童子布雾郎君这样的角色，常被孙大圣传唤。布雾郎君且不说，这堆云童子无疑是个艺术家。蓝天上的云朵洒得疏密有致。渐渐地，小朵汇成大朵，如堆绵，如积雪，一会儿，绵和雪变化成一群白羊，一只大狗。狗是在牧羊么？远山上出现一个大玩偶，一只大袖子，还有很长很弯的鼻子，似要到湖里吸水。那狗蹄子正踩在玩偶头上。玩偶不必发愁，狗蹄子很快移开了，愈来愈淡，狗消失了，只剩下群羊。想不到在无意间，得观白衣苍狗，更领悟子美"天上浮云如白衣，斯须改变成苍狗"之叹。

云还在变幻。一座七宝楼台搭起来了，又坍塌了。围湖的山和天相接处，一朵朵云如同很大的氢气球，正在欲升未升。不久化作大片纱缦，似是从山顶生出来的，把天和地连接在一起。而天是蓝的，地是红的，白云前还点缀着绿树。

归途中，一轮丽日当空。快到昆明了，忽然，年轻的朋友叫道："快看！彩云！"

哦！彩云！就在太阳的右下方，一朵椭圆形的彩云！刚看见时是玫瑰红，一会儿变作金色，一会儿又变作很浅的藕荷色。太亮了，我们不得不闭上眼睛。再看时，可能我的不正常的视力作了加工，只见彩云后面透出彩色的光，许多亮点儿成串地从云朵上流下，更让人不能逼视。

"不能看得太久，"我们说，"会折损了福气。"

太阳随着车子向前而后退，那朵彩云却面对面地向我们头顶飘来，随即消失了。

云南这个名称，据说始于汉代，因彩云出现而得此名。有谁真正看到过彩云？如今有我。

昆明的云！美丽的云！在我的记忆之井中注满了活水。“三千里地九霄云”。我拟下了一个作文题目。

澳大利亚的红心

瑙玛有个小小的习惯,怕下楼;因此当然也不能上楼。

我们在阿丽思泉古斯艺术馆的圆厅里走着,见厅中心有一个螺旋形的小楼梯,梯侧有小喷泉,暗红色的灯光照着喷洒的水珠。我请她到厅边小坐,不要陪我上去。她说到上面就可以看见这个艺术馆的主要内容。她用了一个字,我一时想不起那英文的意思。“上去便知。”我想。

跨过暗红的喷泉,缓缓上到梯顶,我不觉吃了一惊。我怎么忽然来到了澳洲中部的荒原上,旷野间?苍凉而豪迈的中澳大利亚景色,扑向我眼前,这样辽阔,这样一望无际;又这样寂静,这样无动于衷,只有远处小小风车给一点动的感觉。似乎时间也被这豪迈苍凉羁留住了。那一直伸展开去的原野,直到天边,看不见了,却又明知它还在继续伸延,简直使人想赶过去看个究竟。在棕褐色,有的地方是暗红色的原野上,铺缀着一丛丛灰白的草,一丛丛暗绿的榛莽,再高一些是那一对孪生兄弟的橡树,它们真像彼此的影子。最高的植物是一株尤加利树,它那灰白的树皮下,显示着充满了生命的筋骨,天地交界处有一段远山,又有一座淡蓝色的平顶山,像一个倒扣的长盒,后来知道它的名字是考诺山。又有一座稍长的,一端扁平的浅棕色的山，后来我知道那便是世界最大的独石——艾耳石。

我循着楼栏走了一圈，才悟出那英文字义是全景画。这画面形成一个圆圈，观画人站在中央。近处 20 英尺的泥土植物全是实物，连接着 20 英尺高的画面。画面不但集中了中澳大利亚的有特点的景物，还画出了那原野的苍郁混沌的神情，使人不觉大有“天地悠悠”之感。

次日我们乘车行驶在真正的澳洲内陆原野上，离艾耳石越来越近，这种“天地悠悠”之感也越来越强烈。车行几个小时，眼前总是莽苍苍一片，忽然远处出现了那淡蓝色的考诺山。以后我发现无论从哪个方向看，它总是保持着那淡淡的蓝，虽然远，却很分明。走着走着，考诺山不见了。太阳没遮拦地照着，蓝天亮得耀眼。地下的草格外灰白，榛莽的绿显得格外干涩。而路呢，不知何时起，变成了鲜艳的红色。如果不是亲眼得见，实在难以想象土地能红到那样地步。这红色在那全景画中并不突出，大概是要留给人自己捉摸吧。于是天是蓝的，树是绿的，草是白的，路是一味地红。风吹草低，便是原野的活动，便是原野的声音。

我拿出“罗吉的地图”，想看看行程远近。罗吉是气象学家，是瑙玛的儿子。在悉尼那几天，都是他开车。离开悉尼时，他送了我这份地图，还有一个复活节巧克力兔。他对瑙玛极为体贴关心，总是在需要他时及时出现。“这样孝顺儿子不多了。”瑙玛常说。我也为她高兴。

罗吉的地图告诉我们，艾耳石有 3.2 公里长，2.4 公里宽，335 米高。艾耳是一个人的名字。1872 年最初来到这石山的欧洲人取此名，艾耳本人与这石山并无关系。这里原有土著，现在都迁往别处了。他们有蛇人的传说，山的阴阳两面有两种蛇，后来成为两个部落。我不禁联想到我们中华民族的龙，其实也是由蛇图腾演变来的。

看来在远古时代，蛇的势力不小。

我们到了，艾耳石从近处看如同一匹趴卧的大兽，棕色的纹理好像大象粗糙的皮肤。石山上有好几处洞穴，有的洞中有简单的原始的画，都保存得很好。头一天在阿丽思泉，瑙玛曾请一位研究土著生活的英国朋友来见，他对他们的画很了解，圈圈点点，曲线直线，都有意义，都在诉说一个故事或一种感情。只是有些内容他们不愿人知，他也就闭口不言，在他那里见到一些画，圈、点和线的形状、颜色都很和谐，倒有点像当前抽象派的画。

日程中有一项是观赏艾耳石变换颜色。我们清早出发，登上一个沙丘，东西张望。向东看日出，向西看石山的颜色。石山在黑暗里黑黝黝的，黑夜渐渐淡去，石山逐渐显出棕色的皮肤；朝阳在天边涂抹着彩霞，石山在不知不觉间也涂了一层橘红色。在太阳跃出地平线的一刹那，据说石山会像火一样通红，但那天不知为什么，没有见到这奇观。又因为东张西望不能兼顾，对两边似乎都无多少心得。从沙丘上下来，瑙玛笑道："走了几万里路，临了石山不变颜色。""总得把最奇特的留给想象。"我笑答。其实眼前的景色已经够奇了。在灰白和暗绿相间的原野上，破开一条鲜红的大路，向石山缠绕过去。远处虽有总是那样蓝的考诺山和另一座奥尔加山，近处的艾耳石却显得这样大、这样孤单。不知从什么时候被抛掷在这里，遗忘在这里。它像澳洲一样，终于被发现了，而且成为胜景。我记起 T. 哈代所著《还乡》的第一章，"一片苍茫，万古如斯"。那描写伊登荒原的文字是多么美——还有那红土贩子。现在科学发达，当然不用红土染色了。

"这路，这土，多么红……"我喃喃道。

"这是澳大利亚的红心，"瑙玛说，"澳大利亚的红心欢迎你。"

"红心"两字并非瑙玛发明，在导游画册里便是这样说的。在辽阔无垠的原野上坦露的红路,真像敞开了赤诚的胸怀,那是人民友好的心愿。我向她感谢地微笑,默默地俯身抓起一把红土。原来,在土著的许多美好的传说中,确有红土染身的故事。说是在世界尽头住着一个女人,她的职责是早晨点火照亮世界,晚上熄火让万物安息。在点火与熄火时,她都要用红土装饰自己。红色反照在天上,便成了朝霞和落日的绮辉。

我们沿着红色的路,下午便返回阿丽思泉。在渐渐合拢来的暮色中,西天却逐渐明亮,越来越红,很快就成了一片通红。红云上压着一层层灰黑的云。这里没有别处落照的千百种颜色的变幻,整个天空,只有红与黑两种颜色。红云真像在天上烧着大火,因为天地是这样无边无际,火也烧得透旺,烧得恣意,从天的一端直烧到另一端。偏又有层层黑云,有时在红云上压着,有时在红云下托着,更显出那壮丽的通红来。通红的天连着通红的地面,仿佛从地面上也在升起红云。真使人感到一种浩大、神秘的力量。大概是那世界尽头的女子在撒扬红土所致吧。

车上几个小孩在说儿歌:“彼吉博吉胖墩墩,拉着女孩们不住地亲;一伙男孩来游戏,彼吉博吉跑开去。”在清脆的童音中忽然发出一声赞叹,瑙玛说:“看那边!”和通红的西天遥遥相对,在草莽中升起一轮明月,月轮很大,染着淡淡的金黄,默默俯视着这原野。我忽然想起内蒙古草原上大而圆的月亮。不也就是这一个么?它冷眼观看了亿万年来地球各处人类的发展。不知地球上何人初见月,也不知月亮何时初照人。人的智慧发展到今天,月亮本身的奥秘也已让人探得去了。

日落的壮观持续约一小时,夜幕终于遮盖了一切。路边的地灯告诉我们已走上柏油路,红土的原野越来越远……

“告别了,澳大利亚的红心。”我在心中说。我已从自然景色中苏醒过来，和车上的旅客攀谈着。旅客来自澳大利亚各阶层，也来自世界各地。谈笑间，我也学会了瑙玛小时就在说着的儿歌："彼吉博吉胖墩墩……"

其实我虽然离开了那红色的原野，却并未离开澳大利亚的红心。牧场上，大学里，繁华的大城和清幽的小镇中，到处都遇到热心朋友。南澳大利亚的库诺本小学特地赠我一把银色的小勺，柄上有校徽，盒底写着："请冯女士用它的时候记住我们，并请转达对中国小朋友的友谊。"

访问小学校时，我被安置在大沙发上，孩子们围坐在地，瞪大了眼睛瞧着我。校长科博狄克先生多才多艺。他手弹吉他，领着孩子们唱欢迎歌。我讲我自己的古老伟大正在建设的国家，讲了我们小学生的一天的生活。应校长之请，我也讲了《露珠儿和蔷薇花》这篇童话。我很怀疑我的自译能否达意，孩子们却专心地听。讲完了，一个孩子举手问："那朵蔷薇死了？""骄傲的蔷薇死了。"我不无伤心地答。

校长对孩子们自由发问，空气很是活泼。问题一个接一个："中国最高的山？""中国最长的河？""中国的牙膏是什么颜色？""你有多少岁？"我也问他们，问他们的志愿。几乎人人都举起小手。有的要做农民，有的要做理发师；有的女孩愿意做护士，愿做家庭妇女；有的男孩要做警察，要开飞机。只有一个孩子要做科学家，没有人愿当教师。

"如果你前几年前来，会有许多孩子要做教师。"校长说："近来教师失业的很多。"原来澳洲人口增长率趋于零，孩子少，需要的教师也少了。

"不管做什么，"校长又说，"我们要培养的是有用的、快活的人。"

临别时，校长从墙上取下两张图画送我。一张是黄色的小人，那是海盗；一张是用拇指按出来一个个指印，组成一棵树。我想起澳大利亚名作家帕特里克·怀特的一本书名《人类之树》。在人类之树上，每个民族、每个国家尽管有种种不同，都该在自己可爱美丽的国土上辛勤劳作，发展兴旺，并且互相友好往来，使这棵大树根深叶茂，绵衍久远。

面对着这张天真的画，不禁又想起罗吉的地图，想起养猪人桌上丰盛的糕点，想起明史教授雨中差别，想起每天看着表为我煮鸡蛋的退休老船长……当然，还有代表澳中理事会接待我的瑙玛那充满了关怀、做出细致安排的亲切的声音。虽然我免不了常请她重复一次，奇怪的是，我总不觉得她说的是外国话。

还有那奇特的剖露着红土的原野——澳大利亚的红心。

羊齿洞记

记得22年前写《西湖漫笔》时，第一句便是“平生最喜游山玩水”；岁月流逝，直到现在，还是改不了山水旧癖、烟霞痼疾。

1982年美国的三个月之行，原拟偷暇去寻访几处自然景色；行到第一站檀香山，便知很难做到了。——87岁的老父兴致虽好，究竟行动不便。7月12日，国际朱熹会议组织花园岛之游，本应陪侍老父，却不能前往。幸有历史研究所的冒怀辛先生，情愿代我一日之劳，我才得以一览幽胜。

到花园岛之前，并不知岛上有个羊齿洞，只听说在夏威夷群岛中，花园岛是最美的一个。从檀香山乘飞机，掠过大海，20分钟即可到达。岛上满眼绿色。车行在蜿蜒的公路上，随时可以看见大海：有时灰，有时蓝，有时茫茫一片，有时闪亮得刺眼。路旁除树木外，最多的是甘蔗田，随着山势起伏，偶有较平坦处。颇有些“青纱帐”的意思。

到了外米亚山谷，红黄色的泥土和岩石裸露在外，没有绿色覆盖，给人一种原始的赤膊的感觉。因为峡谷太深、太宽而不陡，初看时不知其深到何等地步；仔细看谷底，却又看不见。不一会儿，一架直升机从谷中飞过，飞机在我们下面，也不显得很大，才知道这峡谷之大了。然而这只是一个准大峡谷,比起美国大陆著名的大峡谷,还差得远呢!

望台上风很大,吹得人几乎站不住。那赤裸的原始的峡谷,却似乎什么也不觉得,只是默默地任风吹,凭雨淋,没有遮拦,没有雕饰,把人吸引了来,又把人的想象牵引到不知何处。

中午在椰林饭店午餐。饭后与澳洲学者柳存仁先生、任继愈兄、邱汉生先生和李泽厚学长一起在椰林中散步。椰林一端望不到边,林中遍生青草,隔不远便有一个小炉子,当为晚会时烤肉用。林的另一端与餐室间,有一条莹洁的小河,水上有独木舟,岸上有奇花异树,无人叫得出名字。又有几位日本学者和我们一起谈笑,在树下水旁,兴致勃勃,都早把朱熹老人抛在了脑后。

然后乘船。船很大,游人凭栏而坐,中间有夏威夷姑娘跳舞。前几天,在夏威夷商店里看见过草裙舞,裙已非草制,但式样还是仿草裙的。船上的舞者穿长裙,跳的当然仍是民间舞。舞者身材、面目都很秀美,肤色很黑,睫毛很长,舞姿曼妙,她们自己似乎也很快活。但是想想她们靠这个吃饭,背后的辛酸,还不知有多少呢!

水平如镜,两岸树木郁郁葱葱,绿得很浓。映在水中,连水也是浓绿色。夏日的阳光也很浓,一切都是浓酽的,浓酽得有些慵懒。据美国朋友说,这是夏威夷的一个特点。

船到转弯处停泊了,大家弃舟登岸。一上岸不觉诧异,原来已置身热带树林中。树身高大茁壮,藤蔓纠结,把骄阳隔在远处。循小路上行,两边全是植物的世界,很少空隙。走着走着,忽然豁然开朗!我真不知世间还有这样奇异的景色。

这是一个很大的洞,大到不觉得它是洞。大束大束的羊齿植物从洞顶悬挂下来,一片叶子接着一片叶子,突出到洞顶外。仿佛这洞翻了个个儿,这些植物本该朝上长的,却朝下长了。大滴的水珠,不断从洞顶落下来，滴到羊齿草上。每片叶子都那么绿，那么亮，绿得透明，绿得鲜嫩。不是盆景中的绿，也不是“绿满阶前”的绿，而是悬在头顶上、很大很大的任意生长的一片绿。它像瀑布一样垂下来，好像就要流到我们身上，浸湿衣服，浸湿每一个人……

我一直抬头望着，望得脖子发酸，才想起来问：“这是什么地方？”奇怪的是，无论北京来的，台湾来的，还是美国大陆来的各方学者，都不知道。

大家一面赞叹，一面循着靠侧面洞壁的窄坡向上，走到一个平台。平台边，洞壁有一处凹进去的地方，就像一个供奉佛像的坛座。我忽然想，应该有一个精灵住在这儿，绿色的、头上长着角　样的两棵羊齿草的小精灵。若是他问我有什么愿望，我会告诉他：我愿用一切代价换得弟弟的健康！我那身染沉疴的弟弟啊，你现在感觉怎样？我真想把这洞天一下子移到你的面前……

从高坡下望，地上全覆盖着矮矮的植物，也是千姿百态。绿丛中有一泓水，浅浅的，很清澈。这是洞顶的水，流过羊齿草滴下来积成的，也不知有多少年了。

归途中，我满眼仍是洞中景色。车又停过几次，可我都没有注意观赏。一处似是睡巨人山（不是“睡美人”，而是“睡巨人”）；一处据说是看瀑布，可谁也没有看见瀑布在哪里。几位英、美女学者和我，在路边攀谈、照相，哈佛杜维明教授走过来，对我说：“我打听到那洞的名字了。”他随即说了那英文名字，意思是“羊齿植物洞”。哦，羊齿洞！

会议结束后，我们在檀香山又逗留了几天，才有暇找地图、导游书等来看看。这才发现，羊齿洞不仅风景特殊，还有一个大用场——结婚圣地。

花园岛的结婚办法很富有浪漫色彩，结婚证是到游船部、照相馆领的,手续简便。然后到椰林中的教堂或羊齿洞举行仪式即可。原来那小小的“坛座”,还真有“圣坛”的作用呢!

那“坛座”上的绿色精灵,是不是该改为手持红线的月下老人呢?我不知道。不过我知道,那绿色的小仙早飞进许多各种肤色的人的心中,并永远留驻在那里了。

奔落的雪原

——北美观瀑记

对北美洲五大湖区的尼亚加拉大瀑布真是向往已久了。听说有人前往观赏,看着看着,忍不住跳了进去。也有人专门到那里自杀,大概以为那咆哮的急流能洗净世间的污秽吧。便想我若结识了大瀑布,当写一篇小说,写本是前往结束自己生命的人终于获得了生的力量,懂得了怎样赞美人生,谱写人生。那是一切名山大川应该给予人的。我相信尼亚加拉也是如此。

一路上我总想不通,这样大的瀑布怎能不在崇山峻岭之中,而是在平原上。经过五大湖之一的伊利湖时,只见水天一色,无边无际。公路上有不少疾驶的车,顶上倒扣一条船,便是去湖里游荡的。据说这湖连同另外三湖的水都经大瀑布落到尼亚加拉河中,再经安大略湖、圣劳伦斯河流入大西洋。这么多的水,想来那瀑布一定够壮观了。

车过靠近加拿大的巴法罗城时,已是下午。“不远了。”来过的人说。“怎么没有声音呢。”我想,因为目的地近了,大家都有些兴奋。我却害怕起来。这平淡的湖水,连同周围平淡的景色,能汇集出怎样的雄伟呢。

下车后我以为还要走一段路，却忽然发现已经到瀑布旁了。最先看到的是美国瀑布，立足处比河流的水面约高两三层楼。河水平静地，放心地流过来，似乎万万没有料到会猛然跌落。水色碧绿，到悬崖边时，忽然变作了大块的雪，轰然落下，溅起无数水花，使得瀑布下部宛如在云雾中。大雪块不断崩落下来，云雾不断升起。它这样宽，悬崖岸长 1100 英尺，又这样高，落差 180 英尺，奔腾咆哮，好像要在顷刻间使出全身解数，而这顷刻一直延长了不知多少万年，永没有疲惫的时刻。

瀑布下是深谷，若凭走路，恐怕要走好一阵。我们乘电梯下到谷底去乘船，一会儿便到。电梯中可见美国瀑布旁边的小瀑布，名唤新娘的面纱。小瀑布再往北是三个瀑布中最大的，属于加拿大的马蹄瀑布，悬崖岸边呈巨大的马蹄形，宽 2500 英尺，落差 170 英尺。上船时发雨衣，船走时轰鸣的水声越来越大，船也越来越颠簸。真高大啊，那急遽奔流的水壁！好像是天门大开，尽情地把水倾泻下来。到马蹄瀑布下面了，浪花飞腾着，人们如立雨中。船还向前行，眼前什么也看不见，只是迷雾一片。不少人叫着笑着。我望着四周迷蒙的水汽，连船下的水也在跳动，翻起无数水花。就像在黄山上想跳入云海，在太平洋岸边想踏上海波一样，我真想跳下去！

当然只是想想而已。船慢慢地转身，回头看那宛如在天际的翻腾跌落如雪块般的水，因为太宽太高太大，一眼难以尽收。一条巨大的虹出现在迷茫的水汽中，弯弯的弧只划过瀑布的一角。在这里，瀑布一词似乎已不适用。布是窄条，而这里是这样雄伟，这样宽阔，这样急速地流动着，简直叫人喘不过气来。整个的雪原从天上崩落了！

啊，奔跑而崩落了，崩落了还继续奔跑着的雪原！

据说曾有不少人把自己装在桶里，随着瀑布落入深渊。不少人中只有一个少年生还。人们惊喜之余，给他将息调养，然后罚款。我在瀑布下走一遭，对这些探险家增加了几分理解。可能谁都想随着瀑布跃下悬崖，尝一尝那飞在半空中，震撼灵魂的喜悦。不过真的伸出双手去拥抱能毁灭自己的巨大的力量，固然需要勇气，也未免任性。

这里人们的勇气和智慧是用在正当途径上的。原来流量每秒202000 立方英尺的水，一半用来发电了。它给了人们多少光明，多少力量！到晚上，瀑布也不寂寞，强烈的灯光照着它，反正它不在乎，也不能抗议。古人叹昼短夜长，有人秉烛夜游，有人“只恐夜深花睡去，故烧高烛照红妆”。现代人的气魄大多了，夜游改用探照灯。白色灯光确可以帮助人在黑夜中看到瀑布汹涌崩落的气势。凭栏倚望，有灯光处的水是一片闪烁的白，不像白天，在雪般的水花下泛出碧绿来。只是瀑布太宽、峡谷太深，无论多么强的光，落到那崩落的雪原般的千万年不曾停息的层层水花上，那巨大的无底深谷中，全显得黯淡微弱，使得整个峡谷更添了些神秘莫测、捉摸不定的色彩，一切都显得更遥远了。忽然间灯光颜色变了，暗红的颜色罩住了深谷。一会儿又变作绿的、蓝的、紫的。据说这是尼亚加拉大瀑布重要的一景。我却宁愿只要素朴的白，能帮助人们夜游便足够了。绮丽的颜色和伟大磅礴不大相称，何况还使人想起霓虹灯来。莫非这气势庄严的大瀑布也在做着一场繁华梦吗？

夜深了，我们要睡了。大瀑布不管灯光怎样变换，只顾奔跑着，跌落着，跳跃着，夜以继日地给人忘却一切的喜悦。它是勤劳的，清醒的。

次日清早，我们又跨过美国瀑布上游，从山羊岛上步行向下，来到瀑布半中腰流连。这里上看飞流，下临云雾。瀑布似乎是悬空的，不知来龙去脉，只是向平面延伸，一直转了半圈，成为马蹄形。有这么大的马吗？是霍桑在《奇异的书》里描写的，载了英雄人物去砍下妖魔的三个头的那匹飞马吧？可惜我没有听到这里的传说，不过我自己可以编出一个来。

这时在美国瀑布下面和对岸加拿大一侧的山谷中，都有三三两两的黄衣人在行走。什么虾兵蟹将？我们问。原来可以通过隧道下去，到瀑布近身处看。在美国这一边的叫“风洞”。我们兴致勃勃地去了。穿上雨衣雨靴，也都成了虾兵蟹将。乘电梯从岩石中下去，走过隧道，到得洞口，洞外有栈桥，位置在美国瀑布和“新娘面纱”之间。水声轰鸣，比在船上时更强十倍！我们不管浪花飞舞，循栈桥向大瀑布走去，直走到它身旁了！离水流只有25英尺！这时仰面上看，急流自天而降，仿佛就浇在自己头上！厚重的水在脸面前奔腾着，厚重得像浮雕，却是奔跑着的活的浮雕。风挟着水蒙头盖脸而来，风和水都是硬的。这里不是水花水汽，简直是置身波涛中了。这奇异的站立着的波涛呵！“我们算是到过瀑布里面了。”一个西班牙人说。

啊！崩落了还在奔跑的雪原！要把我们带到哪里去呢？我伸出手，想和瀑布巨人握一握。他却置之不理。又是一阵水浪浇来。“快走，请快走。”管理栈桥的人说，他的声音在雷鸣般的轰响中消失了。

我又伸出手来，抓住一捧水。水从指缝间漏出了。尼亚加拉大瀑布的雄姿却永不会从我的记忆里筛去。我会永远记住你的伟大精神，你的磅礴气势，你的力量，你的速度！我会永远记住你那如同崩落的雪原般的流水。

下午到山羊岛和附近的三姐妹小岛。在山羊岛北端，可见烟波浩渺的湖面，水鸥点点。岸边树木还绿着，已带些初秋的萧瑟了。它们静静地站着观看水波流去。辉煌的激昂慷慨的乐意结束了，这里是一段慢板，徐缓悠扬。湖水从山羊岛分开，流过各种形状的石头，水清见底，从容不迫。到三姐妹岛时水面很宽，却越流越急。下面便是马蹄瀑布了。绿浪时起，汹涌的水波似乎比我们站的地方还高，它们准备着,准备加入到奔落的雪原中去。

据说从加拿大一侧看尼亚加拉大瀑布更为壮观,我想不去也好。生活中美好的事物是没有穷尽的。叹为观止的景色还没有止。留着让人向往,让人期待,让人悬念。

在黄水仙的故乡

近年从外面旅行回来,常有一句问话在等着:你印象最深的是什么?这次归自伦敦,不必等问,我逢人便说,印象最深的是黄水仙,那在绿草地上轻轻摇摆着的、明亮的黄水仙。

最初见到这花是在英国朋友家里,是栽在盆中的。“这就是华兹华斯所写的黄水仙。”她指给我们看。只见一丛黄色的花,花瓣形状有些像养在水中的中国单瓣水仙,然而大得多,整个花朵犹如饮黄酒用的大酒杯,在窗台上安静地垂着头,似乎并没有什么特别出色之处。

根据记忆中的诗句,这花应该是“一眼望去千万朵,摇着头儿舞婆娑”的。花盆里、窗台上,显然不是它应该居住的地方。

伦敦已经没有人为的雾。但因天气阴晴不定,时常飞雨飘忽,景色远望总有些朦胧,好像一幅幅水墨濡染的画,颇有我国江南韵味。市内有几处公园,在淡淡的朦胧中,那大片草地总像刚经过细雨浇洗,绿色中常有一小块鲜亮的黄。驱车来去经常看见。“那是黄水仙了。”大家指点说,只是没有停下来看过。

和北京的春天特别短相反,英格兰的春天特别长。晴晴雨雨,迟迟疑疑,乍暖还寒。一天到白金汉郡的一所大宅去参观,这座宅子名为沃德逊府，原属私人，现已交国家。看完外面巍峨的众多尖顶，里面豪华的复杂陈设，便往它所属的园地走去。经过鸟厅、玫瑰亭，又经过一种软皮的大树，我们来一个长满绿草的山坡。满眼的绿十分滋润丰满，又像是刚下过雨。走着走着，我忽然觉得眼前一亮。

草地上好大一片黄水仙！它们随着微风轻快地摇摆。简直分不清一朵朵花，只觉一片跳动着的嫩黄，让人眼亮心明。它们好像冷不防把景物中那点朦胧揭去了，告诉人们不管怎样乍暖还寒，看！明媚的春天在这里呢！

> 我看着，看着，竟没有想到
> 这景象带给我怎样的珍宝。

又是华兹华斯的诗句。对于每一个作者来说，他的所见所闻不知什么时候会给作品添上胜过珍宝的光辉。对于每一个看花人来说，自然的生命的欢乐又是艺术的力量比不上的。这后一点也许需要存疑，或者说对作者是一种鞭策。

以后在格林威治公园、克有皇家公园都看到大片黄水仙翩跹起舞，每次都使我惊喜这大片的花总少不了更大片绿草地做背景，使人于惊喜中又感到开阔而踏实。同伴们回国后，我独自留在伦敦。每天走约二十分钟的路去乘地铁，到大英图书馆看书。二十分钟的路，一路都是住宅。每座房屋前空地不大，但都整治得很好，种着各种花草。其中当然少不了黄水仙。它们一丛丛站在绿草间，调皮地把头歪来歪去。

英国人喜欢黄水仙是无疑了，有华诗为证。它一定也是容易种的，才这样随处可见。它很普通，绝不孤芳自赏，每一棵每一朵都很平淡。但是成为一大片时却那样活泼，那样欢乐，那样夺目，又那样朴素。它们形成群体时才充分显出自己这一种花的美。它们每一朵每一棵都互相依靠,而且紧挨着绿草地的胸怀。

一眼望去千万朵
摇着头儿舞婆娑

美丽的黄水仙,这时想已谢了。

第五辑　书当快意

没有名字的墓碑

——关于济慈

上大学二年级英文课时,教师是英国人。他除文章外还随意讲一些诗。一次曾问我们喜欢哪一家。我立即回答:济慈(1795—1821)。哪几首呢?《夜莺曲》和《希腊古瓮曲》。当时读书不多,感受却强烈,回答爽快。以后见识虽稍广,感觉却似乎麻木多了。常常迟疑,弄不清自己究竟怎样想,更不要说别人了。也许因为诗句本身的力量,也许因为读时年轻,后来的麻木并未侵吞以前的记忆。在杂乱的积累中,济慈的诗句有时会蓦地跳出,直愣愣地望着我。

1984年3月中旬,我们从英格兰西南部多彻斯特返回伦敦。进市区后,车子经过一些僻静的街道,停在一座房屋的小绿门前。英国朋友说,济慈在这里住过,《夜莺曲》就是在这里写的。我们没有提过要参观济慈故居,大概是贤主人知道我的故居癖吧,顺路便到这里——恰巧不是别人,而是济慈住过的地方。

这是一座小巧舒适的房屋。原属于济慈的好友、退休商人查理斯·布朗和布朗的朋友狄尔克。济慈6岁失怙,11岁失恃。1818年他的二弟病逝后,他应邀在这里居住前后约两年。供济慈使用的是一间卧室、一间起居室。起居室在楼下,有法国式落地窗可以坐看花园,那里现在有绿草地、郁金香和黄水仙。室内书橱中有他同时代人的作品。窗旁有莎士比亚肖像。莎翁是济慈最爱的诗人。无论走到哪里,他都带着莎翁的像和作品。展品中还有他手录的莎翁的诗。卧室在楼上,有带帐幔的床,帐顶弯起如船底,是照那时的样子仿制的。据说济慈病重时,讨厌这帐幔的花样,便总到布朗起居室的长沙发上休息。底层还有一间他自己用的小厨房,石壁石槽,阴冷潮湿,看去一点引不起家庭的温馨的感觉。

济慈短促一生实在没有尝过多少人间的温馨。他孤身一人,无依无靠。虽然有友谊的支持,但总还是寄居。经济拮据,又不断生病。贫病交加,那日子也许非亲自经历不能体会。他为了生计,在1819年底曾谋求外科医生职位,他以前学过。布朗劝他继续写诗,并借钱给他维持生活。

1819年4月,布劳恩一家租住了这房子属于狄尔克的一部分。济慈和布劳恩家长女凡妮感情日笃。这一年的春和夏,大概是诗人最幸福的日子吧。5月的一个清晨,他在这个花园里写出《夜莺曲》。那时这里还是个小村庄,这一带名为汉普斯德荒原,可以想见其自然景色。除夜莺一首外,《致赛琪》《忧愁》和他诗歌的顶峰《希腊古瓮曲》都是这时写出的。

飞呵飞呵　我要飞向你
不驾酒神的车
而是凭借看不见的诗翼

在《夜莺曲》中,济慈凭借诗的翅膀,同夜莺的歌声一起高高飞翔,展开丰富的想象。他要飞离人世的痛苦和熬煎。他在温柔的夜色中感到许多美丽的花朵,在夜莺狂喜的歌声中,死亡也变得丰富甜美。然而歌声远去了，留下的只有孤独。

据记载，1820 年春，有人看见济慈坐在小村外，对着眼前的自然景色痛哭。哪一位诗人不爱家乡、祖国，不爱家乡的田野、树木、溪水、花朵，不爱亲人朋友，不用全心拥抱生活？在知道自己不得不离开时，哭，恐怕也减轻不了他的痛苦吧。

老实说，去英国时，想到的都是小说家，还有一个莎士比亚。压根儿没有想起济慈。他的故居也不像勃朗特姊妹和哈代故居那样有当时的气氛。但去过后，车子驶过越来越繁华的街道，他的两句诗忽然闪出，直愣愣看着我：

> 美即是真，真即是美——这就是
> 你们在地上所知和须知的一切。

如何解释这两句诗，已经有连篇累牍的文章。我当时联想到他不幸的一生，只有一声叹息。

3 月 23 日我们到诗会做客。诗会是诗歌爱好者自己组织的团体。我们的老诗人方敬把我们的老诗人卞之琳翻译的《英国诗选》送给他们一本。他们十分高兴，建议选一首来朗读。这首诗恰又是济慈的《希腊古瓮曲》。诗会的前任会长，一位退休的中学校长朗读英文原诗，由我念卞译中文诗。

> 听见的乐调固然美，无从听见的
> 却更美——

我听着老人轻微而充满感情的声音，心里知道他是怎样热爱诗，又怎样热爱济慈的诗。

呵，幸福的幸福的枝条！永不会
掉叶，也永远都不会告别春天
幸福的乐师，永远也不会觉得累
永远吹着曲调，又永远新鲜

我念中文诗时，觉得卞先生的译文真是第一流的。我的“朗诵”虽未入流，但我相信如果济慈听见，一定高兴。

回想他的故居展品中，有一个石膏面像，说是他死后从他脸上做出来的，看着想着都很不舒服。据说经过解剖，发现他的肺已经一塌糊涂，医生很奇怪他居然用这样的肺活了那么长。他是顽强的人，不顽强是无法作诗的。

1820 年秋，济慈的病日益严重。医生说只有到意大利过冬才有救。英国天气阴冷，一百多年前没有很好的取暖设备，确不利于有病之身。我这次到英国一行，才懂得为什么英国小说里有夏天生火取暖的描写。9 月 13 日，济慈离开伦敦。船经都赛时，他曾上岸，最后一次站在英国的土地上。回到甲板后，眼看英格兰在眼前慢慢地消失，他把自己的一首诗《明亮的星》写在随身携带的莎士比亚诗集里，在《一个情人的抱怨》旁边。这手迹陈列在他故居中，字迹秀丽极了。

意大利的天气没有能救他。1821 年 2 月 23 日他终于告别人世，再也不能回到他爱的土地，想来那美丽的风光一直印刻在他心中吧；再也不能见到他爱的人，她戴着他赠予的石榴石戒指一直到死。

两天后他葬在罗马新教徒墓地。照他自己的安排，墓碑上没有名字，只有他自己选的一句话：

这里长眠的人
他的名字写在水里

他的心在荒原

——关于托马斯·哈代

在英格兰西南部都彻斯特博物馆中,有一个小房间,参观者只能从窗口往里看。我们因为是中国作家代表团,破例获准入内。

这是托马斯·哈代(1840—1928)的书房,是照他在麦克斯门的家中书房复制的。据说一切摆设都尽量照原样。四壁图书,一张书桌,数张圈椅。圈椅上搭着他的大衣,靠着他的手杖。哈代的像挂在墙上,默默地俯视着自己的书房和不断的来访者。

他在这样一间房间里,就在这张桌上,写出许多小说、诗和一部诗剧,桌上摆着一些文具还有一个小日历。日历上是3月7日。据说这是哈代第一次见到他夫人的日子,夫人去世以后,哈代把日历又掀到这一天,让这一天永远留着。馆长拿起三支象牙管蘸水笔,说就是用它们写出《林中人》《德伯家的苔丝》和《无名的裘德》。

书架上有他的手稿,有作品,还有很多札记,记下各种材料,厚厚的一册册,装订得很好。据说这一博物馆收藏哈代手稿最为丰富。馆长打开一本,是《卡斯特桥市长》,整齐的小字,涂改不多。我忽然想现在有了打字机,以后的博物馆不必再有收藏原稿的业务,人们也没有看手稿的乐趣了。这手稿中夹有一封信,是哈代写给当时博物馆负责人的。大意说:谢谢你要我的手稿,特送上。只是不一定值得保存。何不收藏威廉·巴恩斯的手稿?那是值得的!这最后的惊叹号给我印象很深。时间过了快一百年,证明了哈代自己的作品是值得的!值得读,值得研究,值得在博物馆特辟一间——也许这还不够,值得我们远涉重洋,来看一看他笔下的威塞克斯、艾登荒原和卡斯特桥。

威廉·巴恩斯是都彻斯特人,是这一带的乡土诗人。街上有他的立像。哈代很看重他。1908 年为他编辑出版了一本诗集。哈代自己在某种程度上也可以说是乡土作家。可是他和巴恩斯很不同。巴恩斯"从时代和世界中撤退出来,把自己包裹在不实际的泡沫中",而哈代的意识"是永远向着时代和世界开放的"。1912 年哈代自己在威塞克斯小说总序中说:"虽然小说中大部分人所处的环境限于泰晤士之北,英吉利海峡之南,从黑令岛到温莎森林是东边的极限,西边则是考尼海岸,我却是想把他们写成典型的,并且在本质上属于任何地方,在那里'思想是生活的奴隶,生活是时间的弄人'。这些人物的心智中,明显的地方性应该是真正的世界性。"哈代把他的具有浓厚地方色彩的 14 部长篇小说、4 部短篇小说集总称为威塞克斯小说,但是这些小说反映的是社会,是人生,远远不只是反映那一地区的生活。小说总有个环境,环境总是局限的,而真正的好作品,总是超出那环境,感动全世界。

哈代的四大悲剧小说,《还乡》《德伯家的苔丝》《卡斯特桥市长》和《无名的裘德》,就是这样的小说。我在 40 年代初读《还乡》时,深为艾登荒原所吸引。后来知道,对自然环境的运用是哈代小说的一大特色,《还乡》便是这一特色的代表作。哈代笔下的荒原是有生命的,它有表情,会嚷会叫,还操纵人物的活动。它是背景,也是角色,而且是贯穿在每个角色中的角色。英国文学鸟瞰一类的选本常选

《还乡》开篇的一段描写：

> 天上悬的既是这样灰白的帐幕，地上铺的又是那种最苍郁的灌莽，所以天边上天地交接的线道，划分得清清楚楚……荒原的表面，仅仅由于颜色这一端，就给暮夜增加了半点钟。它能在同样的情形下，使曙色迟延，使正午惨淡；狂风暴雨，几乎还没踪影，它就预先现出风暴的阴沉面目了；三更半夜，没有月亮，它更加深那种咫尺难辨的昏暗，到了使人发抖、害怕的程度。

今天看到道塞郡的旷野，已经很少那时一片苍茫、万古如斯的感觉了。英国朋友带我们驱车前往荒原，地下的植物显然不像书中描写的那样郁郁苍苍，和天空也就没有那样触目的对比。想不出哪一个小山头上是游苔莎站过的地方。远望一片绿色，开阔而平淡。哈代在1895年写的《还乡》小序中说，他写的是1840—1850年间的荒原，他写序时荒原已经或耕种或植林，不大像了。我们在1984年去，当然变化更大。印象中的荒原气氛浓烈如酒，这酒是愈来愈多地掺了水了。也许因为原来那描写太成功，便总觉得不像。不过我并不遗憾。我们还获准到一个不向外国人开放的高地，一览荒原景色。天上地下只觉得灰蒙蒙的，像里面衬着黯淡，黯淡中又透着宏伟，还显得出这不是个轻松的地方。我毕竟看到有哈代的心在跳动着的艾登荒原了。

我们还到哈代出生地参观。经过一片高大的树林，到一座茅屋。这种英国茅屋很好看，总让人想起童话来。有一位英国女士的博士论文是北京四合院，也该有人研究这种英国茅屋。里面可是很不舒适，屋顶低矮，相当潮湿。这房屋和弥尔顿故居一样，有房客居住，同时负责管理。从出生地又去小村的教堂和墓地——斯丁斯福墓地。哈代的父母和妻子都葬在这里。

葬在这里的还有哈代自己的心。

墓地很小,不像有些墓地那样拥挤。在一棵大树下,三个石棺一样的坟墓并排,中间一个写着“哈代的心葬此”。这也是他第一个妻子的坟墓。

据说哈代生前曾有遗嘱,死后要葬在家乡,但人们认为他应享有葬在西敏寺的荣耀。于是,经过商议,决定把他的心留在荒原。可是他的心有着很不寻常的可怕的遭遇。如果哈代自己知道,可能要为自己的心写出一篇悲愤的、也许是嘲讽的名作来。

没有人能说这究竟是不是真的,但是英国朋友说这是真的——我倒希望不是真的。哈代的遗体运走后,心脏留下来由一个农夫看守。他把它放在窗台上,准备次日下葬。次日一看,心不见了,旁边坐着一只吃得饱饱的猫。

他们只好连猫葬了。所以在哈代棺中,有他的心,他的夫人,还有一只猫!我本来是喜欢猫的,听了这个故事以后,很久都不愿看见猫。但是哪怕是通过猫的皮囊,哈代的心是留在荒原上了,和荒原的泥土在一起。散发着荒原的芬芳,滋养着荒原的一切。

关于哈代作品的讨论已是汗牛充栋。尤其是其中悲观主义和宿命论的问题。他的人物受命运小儿拨弄,无论怎样挣扎,也逃不出悲剧的结局。好像曼斯菲尔德晚期作品《苍蝇》中那只苍蝇,一两滴墨水浇下来,就无论怎样扑动翅膀再也飞不出墨水的深潭。哈代笔下的命运有偶然性因素,那似乎是无法抗拒、冥冥中注定的,但人物的主要挫折很明显是来自社会。作者在《德伯家的苔丝》中有一段议论,说:“将来人类文明进化到至高无上的那一天,那人类的直觉自然要比现在更敏锐了,社会机构自然要比掀腾颠簸我们的这一种更密切地互相关联着的了。”他也希望有一个少些痛苦的社会。苔丝这美丽纯洁的姑娘迫于生活环境，一步步做着本不愿意做而不得不做的事，一次次错过自己的爱情，最后被迫杀人。这样的悲剧不只是控诉不合理的社会，在哈代笔下，还表现了复杂的性格，因为你高尚纯真，所以堕入泥潭。哈代把这一类小说名为“性格和环境小说”。在性格与环境冲突中（不只有善与恶的冲突，也包括善与善的冲突），人物一步步走向死亡。这正是黑格尔老人揭示的悲剧内容。

我们经过麦克斯门故居，因为不开放，只在院墙外看见里面一栋不小的房屋，那是哈代从1883年起自己照料修建的——他出身于建筑师家庭，自己也学过建筑。他于1885年迁入，直到逝世。据说现有人住，真不知何人胆敢占据哈代故居！

这次参观的最后一站是有名的悬日坛，这是一望无际的旷野上的大石群。据说是史前2800年左右祭祀太阳的庙。一块块约重50吨的大石，有的竖立，有的斜放，有的平架在别的大石上，像是这里曾有一个宏伟的巨人，现在只剩了骨架。冷风从没遮拦的旷野上四面刮来，在耳边呼呼响，好像不管历史怎样前进，这骨架还在向过去呼唤。

我站在悬日坛边，许久才悟过来这就是苔丝被捕的地方。她在后门中睡着了，安玑要求来人等一下，他们等了。苔丝自己醒了，安静地说：“我停当了，走吧！”这些经历了数千年风雨的大石当然知道，在充满原始粗犷气息的旷野上，像苔丝这样下场的人，不止一个。

我的毕业论文是以哈代为题的，那是35年前的事了。那时我以为哈代的作品并非完全是悲观的，它有希望。举的例子是《苔丝》这书中最后安玑和苔丝的妹妹结合，这表示苔丝的生命的延续，她自己无法达到、无法获得的，她的妹妹可以达到、获得。最近听说很多本科生研究生都以哈代为题做论文，以致关于哈代的参考书全部借完。

其中有我的一位青年朋友。他深爱哈代,论文题目是“苔丝”。他以为安玑和丽沙·露的结合是安玑对苔丝的背叛,表明人性不可靠。有些评论也持此观点。我则还是坚持原来看法。哈代自己在《晚期和早期抒情诗集》序中很明确地说过:“我独自怀抱着希望。虽然叔本华、哈特曼及其他哲学家,包括我所尊敬的爱因斯坦在内,都对希望抱着轻蔑态度。”他还在日记中说:“让每个人以自己的亲身生活经验为基础创造自己的哲学吧。”哈代自己创造的是有希望的哲学。他在作品中对资本主义社会的批判是无情的,但他给人留下的是生活中的希望。

关于悲观、乐观的问题,哈代还说他所写的是他的印象,没有什么信条和论点。他说:这些印象被指控为悲观的——这似乎是个恶谥——很为荒谬。“很明显,有一个更高级的哲学特点,比悲观主义,比社会向善论甚至比批评家们所持的乐观主义更高,那就是真实。”

能仔细地看清真实需要勇气和本事,看清了还要写出来,需要更大的勇气和本事。哈代因写小说被人攻击得体无完肤,《无名的裘德》还被焚毁示众。有人说他因此晚年改行写诗,也有人说改行是因家庭原因。我以为他一直想写诗,在写小说时,常有诗句在他心中盘旋,想落到他笔下,他便也分给诗一些时间。他也可能以为诗的形式更隐蔽,能说出他要说的话。事实上,他从年轻时就一直断断续续在写诗。

回伦敦后,从访古改为访今了。我却还时常想起多切斯特小城,星期天商店全关门,非常安静。旅馆外不远处斜坡下的那一幅画面:一座英国茅舍,旁边小桥流水,还有一轮淡黄色的圆月,从树梢照下来;我曾想哈代的铜像应该搬到这里。他现在大街上坐着,虽然小城中人不太多,也够吵闹的了。后来得知这茅舍有个名称,是刽子手宅。便想幸好哈代生在近代,生前便能知道得葬西敏寺(其实诗人角拥挤不堪,不如斯丁斯福墓地多矣),若在中古,难免会和刽子手打交道。

“如果为了真理而开罪于人,那么宁可开罪于人,也强似埋没真理。”这是哈代在《苔丝》第一版弁言中引的圣捷露姆的话。看来即使他有着和刽子手打交道的前途,也还是不会放下他那如椽的大笔的。

哈代出生地展有世界各国译本,但是没有中文译本,回来后托人带去一本《远离尘嚣》。这篇小文将成时,收到多切斯特博物馆馆长彼尔斯先生来信,他要我转告我的同行,他们永远盼着有欢迎中国客人的机会。

应该坦白的是,在博物馆中,我把哈代的手杖碰落了两次。也许是不慎,也许是太慎。英国朋友说哈代当然不会在乎。不过我还是要向他和全世界热爱他的读者道歉。

写故事人的故事

——访勃朗特姊妹的故居

在英格兰约克郡北部有一个小地方，叫作哈渥斯。一百多年前，谁也没有想到，它会举世闻名。有这么多人不远万里而来，只为了看看坐落在一个小坡顶的那座牧师宅，领略一下这一带旷野的气氛。

从利兹驱车往哈渥斯，沿途起初还是一般英国乡间景色，满眼透着嫩黄的绿。渐渐地，越走越觉得不一般。只见丘陵起伏，绿色渐深，终于变成一种黯淡的陈旧的绿色。那是一种低矮的植物，爬在地上好像难以伸直，几乎覆盖了整个旷野。举目远望，视线常被一座座丘陵隔断。越过丘陵，又是长满绿色榛莽的旷野。天空很低，让灰色的云坠着，似乎很重。早春的冷风不时洒下冻雨。这是典型的英国天气！

车子经过一处废墟，虽是断墙破壁，却还是干干净净，整理得很好。有人说这是《呼啸山庄》中画眉田庄的遗址，有人说是《简·爱》中桑恩费尔得府火灾后的模样，这当然都不必考证。不管它的本来面目究竟如何，这样的废墟，倒是英国的特色之一，走到哪里都能看见，信手拈来便是一个。这一个冷冷地矗立在旷野上，给本来就是去寻访故居的我们，更添了思古之幽情。

到了哈渥斯镇上，在小河边下车，循一条石板路上坡，坡相当陡。

路边不时有早春的小花，有一种总是直直地站着，好像插在地上。路旁有古色古香的小店和路灯。快到坡顶时，冷风中的雨忽然变成雪花，飘飘落下。一两个行人撑着伞穿过小街。从坡顶下望，觉得自己已经回到百年前的历史中去了。

转过坡顶的小店，很快便到了勃朗特姊妹故居——当时这一教区的牧师宅。

这座房子是石头造的，样子很平板，上下两层，共八间。一进门就看见勃朗特三姊妹的铜像。艾米莉（1818—1848）在中间，右面是显得幼小的安（1820—1849），左面是仰面侧身的夏洛蒂（1816—1855）。她们的兄弟布兰威尔有绘画才能，曾画过三姊妹像。据一位传记作者说，像中三人，神情各异。夏洛蒂孤独，艾米莉坚强，安温柔。这画现存国家肖像馆，我没有看到过。铜像三人是一样沉静——大概在思索自己要写的故事。眼睛不看来访者。其实该看一看的，在她们与世隔绝的一生里，一辈子见的人怕还没有现在一个月多。

三姊妹的父亲帕特里克·勃朗特年轻时全靠自学，进入剑桥大学圣约翰学院，毕业后曾任副牧师、牧师，后到哈渥斯任教区长。他在这里住到他的亲人全都辞世，自己在八十四岁上离开人间。他结婚九年，妻子去世，留下六个孩子，四个长大成人。他们是夏洛蒂、布兰威尔、艾米莉和安。会画的布兰威尔是唯一的儿子，善于言辞，镇上有人请客，常请他陪着说话。只是经常酗酒，后来还抽上鸦片，三十一岁时去世。

在原来孩子们的房间里，陈列着他们小时的“创作”。连火柴盒大小的本子上也密密麻麻写满了字，墙上也留有“手迹”。据说那时纸很贵。他们从小就在编故事。两个大的编一个安格利亚人的故事，两个小的编一个冈达尔人的故事。艾米莉在《呼啸山庄》前写的东西几乎都与冈达尔这想象中的国家有关。可惜“手迹”字太小，简直认不出来写的什么。

帕特里克曾对当时的英国女作家、第一部《夏洛蒂·勃朗特传》的作者盖茨凯尔夫人说:孩子们能读和写时,就显示出创造的才能。她们常自编自演一些小戏。戏中常是夏洛蒂心目中的英雄威灵顿公爵最后征服一切。有时为了这位公爵和波拿巴、汉尼拔、恺撒究竟谁的功绩大,也会争论得不可开交,他就得出来仲裁。帕特里克曾问过孩子们几个问题,她们的回答给他印象很深。他问最小的安,她最想要什么。答:"年龄和经验。"问艾米莉该怎样对待她的哥哥布兰威尔。答:"和他讲道理,要是不听,就用鞭子抽。"又问夏洛蒂最喜欢什么书。答:"《圣经》。"其次呢?"大自然的书。"

我想大自然的书也是艾米莉喜爱的,也许是最爱的,位于《圣经》之前。几十年来,我一直不喜欢《呼啸山庄》这本书,以为它感情太强烈,结构较松散。经过几十年人事沧桑,又亲眼见到哈渥斯的自然景色后,回来又读一遍,似乎看出一点它的深厚的悲剧力量。那灰色的云,那暗绿色的田野,她们从小到大就在其间漫游。作者把从周围环境中得到的色彩和故事巧妙地调在一起,极浓重又极匀净,很有些哈代威塞克斯故事的味道。这也许是英国小说的一个特色。这种特色在《简·爱》中也有,不过稍淡些。现在看来,《呼啸山庄》的结构在当时也不同一般。它不是从头到尾叙述,而是从叙述人看到各个人物的动态,逐渐交代出他们之间的关系。过去和现在穿插着,成为分开的一段段,又合成一个整体。

1835年,夏洛蒂在伍列女士办的女子学校任教员,艾米莉随去学习。她因为想家,不得不离开,由安来接替。艾二十岁时到哈利费克斯任家庭教师,半年后又回家。离家最长的时间是和夏一起到布鲁塞尔学习九个月。她习惯家里隐居式的无拘束的生活。她爱在旷野上徘徊,让想象在脑子里生长成熟。她和旷野是一体的,离开家乡使她受不了,甚至生病。但她不是游手好闲的人,她协助女仆料理一家人的饮食。据说她擅长烤面包,烤得又松又软。她常常一面做饭一面看书。《呼啸山庄》总有一部分是在厨房里写的吧。夏洛蒂说她比男子坚强,比孩子单纯;对别人满怀同情,对自己毫不怜惜。她在肺病晚期时还坚持操作自己担当的一份家务。

夏洛蒂最初发现艾米莉写诗,艾米莉很不高兴。她是内向的,本来就是诗人气质。她 1846 年写成《呼啸山庄》,次年出版,距今已一百多年了,读者还是可以感到这本书中喷射出来的滚沸的热情。她像一座火山,也许不太大。

从她的出版人的信中,我们知道她于 1848 年春在写第二本书,但是没有手稿的片纸只字遗留下来。一位传记作者说,也许她自己毁了,也许夏洛蒂没有保藏好,也许现在还在她们家的哪一个橱柜里。

1848 年 9 月布兰威尔去世时,艾米莉已经病了,她拒绝就医服药,于 12 月 19 日逝世。可是勃朗特家的灾难还没有到头,次年 5 月,安又去世。安写过诗,和两个姐姐合出一本诗集,写过两本小说《艾格尼丝 · 格雷》和《野岗庄园房客》,俱未流传。她于 1849 年 5 月 24 日往斯卡勃洛孚疗养,夏洛蒂陪着她。28 日病逝,就近殡葬。

牧师宅中只有夏洛蒂和老父相依为命了。

陈列展品中有夏洛蒂的衣服和鞋,都很纤小,可以想见她小姑娘般的身材。她们三人写的书,曾被误认为是出于一个作者,出版人请她们证实自己的身份。夏洛蒂和安不得已去了伦敦。见到出版人拿出邀请信来时,那位先生问她们从哪儿拿来的这信,完全没有想到这两个小女人就是作者。

三人中只有夏洛蒂生前得到作家之名。她活得比弟妹们长,也没有超过四十岁。她在布鲁塞尔黑格学校住过一年多,先学习,后任教。这时她对黑格先生发生了爱情。她爱得深,也爱得苦,这是毫无回报的爱。这也是夏洛蒂一生中唯一一次的充满激情的爱,结果是四封给黑格的信,在他的家里保存下来。夏洛蒂于 1854 年 6 月和尼科尔斯副牧师结婚。她看重尼科尔斯的爱,对他也感情日深。勃朗特牧师宅中有一个房间原是女仆住的,后改为尼科尔斯的房间。

夏洛蒂于 1855 年 3 月,和她五个姊妹一样,死于肺病。

楼上较大的一间房原是勃朗特先生用,现在陈列着三姊妹著作的各种文字译本,主要是《简·爱》和《呼啸山庄》。但是没有中文本。这缺陷很容易弥补。要知道我们中国人读这两本书非今日始,上一代已经在读在译了。我们立刻允诺送几部中译本来陈列。

从窗中望去,可见近处教堂尖顶,据说墓地也不远。勃朗特全家除安以外都葬在那里。因为时间关系,我们不能去凭吊了。离开牧师宅时看见有人在三姊妹像旁拿了一张纸,我也去拿了一张。原来是捐款用的。这里的一切费用都是三姊妹的忠诚读者捐赠的。人生得一知己足矣,有这样多的人爱她们,关心她们的博物馆,真让人高兴——当然不只是为她们。

我们又回到旷野上。风还在吹,雨还在飘。满地深绿色看不出一点摇动。仿佛天在动,而地却停着。车子驶过一座又一座丘陵,路一直伸向天边。这不是简·爱万分痛苦地离开桑恩费尔得的路么?这不是凯瑟琳·恩萧和希斯克利夫生前和死后漫游的荒野吗?他们的游魂是否还在这里飘荡?勃朗特姊妹在这里永远与她们的人物为伴了。

听说这一带还有勃朗特瀑布、勃朗特桥,一块大石头是勃朗特座位,连这个县都以勃朗特命名了。人们说夏洛蒂是写云能手,而艾米莉笔下的风雪,也使人不忘。或许还该有勃朗特云和勃朗特风雪吧。

看不见的光

——弥尔顿故居及其他

这座小屋是约翰·弥尔顿(1608—1674)住过的,至少有三百余年历史了。据说有一部分重修过,还时常修葺,所以不很破旧。但那砖砌的烟囱和窄窗都表现出它的古老。低矮的门,狭窄的门道,不大的房间,这就是20年奔走革命以后弥尔顿老人活动的场所。进门左手一间是从前的厨房,壁炉里吊着旧式的锅、壶等,吊杆上有很多锯齿,可以移动容器,掌握离火的远近,还有个像大钟似的烤炉,很有田舍风味。右边一间是从前的起居室,现在陈列着弥尔顿的著作。据说老人每天清晨即起,在室内踱步,一面构思,等女儿起身后,便将腹稿口授给女儿笔录。

他44岁双目失明,在黑暗中过了20年。他的伟大诗篇《失乐园》《复乐园》和《力士参孙》都是在这一时期写成的。它们给人怎样灿烂的光辉!有的评论家说,人们常用崇高这一字眼,但真正当得起的,只有很少数的艺术品,弥尔顿的史诗是其中之一。

作为一个诗人,弥尔顿有两个特点,一是有生活,一是有学问。他用一生三分之一的时间参加政治斗争,为国为民也为他的教会,积极反对君主专制。他主张人人生而平等。最先大声疾呼支持处决查理一世。他担任克伦威尔共和国政府的拉丁文秘书，为共和国政府做了很多宣传方面的工作。他在《为英国人声辩正续篇》里说："基督教徒不应有任何国王，既已有一个，他应是国民的公仆。"他在《失乐园》里歌颂了撒旦反对上帝的斗争，也对后来成为独裁者的克伦威尔有所批评。我想这是他能写出称得上伟大、崇高作品的一个重要原因。

弥尔顿的政治生活使他取得直接的经验，他的博览群书使他取得间接的经验。《失乐园》里有这样三行诗：

> 途中，它（指撒旦）降落在塞利卡那，
> 那是一片荒原，那里的中国人推着轻便的竹车，
> 靠帆和风力前进。

杨周翰先生从这二句诗出发，写了一篇文章《弥尔顿〈失乐园〉中的加帆车》，文中论及知识与创作的关系。说弥尔顿的学识使他的作品获得"高致"。"高致"是看不见的，也不是立竿见影能得到的。只能在读万卷书，行万里路中渐渐地"高"起来。"读万卷书，行万里路"这八个字不知出自何典，它形象地说出生活和学识对于创作的必要性。

小屋外是普通小花园，整洁宜人。这一切都由一个"房客"照管。这是英国管理故居的办法之一。由一家居住，也由这一家负责维护、接待参观。楼上原为弥尔顿卧室，现因这家主妇生产，参观者不准上楼。

我在小园中少立，觉得屋内外都给人寥落凄清之感。比较起来，弥尔顿比勃朗特姊妹的知音少得多了。也许最好的艺术总是曲高和寡？也许他太古老了？也许诗歌本身总是更受语言限制，不易翻译，

不易理解？老实说，我就只读过《失乐园》的片段，还不是很认真，更不要说他的其他诗作。但是他的革命精神，他的政治活动，他的学识都融汇在他的诗里，发出看不见的光。他在英国文学史上的地位是不朽的。

这次带我出游的主人是三十多年前我在南开大学读书时的老师，刘荣恩贤伉俪。三十多年前他们离南开便在英国居住，对英国文化很了解，了解又加上热心，所以弥尔顿故居并非最后一站。再向西行，到一个16世纪古镇爱默先姆。这是一条很有趣的街，仿佛是故意搭起来拍电影用的，两旁房屋有的不免东倒西歪，但因维修仔细，不显风雨侵蚀的痕迹，好像一张保养得很好的老人的脸。那大车店的窗户依旧古式样，黑框白底涂抹分明。门很宽，敞开着，似乎随时会有驿车进来。它使我想起我们涿鹿县的大车店，那门也是这样的。25年前我还坐在马车上出入过。这里房屋不高，小门临街，以前都是黎民百姓的住所。现在据说租金越来越贵。街中有一座两层的石建筑，有柱无墙，是当时的粮食市场。主人引我进了旁边一个黑洞洞的门，里面弯弯曲曲有店铺。我们到一个香草店，店里全是各样加工过的香花香草，幽香沁人。据说现在又时兴用香草了。想是香水不够古雅吧。店主人是胖胖的妇女，知道我从中国来，立刻说她的叔叔到过中国，还上过万里长城呢。这样的寒暄我遇到多次了。很抱歉，我总怀疑他们当时是打仗去的。不过现在的笑容很是诚恳热情，不该勾起往事。最主要的是，我们自己已经不是一盘散沙，不可轻侮了。我们这东方的巨龙正奋力摆脱贫穷和愚昧的泥潭。因为坐在巨龙背上，世界对于我，才是一个自由的地方。

我们带着满身幽香到一个小饭馆吃饭。店门外有一株杨柳，就凭这一株柳树，店名就叫“杨柳”。店很小，但一进门便看见壁炉里烧得正旺的火，满屋暖洋洋的。那生菜真好。现在回想，店主人该把苔丝德蒙娜的“杨柳歌”贴在墙上作为装饰的。

英国有这个特点,到哪儿总能找出点古迹。他们深以悠久深厚的文化传统自豪,不遗余力地保护称得上是古迹的一切,从前有人说,英国人善于用旧瓶装新酒,中国人善于用新瓶装旧酒。他们的“新”,想是指资产阶级革命而言,现在也不见得新。我们的旧,想是指封建主义而言,也总该换掉了。人不能把自己束缚在过去。过去应该像弥尔顿的生活底子和学识一样,要在这上面写出伟大的史诗来,发出看不见的光。

归途中又下雨了,绿色的田野在薄暮的朦胧里,随着山坡起伏。弥尔顿故居的小村在田野间,很快就看不见了。

感谢高鹗

初读《红楼梦》是在清华园乙所。应是在我九岁以前，因为九岁时抗战爆发，我们离开了清华园。以后在昆明，在那木香花的芬芳中又多次阅读，但都是断断续续。五十年代，我才读了人民文学出版社出版的由何其芳作序的《红楼梦》。这是一次完整的阅读，似乎比较懂了，不过还是在楼外行走，不是“痴”也没有“魇”，我甚至没有读过脂批，也弄不清程甲本、程乙本及各种手抄本的复杂性。读小说还是要读小说本身，研究小说是另外一回事，叫作做学问。我对所有的研究者都怀有敬意，他们对《红楼梦》感情深厚，各有贡献。各种研究作为《红楼梦》的辅助读物也很有趣，它们互相启发参照，可以使读得的天地更广阔。我只是一个普通读者，有些读后感，便想说出来。

要说的主要是续书问题。近百年来，《红楼梦》后四十回一直是批判对象，说狗尾续貂是很客气的，甚至有人说它把一部伟大的作品毁坏了。全世界都在读这一百二十回《红楼梦》，亿万人为它哭坏了眼睛，高鹗却总在被批判，被否定，被讥讽嘲笑。这个现象很奇怪。续书究竟是好是坏，功过如何，值得探讨。

先说续书的功。首先在于它给了我们一个完整的故事。设想一部《红楼梦》到八十回就没有了，是何等光景？难道会有现在这样的影响吗？我想是不会的。只因有了后四十回，《红楼梦》才成为一部伟大的小说；有了一百二十回，才有了《红楼梦》研究的大平台。我们说全部《红楼梦》的故事是完整的，因为它是忠实地沿着宝黛悲剧的线索发展开来的。《红楼梦》曲中“终身误”“枉凝眉”两曲，已把钗黛和宝玉的关系交代得十分清楚。“一个是阆苑仙葩，一个是美玉无瑕。”宝黛是木石姻缘，终成虚话。“空对着，山中高士晶莹雪；终不忘，世外仙姝寂寞林。”宝玉娶了宝钗而不能忘情黛玉，所以宝钗是误了自己终身。木石姻缘与金玉姻缘相对。书中从开始写木石感情节节发展，从来就在金玉威胁之下。“梦兆绛芸轩”一回写宝玉在梦中大喊不要金玉姻缘，只要木石姻缘时，宝钗就坐在床边。宝玉要回归木石本色，却逃不出金玉枷锁。续书给了宝钗坐在宝玉床边的地位，没有弄出四角、五角的多边关系，是十分忠实于雪芹的设计的。紧扣住这一根本设计从不偏离，是续书的最大成功处。应该说这就是雪芹要说的故事。

其次，续书给我们的不只是一个故事梗概，而是有高度艺术感染力的文字，宝玉说：“我有一个心早已交给林妹妹了，她来时带了来，好歹装在我的肚子里。”照园中大众看，这是痴话，痴话表现的正是海枯石烂的一种至情。王国维在《红楼梦评论》中引了一段文字，是九十六回宝玉与黛玉最后相见那一节，并评论说“如此之文，此书中随处有之。其动吾人之感情何如，凡稍有审美的嗜好者，无人不经验之也”。九十六回到九十八回，关于黛玉死的描写，都是十分动人的文字。“竹梢风动，月影移墙，好不凄凉冷淡。”这样的描写，我在七八岁时读到，现在已过了七十年，它还是那么新鲜。俞平伯老先生竟说描写黛玉死的一段文字“一味肉麻而已”，林语堂则说俞老先生是“恶人之所好，好人之所恶”。照我看，俞老先生有这样一句话，也就很难让人相信他的俗、浊等等批评了。

黛玉死，二宝成婚，实为全书高潮。紫鹃试宝玉一段，宝玉的痴情已显露无遗，怎能让他接受他人？宝玉病到半昏迷状态，在这种状态中还是念念不忘黛玉，就只有移花接木一法了，这样的写法实在是不得已。不知作者怎样呕心沥血，才成就了这文学上的千古大悲剧。

宝玉的结局，也是让人永不能忘的。白雪中一个穿大红袈裟的僧人，似悲似喜并不言语，然后飘然作歌而去。我想这比做乞丐、采药、卖字都要来得干净。多有人批评宝玉出家前拜别父母是败笔，我却以为这是最近人情处。宝玉虽是封建礼教的逆子，却不是野人。他是大情种，这情不应限于男女之情，亲情也是重要的。拜别父母的描写是合理的，中举人也无不可，算是给父母的一个交代。他这交代是按照父母的标准，而不是按照他自己的标准。只是遗有一子不妥，"终身误"中已言"空对"，宝钗应该只是宝玉名分上的妻子，而且宝玉本是一块石头，何必有子。

书中次要人物的性格发展大都符合前文。最好的是对紫鹃的描写。她没有册子可循，写来不只符合人物性格，而且更突出了这个人物。紫鹃坚守在黛玉临终的病榻旁，不肯趋炎附势，令人于悲痛中感到一点安慰，很好地表现了紫鹃这样一个平凡丫头的可敬人格。儿时所读《红楼梦》版本，附有护花主人评，依稀记得有这样的评语："紫鹃于黛玉，在臣为羁旅，在子为螟蛉，而不渝其忠，其忠则更可贵。"近来海选《红楼梦》演员，谈话间不免戏言谁该演谁。一位音乐学院研究生郑重地说，我要演就演紫鹃。写紫鹃所以写黛玉，黛玉若是一味地尖酸刻薄，耍小性儿，哪里会有这样的侍女。《水浒》中林冲娘子坚贞不屈，金圣叹批曰："写娘子所以写林冲。"娘子被逼死，益增林冲悲剧之惨烈深刻。

妙玉的命运完全照册子安排，甚至有些呆板。她的断语明书"可怜金玉质，终陷浊泥中"；《红楼梦》曲子"世难容"中又明说她是"到头来,依旧是风尘肮脏违心愿”。妙玉是书中最矫情的人物。续书照着雪芹指出的方向走,却没有写出这矫情人物的丰富性。

第三,续书也反映了当时的社会。如:庄头送东西来,路上车子被官府截去,经人说情才发还,和乌进孝送年货遥遥呼应。若是现代人来编写,肯定写不出这样的情节文字。这些是续书的成功之处。

我曾设想,后四十回也是雪芹所作。后四十回的才气功力等等不及前八十回,也许是因为那时雪芹的精神才气都已用尽。写东西后面不如前面是常见的,何况这样大的长篇。有人指出,林黛玉吃五香大头菜加些麻油醋,简直不像黛玉的生活。我想那时雪芹举家食粥,吃多了咸菜,也可能写进书里。作者的生活很可能影响书中的人物。可是很快我就推翻了这种想法,后四十回为他人所续是显然的,可指出的例证很多。最大的问题是有些人物的结局不符合原意,而那结局在判词中已交代明白。如探春的判词中已说明她如断线的风筝,“千里东风一梦遥”,不会再回故土,续书中却写了回家的一段,还说她出挑得更好了。对她的远嫁描写很简单,也没有回应“日边红杏倚云栽”的签文。年未及笄,即能管理偌大家事的探春、给了王善宝家的一记响脆的巴掌的探春,结局似太草率,应有一段花团锦簇的文字才好。又如香菱的判词中写明“无端两地生枯木,至使芳魂返故乡”,比较清楚地说明了香菱受夏金桂虐待致死。香菱是全书第一个出现的薄命司中人,她原名英莲,照谐音讲该是“应怜”,她又姓甄,更是真应怜了。也就是说薄命司中的人都是那么可怜。而香菱的容貌又有些像“东府里小蓉奶奶”(秦可卿,警幻之妹)。所以香菱的命应该是薄而又薄,才有代表性,写她被扶正生子不合原意。这都是老生常谈了。这样明显地违反判词,可以证明后四十回为他人所作。从文字上讲,有些篇章固然很好,败笔也不少。最大的败笔是宝玉重游太虚幻境,第一次游让人感到扑朔迷离,有仙气,重游的一段就似乎有妖气了。宝玉看得清楚，记得清楚，知道各姐妹的命运，岂不像练了气功，有了特异功能，能看见人的五脏六腑一样，多么别扭。又如有几句形容黛玉过生日时的打扮，全是套话。前八十回对人物的描写或浓或淡或粗或细，绝少用套话。“丹凤眼，柳叶眉”本来是极一般的形容，但“一双丹凤三角眼，两片柳叶吊梢眉”就活灵活现地画出一位厉害人物。若要挑毛病，还有许多。也有人揣测高鹗得到雪芹残稿，编辑补缀成书。这也是一种说法。我们可以把精彩片断交还雪芹，平庸文字派给高鹗。不过，补缀整理也是一个大功夫。

其实，前八十回也有不合理处，指出的人很多。近见对小红的谈论，说她在后四十回没有得到发展塑造，成了一个毫不出色的普通丫头。在前八十回，小红出身的安排就不够妥当。小红是大管家林之孝的女儿，在贾府中应属于“干部子弟”。书中写她被秋纹等欺压，不大合理。她可以不必是林之孝的女儿，安排她是个家生女儿即可，更符合现在书中表现出来的她的地位、性格。又如贾赦索娶鸳鸯，贾母迁怒于王夫人，书上写迎春老实、惜春小，提醒贾母“小婶怎知大伯的事”，照迎、惜的性格不见得会出头管事。电视剧改为探春来说这句话，倒是合适。

现在专门来谈史湘云。对史湘云命运的安排有许多种，有一种是她与宝玉最后结为夫妇，以应“因麒麟伏白首双星”的回目。我想这是最不真实的故事。“白首双星”是一个谜，却是可以解释的。“白首双星”出现在回目中，本来就不够合理，因为它不符合薄命。我想这是在小说的长期写作中应改而没有来得及改的地方。据张爱玲《红楼梦魇》说，早本有个时期写宝玉、湘云同偕白首，后来结局改了，于是第三十一回回目改为“撕扇子公子追欢笑，拾麒麟侍儿论阴阳”（全抄本），但是不惬意，结果还是把原来的一副回目保留了下来。后回添写射圃一节，拾麒麟的预兆指向卫若兰，而忽略了若兰、湘云并未白头到老,仍旧与“白首双星”回目不合。“脂批讳言改写,对早本向不认账,此处并且一再代为掩饰。”这一段话讲了两件事,一是“白首双星”曾被改过,留下是失误,一是卫若兰射圃与金麒麟有关。二者都较可信。

林语堂在《平心论高鹗》一文中戏言,程伟元应悬赏征求两篇文字,一是小红在狱神庙,一是卫若兰射圃,每篇一千美金。(我建议再加一题:探春远嫁。多花一千美金。)有卫若兰射圃一段情节,似已为人接受。电视剧《红楼梦》里也安排了这一场面,但剧中人都变了哑巴,想来是台词难写。卫若兰就是湘云的夫婿,就是那才貌仙郎。怎样把卫若兰、金麒麟、史湘云联系起来,倒要动一番脑筋。

史湘云有一位才貌仙郎,是对她幼年不幸的补偿,她婚后的生活应该是十分幸福的,虽然是短暂的。这才貌仙郎绝对不会是宝玉,宝玉的心已随黛玉而去,只能“空对”,补偿不了湘云早年的不幸。

《红楼梦》曲子“乐中悲”说“她从未将儿女私情略萦心上”,最后说“云散高唐,水涸湘江”。若是我们尊重前八十回,应该知道,湘云和宝玉虽然自幼常在一起,早于黛玉,但并无“情”。而宝黛的木石前盟是大书特书的,怎能将湘云顶替黛玉?宝玉的人间知己只有黛玉一人。所以他说“林姑娘说过这些混账话么,若说过这些混账话,我和她早生分了”。他还对湘云说,“姑娘请别的屋子坐坐吧。”宝玉在清虚观中将一个金麒麟饰物揣起,不过是好玩而已,也使得情节发展摇曳有致。在宝玉心上,湘云和黛玉的分量是不可同日而语的。

电视剧写湘云后沦为妓女,实在太糟蹋这位可爱的姑娘,想是根据“高唐神女”的典故。“云散高唐”一句指丈夫早死,“水涸湘江”一句指湘云的生命结束。判词也云:“富贵又何为,襁褓之间父母违。展眼吊斜晖,湘江水逝楚云飞。”水逝云飞人何在?所以她不见得能活过宝钗。宝玉一娶宝钗已是违了初心,怎能再娶湘云。这样安排,把宝黛间海枯石烂、生死不渝的爱情降为普通的感情了。而书中已经说明木石姻缘是一种前盟,黛死钗嫁、宝玉出家,这是最符合雪芹原意的安排。就这一安排,我们也应该感谢高鹗。

总之,后四十回虽不及前书,但它成就了全书。后书与前书血肉相连,功是根本的、主要的。有人要把后四十回割下来扔进字纸篓,那还有《红楼梦》存在吗?我们可以提出更好的设想,甚至写出精彩的片断,但要写出超过高鹗文稿的《红楼梦》后半部,是不可能的。

我要说一句:感谢高鹗!这是胡适、顾颉刚说过的话,我想也是很多人心里要说而没有说出来的话。

全部《红楼梦》深刻表现了人生的悲凉,“乱哄哄,你方唱罢我登场,反认他乡是故乡”。人总归是要回去的,回到那大荒山青埂峰下。功名利禄,不必挂心,是非功过也只在他人谈笑中。仿宝玉偈,编了几句,以为文尾:

你证我证,心证意证。各有已证,是为立证。
各无已证,是为大证。问何所证,红楼一梦。

耳读《苏东坡传》

平生最爱东坡文字。十来岁时，在昆明乡下，初读前后赤壁赋，那是父亲要求我们背的。文中情景“白露横江，水光接天。纵一苇之所如，临万顷之茫然”，使人如置身其中；议论虽不太懂，却也易读易背，好文章总是容易记得。后来又迷上了东坡诗词，也深慕东坡为人。一首《江城子》“十年生死两茫茫，不思量，自难忘”，我玩味了几十年，到现在才真的体会了那分量。苏东坡除留给我们宝贵的文学遗产外，还留下了造福百姓的各种工程，我觉得他真是了不起。其实我的了解很不全面，今年初始，读了林语堂著《苏东坡传》，才了解到他伟大人格的精髓。

写古人的传记，很难。我们没有见过传主，不认识他，只能凭借文字材料，这就要用得准确。最怕的是，望文生义，断章取义，连编带造，幻想丰富，写出来的是传记作者想象的人物，和传主相距何止十万八千里。这本《苏东坡传》也是凭材料写的，但它把握了材料的真意（好在那时还不需要现在这样深奥的“辨伪学”），一幅幅历史画面都是真实可信的。一部好的传记需要驾御材料的本领，从中也可以看出作者的见识，甚至显示出他自己的人格。

林语堂的名字也是大家熟悉的。惭愧得很，我以前以为，他只是写点中国文化给西方人看，小说也不见得是上乘。可是这本《苏东坡传》，给了我们一个真实的苏东坡。不只是他坎坷的遭遇，也写出了他的精神，他的性格。没有对中国文化的深刻理解，是写不出的。读完这本书，我对书的作者深生敬意。

苏东坡关心人，关心民间疾苦，这是他一生的底色。书中举出他的三件事情，说它们是人道主义的表现。他被贬谪黄州时，对当地百姓因贫穷而杀死婴儿的情况深为惊骇，写信给太守，呼吁制止杀婴。他在信中叙述了杀婴的情况，并做出建议："公更使令佐各以至意，诱谕地主豪户。若实贫甚不能举子者，薄有以赒之。人非木石，亦必乐从。但得出生数日不杀，后虽劝之使杀，亦不肯也。自今以往，缘公而得活者，岂可胜记哉！"

元祐七年，南方连日大雨，洪水成灾，百姓无衣食，在雨中奔走。而因为青苗法的关系，他们还背负了很重的债务，债主是朝廷。东坡亲眼看到这种情景，夜不能寐，接连七次上表太皇太后，请求宽免贫民的债务。这七次表章可以看作一个文件。

他被贬海南，遇赦回到北方时，知道章惇获罪流放，他给章惇之子的复信如下：

> 某与丞相定交四十余年，虽中间出处稍异，交情固无所增损也。闻其高年寄迹海隅，此怀可知。但已往者更说何益？惟论其未然者而已。主上至仁至信，草木豚鱼所知。建中靖国之意可恃以安。所云穆卜反复究绎，必是误听。纷纷见及已多矣，得安此行为幸。见今病状，死生未可必。自半月来食米不半合，见食却饱。今且连归毗陵，聊自憩我里。庶几少休，不即死。书至此，困惫放笔，太息而已。

一一〇一年六月十四日

要知道章惇迫害元祐党人最厉害，把苏东坡一直放逐到海角天涯的琼州。旅途中，多次刁难，不准坐船，经过恳请才能坐一段，还要限定时间。到达目的地，又不准住官舍，东坡不得不结茅而居。连最初允许东坡暂住官舍的太守也被革职。现在，章惇获罪，也被放逐。东坡对他的态度是何等的宽容，充满了同情关心。“闻其高年寄迹海隅，此怀可知……得安此行为幸”，关切之情，跃然纸上。

林公说这三个文件，是人道精神的三个文献。东坡的人道精神还有多方面表现。诸如修水利，建医院，舍药方，赈灾等。几乎贯穿了他为官和被贬的全部生活。

书中还着重指出了东坡的民主精神。在他给门人张耒的一封信里，他说：“文字之衰，未有如今日者也，其源实出于王氏，王氏之文，未必不善也，而患在好使人同己。自孔子不能使人同颜渊之仁，子路之勇，不能以相移。而王氏欲以其学同天下。地之美者同于生物，不同于所生。惟荒瘠斥卤之地，弥望皆黄草白苇。此则王氏之同也。”又在给太皇太后的上书中说：“人虽能言，上下隔绝，不能自诉，无异于马。”他主张每个人都应该表达自己的意见，如果说出来，有关方面听不到，人不如马。如果根本没有说话的权利，岂非更不如马。他和司马光的意见不同，但都不要求别人“从己”。自由发表意见，不算民主，必须要能自己自由发表意见，又能尊重别人发表意见的权利，才是民主。有一位年轻人问我：“西南联大的时期，三校合作无间。那些人都是学富五车、才高八斗的人物，怎么能彼此合作？”我高中毕业那年，正值复员，西南联大解散，我只是联大附中的学生，但因父兄辈在世者渐少，便也常被问及当时情况。我想，先生们大多对中西方文化都有了解，有很高的素养，知道民主的真谛在不只发展自己，也要尊重别人。也就是现在常说的不仅要做到少数服从多数，还要做到多数承认少数的存在。如果多数要消灭少数，就算不得民主。这种精神千年前的东坡已经具有，是何等的可钦敬。

东坡的乐观态度给后人精神的净化和鼓舞，在这本书中也得到很好的表现。无论是在黄州的穷乡僻壤或是在惠州瘴疠之地，甚至在大海的那一边的琼州，居无屋，食无米，却还兴致勃勃地和人谈神说鬼。在惠州，曾建议修建公共水利；在琼州，自己造墨，几乎把房子烧了。

东坡在黄州住了四年，又被调来调去，被任命为登州（今蓬莱）太守，只做了五天，就应召进京。这样短的时间里，他还向朝廷建议更改盐税。可惜出自何处，现在我记不得，也无力查，此传未提此事。这在东坡的诸多功绩中，也许不足道，但这也是一件为百姓造福的事，所以当地居民一直怀念他，编出了九朵莲花的传说。说是八仙过海的时候，来了九朵莲花，其中一朵是为东坡准备的，可是他没有去。看来，大家都觉得东坡是应该飘飘然坐在莲花上的。

从书中记述看到，东坡有多位女性知己。他得到几位皇后的关注，尤其是英宗的皇后，也是神宗的皇太后，又是哲宗的太皇太后高氏，极欣赏东坡的才华。东坡的政绩大多得到她的支持。东坡的原配和继配，两位王夫人都很贤德，侍妾朝云，虽然没有得到夫人的名分，在东坡生活中却有极重要的地位。以前以为她是杭州名妓。此传中说，她是苏夫人在杭州买的小丫鬟，进府时只有十二岁。曾见东坡一篇文字，说朝云入府时并不识字，大概是丫鬟较确切。不管她的出身如何，朝云极美且有慧根，是无疑的。秦观说朝云"美如春园，目似晨曦"。《红楼梦》第二回，贾雨村论到异气凝聚，从而产生一些不平凡的人物，也提到朝云，把她和薛涛、崔莺莺、卓文君并论。朝云随侍东坡，远涉蛮荒，身染疟疾而亡，惠州现有朝云墓，上有一亭，名为六如亭。我曾想为朝云写一小说，题目就叫作"六如亭"，也曾想写一篇《五日太守》，讲登州事。像我的许多胡思乱想一样，只在脑中驰骋,永远不得出世。

林公写到东坡停止呼吸,便停了笔,没有写他葬在何处。我偶然得知,东坡和子由葬在河南郏县,今属平顶山市。不知什么缘分,他们长眠在那里。我很想去瞻仰,不过看来是无望了。现在只能在室中行走,以几步路当作万里之行。

环顾陋室,斑驳如抽象画的北墙,悬有东坡手书(拓片)“海山葱昽气佳哉”那首诗,尚称平展的南墙挂着高尔泰兄书写的《卜算子》“缺月挂疏桐,漏断人初静”——词是我点的。案上摊着《黄州寒食帖》:“我来黄州,已过三寒食……空庖煮寒菜,破灶烧湿苇……君门深九重,坟墓在万里。也拟哭途穷,死灰吹不起。”手里再拿着这样好的《苏东坡传》,我还有什么不知足呢。

本书原著是英文,林公的英文当然是十分漂亮的,可惜我不能读了,这是永远的遗憾。

读书断想

每当独坐时，常有一种幸运之感。因为我有眼睛可以读书，有耳朵可以听音乐。人类创造了这么多好东西，让人来不及地去亲近，而无暇寂寞。

书是我最好的朋友。一本本书打开一个又一个世界，符合古训择友条件之一"友多闻"。比较来说，书又不需特别设备和繁杂操作，一卷在手，便可领略，对于有些愚懒的人很合适。

有的书可以反复读，直至几个世纪；有的书一遍未终，便可弃置。这两种书像两条永不相交的平行线，永远不会彼此了解。有一位哲人说，前者是真实的书，是有灵魂的，活生生的；后者是表面的书，迷雾一片，唬人而已。真实的书读多么多我也不嫌多，表面的书读多么少也不嫌少。

要读书，而且要读好书。

也是这位哲人说过，不读书是很不合算的事，因为书里集中了作者的经验和智慧——这当然是指那些真实的好书。一本好书的作者本人，有时并不一定讨人喜欢，而他的追求、心血，他的好的方面却都倾注在书里了。他的书是他的精华。读书，是取其精华，又何乐而不为呢。

一个人的存在,大体上可有两方面:一是这个人是什么,就是说,他是怎样的人,有怎样的人格,包括品德、学识、性情等。一是他有什么,包括地位财产等。社会愈向前发展,一个人是什么和有什么愈应一致。读书可以改变一个人的精神面貌和内在气质,可以改变他本人,而增加人格的力量。

“书中自有黄金屋,书中自有颜如玉”的时代已经过去了。但是读好书永远可以帮助你提高自己,发展自己。读到的知识属于你,获得的精神力量属于你。好书永远不会欺骗,永远是你可靠的朋友。

要读书,要读好书。

书当快意

“书当快意”后面本来还有三个字“读易尽”,说的是人生中的憾事。读书正读得高兴,却已经完了,令人若有所失。其实细想起来,书已尽也算不得什么,可以重读、再读、反复读。一本书,该经得起反复读,才算得好书。这篇小文,除介绍我曾读得快意的书之外,还想介绍两位老古董人物所嘉许的老古董书。这些书可能读起来并不顺利。

王国维在《静安文集续编·文学小言》中说:“三代以下之诗人,无过于屈子、渊明、子美、子瞻者。此四子,苟无文学之天才,其人格亦自足千古。故无高尚伟大之人格,而有高尚伟大之文学者,殆未之有也。”他提出必须“感自己之所感,言自己之所言”,才能产生伟大的文学。又说:“宋以后之能感自己之感,言自己之言者,其唯东坡乎！山谷可谓能言其言矣,未可谓能感所感也。”可见能言其言比能感所感要容易。言其言需要艺术的功力,感所感则需要人格的力量。在无法享有完整的人格时,是无法感自己所感的。

屈子的诗篇自以《离骚》为最,我却偏爱《九歌》。“若有人兮山之阿,被薜荔兮带女萝,既含睇兮又宜笑,子慕予兮善窈窕。”那神态多美！“嫋嫋兮秋风,洞庭波兮木叶下。”那景色多美。“带长剑兮挟秦弓，首身离兮心不惩。”“身既死兮魂以灵，魂魄毅兮为鬼雄！”那精神多么伟大，千载来仍然感人至深。综观我们文学的发展，实觉得对浪漫主义继承得太少了。

陶渊明和杜甫声名之高，影响之大，世所共知。我说不出什么新鲜话。手边有中华书局的《陶渊明集》（逯钦立校注），人民文学出版社的《杜甫诗选注》（萧涤非选注），都是普及本，对把诗读懂很有帮助。

我从少年时便喜东坡文字，多次宣称愿为苏门弟子——假如考得上的话。今见静安居士“宋以后之能感自己之所感，言自己之所言者，其唯东坡乎”之语，才知道这位老人也是东坡知己。而且现在似乎谈论苏学的人日见其多。东坡的一个特点是有仙气，他不同于“仙人摩我顶”“餐霞漱瑶泉”的李白。他经受的苦难更深，和老百姓也更贴近，他的仙气从地下升起，贯穿于至情至性之中，贯穿于绝代才华创造的艺术意境之中。我总觉得这些文学作品有点像莫扎特的音乐作品。四川巴蜀书社出版了《苏轼全集》。若能有一个诗、词、文俱备的选本最好。

此四子外我想加一位，李义山。义山诗是另外一格。如果说他算是唯美主义，我举双手拥护唯美主义！

现在提到高尚、伟大、美等字眼，好像有点不大时髦。不过我还是想说，在我们当今无比浮躁、无比实际的世界，最好读一读诗。莎士比亚通过他的一个人物说“最真的诗是最假的谎言”。诗是谎言，不错。可就凭这美丽的谎言，我们干枯的心灵，或可润泽一些。在没有能力把现实化为艺术美的时候，过于赤裸的描写，实在让人受不了。

叔本华在《论文学形式》一文中说，世间最好的四部小说是《唐·吉诃德》《项迪传》《新爱洛绮丝》和《维廉·迈斯特》。他的标准是愈能深入内心愈好,反之愈差。

《唐·吉诃德》是全世界的明星,不必说了。《项迪传》全名为《特利斯川的生平和见解》,英国劳伦斯·斯泰恩(1713—1768)所作。各文学史都说它的叙述时间颠倒、头绪纷出,以情感的变化为准,而不按照事态发展的逻辑。有时突然中断,留下空白让读者补充。斯泰恩认为文学的任务是描写人的内心世界,与叔本华正相合,数年前我曾借得第一卷(全书共四卷),至今没有读完。

《新爱洛绮丝》的作者是卢梭,全书以书信体写成,有很多感情的倾诉。据说写景亦是一绝。勃兰兑斯在《十九世纪文学主潮》中有一节专讲此书,说它有三点重要意义:打击了当时的风流时尚;以男女主人公的不平等地位代替门当户对;以道德信念确认婚姻神圣。遗憾的是,我没有看过这书,还不知什么时候有机会看。

《维廉·迈斯特》是歌德最重要的文学作品。写一个少年的成长。这类小说在德国文学史上称为修养小说或发展小说,也称教育小说,歌德曾对爱克曼说,这书的主要意义很难说,如果一定要找一个,可用书末一个人物对主角说的话:"觉得你像基士的儿子扫罗,他出去寻找他父亲的驴,而得到一个王国。""后来常有人从这比喻引申出一句话,'维廉寻找戏剧艺术,而得到人生艺术'。"(引自冯至译序)。

也许有人会问,这些书有的你没有看完,有的你根本没有看过,凭什么写在这里?我想荐书不过是一种提示,可以荐自己之所见,也可以转转手荐他人之所见。也许哪一天,会从叔本华的见解中得到点什么。

希望每个人在出去找驴时,都得到一个王国。

我自己近几年读得最有兴趣的书,是冯友兰著"哲学三史"。"三史"者,《中国哲学史》(两卷本)、《中国哲学简史》《中国哲学史新编》(七卷本)是也。

《中国哲学史》出版于三十年代,是我国第一部完整的用现代方法写作的哲学史。绪论中讲到,西方哲学史著述多用叙述,中国过去的哲学史多用选录。这部书则用叙述和选录相结合的方式。其叙述,经过潜心研究仔细梳理,把庞杂的历史讲得条理分明。譬如:“合同异”“离间白”这六个字,原来哲学史上并没有,是作者钻研总结出来的,让人一看就头脑清醒。其选录,于讲解时配合节选原著主要篇章,使读者能看到本来面目。有人以引文多为此书病,孰知这正是作者有意为之,俾使一书在手,整个中国哲学思想的来龙去脉全在目前。

《中国哲学简史》原用英文写作,于 1948 年在美国出版,1985 年华中理工大学教育研究所涂又光教授译为中文。我曾将中、英文对照通读,译文流利。这是一本有趣味、省时间的书。全书不过二十万言,却能不只勾画出中国哲学发展的轮廓,还使读者品味到中国哲学的真髓,可谓出神入化。我常想这本书像是太上老君炼出来的仙丹,经过熔炼,把浩繁的史册浓缩得可以一口吞!我们怎能不感谢作者呢。北大哲学系博士生导师陈来教授最近在电视台荐书时说:“冯先生用这样一个不大的篇幅,把几千年中国哲学的历史内容,深入浅出,讲得非常透彻、非常精彩。这样的著作,我在世界上还没有见过第二本。”想来我的欣赏不能算是外行。

《中国哲学史新编》约一百五十万字,写作用时十二年。七卷各卷的内容是:先秦诸子、两汉经学、魏晋玄学、隋唐佛学、宋明道学、近代变法、现代革命。不只较两卷本详尽,且时有新意,实在是一部大文化史。作者在第四册自序中说,因为抓住了主题,对玄学和佛学的分析比以前加深了。第六册中提出大胆的看法:太平天国向西方学习的不是长处,而是中世纪的神权政治。推而论之,对曾国藩的评价也一反时贤,认为他阻止了中国的倒退。作者曾说写此书愈到后来愈感自由。可谓“感自己之所感,言自己之所言”了。第七册中更有许多新论,惜乎此卷迄今尚未在内地出版。

记得似乎是列宁说过,读书要有计划,不然不如不读。这和我们“开卷有益”的想法大不相同。我想两者可以相互补充,也不必做太功利的打算,只要“书当快意”,便是了。

告别阅读

二〇〇〇年,正逢阴历龙年。春节前,看到各种颜色鲜艳、印刷精美的贺卡,写着仟禧龙年,街上挂着红灯,摆着花篮,真觉得辉煌无比。

龙年是我的本命年,还未进入龙年,便有人说,你要准备一条红腰带。我笑笑说,才不信那些呢。临近兔年除夕,我站在窗前,突然眼前一黑,左眼中仿佛遮上了一层黑纱帘,它是我依靠的那只眼睛,右眼早已不大能用。现在一切都变得朦胧,这是怎么了?我很奇怪。自从去年夏天,做过白内障手术后,我已经习惯了过明白日子,而且以为再不会糊涂,现在的情况显然是眼睛又出了问题。因为就要过节,只好等到春节后再去就医。

龙年的第一件大事便是去医院。诊断是我没有想到的:视网膜脱落。医言只要做一个小手术,打气泡到眼睛里,即可复位。我便听医生的话住院,做手术。手术后真有两周令人兴奋的时光,眼前的纱帘没有了,一切和以前差不多,头脑似乎还更清楚些。

不料十几天后,气泡消尽,再加上我患喘息性支气管炎,咳嗽得山摇地动。二月二十七日,视网膜再次脱落。

我只有再次求医,医生还是说要打气泡。我想这次脱落的范围大了,气泡是否顶得住。经过劝说,还是做了打气泡的决定。

当时我认为咳嗽是大敌,特住进医院求保护,果然咳嗽是躲过了,但仍然没有躲过网脱。

三月二十日,气泡快消尽时,视网膜第三次脱落。气泡果然不能完成任务。我清楚地看见,视网膜挂在眼前,不再是黑纱,而像是布片。夜晚,我久不能寐,依稀看见窗下的月光,月光淡淡的,我很想去抚摸它。我怕自己再也不能感受光亮。查夜的护士问,为什么不睡?有什么不舒服?我只能说,我很不幸。

第三次手术,是把硅油打在眼睛里,是眼科的大手术。手术确定了,可是没有床位。一天天过去了,可以清楚地感觉到网脱的范围越来越大,后来,无论怎样睁大眼睛,眼前还是一片黑暗,无边无涯,没有人帮助我解脱。忽然,我仿佛看见了我的父亲,他也在睁大了他那视而不见的眼睛,手拈银须,面带微笑,安详地口授巨著。晚年的父亲是准盲人,可是他从未停止工作,以后父亲多次出现在黑暗中,像是在指点我,应该怎样面对火祸。

终于熬到住进了医院,到了做手术的这天,上手术台前的诊断是,视网膜全脱。

在手术室里还和麻醉师有一番争论。麻醉师很年轻,很认真负责。她见我头晕,十分艰难地躺上手术台,便不肯用原定的麻醉计划,说:“你这是要眼睛不要命。要我用麻醉最好再签一回字。”经主刀医生解释,已经过各科会诊,麻醉师最后同意用局麻进行手术。她怕我出问题,给麻药很吝啬。于是我向关云长学习,进行了一次刮骨疗毒。麻醉师也是有道理的,疼是小事,命是大事。就是手术安排得不恰当,时间的延误,我都没有什么好抱怨的,我只怪一个人,那就是上帝。他老人家造人造得太不完美了,好好的器官,怎么要擅离职守掉下来,而且还顽固地不肯复位。头在颈上,手在臂上,脚在腿上,谁曾见它们掉下来过，怎么视网膜这样特别。

其实，我自己也知道这不过是几句气话。网脱是一种病，高度近视是起因。我再一次被病魔擒获。

手术顺利，离战胜病魔还很远。接下来的是长期俯卧位——趴着。人是站立的动物，怎么能趴着呢？为了眼睛也渐习惯了。据说手术成功与否和是否认真趴着很有关系。硅油的作用是帮着视网膜重新长好。三个月到半年后，再做一次手术将油取出。油取出后常有网膜重落的病例。我真奇怪科学发达这样迅速，怎么对网脱的治疗没有完善的办法。用油或气顶住，气消失油取出后，重脱的可能性极大，也只能到时候再说了。希望我这是杞人忧天。

手术后，重又感觉到光亮。视力已经很可怜，但是能感觉光亮。光亮和黑暗是两个世界，就像阳间和阴间一样。我又回到了阳间，摆脱了黑暗，我很满足。回到家中，我在房间里走来走去，还可以指出窗帘该换，猫该洗了。丁香早已开过，草玉兰还剩几朵，我赶上了蔷薇花，有人家的蔷薇一直爬到楼上，几百朵同时开放，我看不清楚花朵，但能感受到那是一大幅鲜艳的画图。

但是我不再能阅读。

对于从小躲在被子里看小说的我来说，不能阅读真是残酷的事。文字给了我多么丰富、多么美妙的世界。小小的方块字，把社会和历史都摆在了面前。我曾长时期因患白内障不能阅读，但那时总怀有希望，总以为将来总是要看书的，午夜梦回，开出一长串书单，我要读丘吉尔的文章，感受他的文采，《维摩诘所说经》、苏曼殊文都想再读。白内障手术后，这些都未做到，但是希望并未灭绝。视网膜的叛变，扑灭了读书的希望，我不再能享受文字的世界，也不再能从随时随地磕头碰脑的书中汲取营养。我觉得自己好像孤零零地悬在空中，少了许多联系，变得迟钝了，干瘪了。奇怪的是我没有一点烦躁。既然我在健康上是这样贫穷，就只能安心地过一种清贫的生活。我的箪食瓢饮就是报刊上的大字标题，或书籍封面上的名字，我只有谨慎地保护维持目前的视力，不要变成盲人。

我的父亲晚年成为准盲人，但思想仍是那样丰富，因为他有储存，可以“反刍”。这一点我是做不到的。听人读书也是一乐，但和阅读毕竟是不一样的。幸好我还有一位真正可听的朋友，那就是音乐。

文学和音乐，伴随着我的一生。可以说，文学是已完嫁娶的终身伴侣，音乐是永不变心的情人（如果世界上有这种东西的话）。文学是土地，是粮食；音乐是泉水，是盐。文学的土地是我耕耘的，它是这样无比宽广，容纳万物。音乐的泉水流动着，洗涤着听者的灵魂，帮助我耕耘。

我又站在窗前，想起父亲在不能读写时，写出的那部大书，模糊中似乎看见老人坐在轮椅上，指一指院中的几朵蔷薇，粉红色的花瓣有些透亮。忽然间，“桃色的云”出现在花架边，他是盲诗人爱罗先珂笔下的精灵——春的侍者。我揉揉眼睛，“桃色的云”那翩翩美少年，手持蔷薇花，正含笑站在那里。

我不能读书，可是我可以写书。也许，我不读别人的书，更能写好自己的书。

我用大话安慰自己，平心静气地告别阅读。

采访史湘云

且说这日宗璞闲来无事，出外胡乱行走，走过一个大门，迎面一座大假山，写着“曲径通幽”四个字，便知是大观园了，不觉走了进去。循着幽径弯弯曲曲来到了芍药圃，见一女子卧于石上，满身的芍药花瓣，趋前观看忽然悟到这是史湘云啊。正好史湘云睁开眼睛，见面前一个老婆婆鸡皮鹤发，站在那里摇摇晃晃，忙起身让座，一面自己低头拭泪。

宗璞笑问：“你是史大姑娘？一部红楼还未见你哭过，何事伤心？”

湘云叹息道：“我不说你也知道。”

宗璞道：“老来思维迟钝，还是你说吧！”因见湘云用的罗帕已经湿透，便递去纸巾。

史湘云道：“曹公在我的判词和《红楼梦》曲子里都写得清楚，‘转眼吊斜晖，湘江水逝楚云飞’，‘云散高堂，水涸湘江’，就是说我回到册子中去了，怎么现在编出那么多离谱的事来。一个电视剧里说我后来做了妓女，你想我史湘云可是那等人，早一头碰死了。又一些人硬说后来我嫁给二哥哥，宝姐姐守寡是曹公早就安排好的，仔细读书就会知道。为什么‘琉璃世界白雪红梅’一回里，大家都穿着大红猩猩毡斗篷,唯有珠大嫂子和宝姐姐一个穿藏青色,一个穿莲青色。这是说宝姐姐将来也要像大嫂子一样守寡。二哥哥早在宝姐姐去世前就出家去了,哪有我嫁他的时间。再有一条更有人编排说,二哥哥其实是和我好。这把木石姻缘又放在何地,岂不叫林姐姐嫉恨我,若真有这事我倒不怕,没有的事硬往人身上栽,岂不冤枉。"

宗璞道:"是呀,一部书中头等人物并不一定要处在头等地位,若是从上到下都是头等人物,这社会必然了不得。若是不管什么人物都要去占那头等地位可就不得了了。"

湘云道:"你这话说得透。林姐姐来到这世间就是为了还泪,也有把这部书叫作'还泪记'的,我算老几。那天说了一句经济学问,二哥哥就轰我别的屋里去。他的心事书里交代得明白,怎么老拉扯上我。"

宗璞安慰道:"那是因为几位先生太爱这部书了,也太喜欢你了,就生出许多想法来,只是让你受委屈了。不要生他们的气,他们是好心。"

湘云道:"把我放在不属于我的位置上,真是窝囊。"

因觉得湘云的话有意思,宗璞拿出录音笔来,想做记录。史湘云看着录音笔说:"当初我有个金麒麟,你这是什么呀?"

宗璞解释道:"用这东西做记录,我现在记性太坏了。"

史湘云说:"不知曹公怎样安排那金麒麟?是否让卫若兰射圃时捡到。卫若兰便是我的夫君,你听说过吗?'厮配个才貌仙郎,博得个地久天长。'可惜他命不长,先我而逝。"湘云说着又用纸巾拭泪。

宗璞道:"我还想到有人研究脂砚斋的批语,说脂砚斋是曹公续弦夫人也就是你。"

史湘云忙道:"就算曹公有个续弦夫人和我有点像,也不能说我就是她啊。册子不是照尘世间发生过的事那样安排,小说归小说,曹公写的是小说,不是传记。你说是不是?"又说:"你既然写文章,拿着什么笔,就帮我宣传宣传。"

宗璞道:"那好,我也为你不平。说几句话纵然没有多少作用,也是说了。"

湘云道:"你回家吗?我看你走路不稳,我送送你吧。"

宗璞忙道:"不用不用。"

说话间,一阵风过,芍药花瓣漫天飞舞,将史湘云遮住,她不见了。

宗璞叹息,自回到家,家中正乱成一片,人们进进出出,有的打电话,有的拿着呼叫器呼叫,见她回来,围上去问:"去哪里了?叫我们着急。"宗璞答不上来,被疑为患了老年痴呆症,得了一道禁令,以后不得独自出门。

第六辑　花的话

花的话

春天来了，几阵清风，数番微雨，洗去了冬日的沉重。大地透出了嫩绿的颜色，花儿们也陆续开放了。若照严格的花时来说，她们可能彼此见不着面，但是在既非真实，也非虚妄的园中，她们聚集在一起了。不同的红，不同的黄，以及洁白、浅紫，颜色绚丽；繁复新巧的，纤薄单弱的，式样各出新裁。各色各式的花朵在园中铺展开一片锦绣。

花儿们刚刚睁开眼睛时，总要惊叹道："多么美好的世界，多么明媚的春天！"阳光照着，蜜蜂儿蝴蝶儿，绕着花枝上下飞舞；一片绚烂的花的颜色，真叫人眼花缭乱，忍不住赞赏生命的浓艳。花儿们带着新奇的心情望着一切，慢慢地舒展着花瓣，从一个个小小的花苞开成一朵朵鲜丽的花。她们彼此学习着怎样斜倚在枝头，怎样颤动着花蕊，怎样散发出各种各样的清雅的、浓郁的、幽甜的芳香，给世界更添几分优美。

开着开着，花儿们看惯了春天的世界，觉得也不过如此，却渐渐地觉得自己十分重要，自己正是这美好世界中最美好的。

一个夜晚，明月初上，月光清幽，缓缓流进花丛深处。花儿们呼吸着夜晚的清新空气，都想谈谈心里话。榆叶梅是个急性子，她首先开口道:“春天的花园里,就数我最惹人注意了。你们听人们说过吗?远望着,我简直像朵朵红云,飘在花园的背景上。”大家一听,她把别人都算成了背景,都有点发愣。玫瑰花听她这么不谦虚,很生气,马上提醒她:“你虽然开得茂盛,也不过是个极普通的品种,要取得突出的位置,还得出身名门。玫瑰是珍贵的品种,这是人所共知的。”她说着,骄傲地昂起头。真的,她那鲜红的、密密层层的花瓣,组成一朵朵异常娇艳的不太大也不太小的花,叫人忍不住想去摸一摸,嗅一嗅。

“要说出身名门——”芍药端庄地颔首微笑。当然,大家都知道芍药自古有花相之名,其高贵自不必说。不过这种门第观念,花儿们也都知道过时了。有谁轻轻嘟囔了一句:“还讲什么门第,这是十八世纪的话题!”芍药听了不再开口,仿佛她既重视门第,也觉得不能光看门第似的。

“花要开得好,还要开得早!”已经将残的桃花把话题转了开去,“我是冒着春寒开花的,在这北方的没有梅花的花园里,我开得最早,是带头的,可是那些要笔杆儿的,光是松啊,竹啊,说他们怎样坚贞,就没人看见我这种突出的品质!”

“我开花也很早,不过比你稍后几天,我的花色也很美呀!”说话的是杏花。

迎春花连忙插话道:“论美丽,实在没法子比。有人喜欢这个,有人喜欢那个,难说,难说。倒是从有用来讲,整个花园里,只有我和芍药姐姐能做药材,治病养人。”她得意地摆动着柔长的枝条,一长串的小黄花都在微笑。

玫瑰花略侧一侧她那娇红的脸,轻轻笑道:“你不知道玫瑰油的贵重吧。玫瑰花瓣儿,用途也很多呢。”

白丁香正在半开,满树如同洒了微霜。她是不大爱说话的,这时也被这番谈话吸引了,慢慢地说:“花么,当然要比美,依我看,论颜色、态度，既清雅又高贵，谁都比不上玉兰，她贵而不俗，雅而不酸，这样白，这样美——”丁香慢吞吞地想着适当的措辞。微风一过，摇动着她的小花，散发出一阵阵幽香。

盛开的玉兰也矜持地开口了。她的花朵大，显得十分凝重。颜色白，显得十分清丽，又从高处向下说话，自然而然便有一种屈尊纡贵的神气。“丁香花真像许多小小的银星，她也许不是最美的花，但她是最迷人的花。”她的口气是这样有把握，大家一时都想不出话来说。

忽然间，花园的角门开了，一个小男孩飞跑了进来。他没有看那月光下的万紫千红，却一直跑到松树背后的一个不受人注意的墙角，在那如茵的绿草中间，采摘着野生的二月兰。

那些浅紫色的二月兰，是那样矮小，那样默默无闻。她们从没有想到自己有什么特殊招人喜爱的地方，只是默默地尽自己微薄的力量，给世界加上点滴的欢乐。

小男孩预备把这一束小花插在墨水瓶里，送给他敬爱的、终日辛勤劳碌的老师。老师一定会从那充满着幻想的颜色，看出他的心意的。

月儿行到中天，花园里始终没有再开始谈话，花儿们沉默着，不知怎么，都有点不好意思。

吊竹兰和蜡笔盒

妈妈的书橱上，摆着一盆吊竹兰。它的叶子很有意思，整个叶子是一种鲜嫩的浅绿色，周围有一圈绛紫色的边，当中还有一道宽宽的绛紫色，就好像谁的画笔在上面涂抹了一番似的，但这是吊竹兰自己的颜色和式样，是吊竹兰自己的生命的表现。叶子有一点儿茸毛，闪着轻盈的光泽，一束束地垂下来，把书橱的玻璃门掩住一小半。

妈妈要出差，临行前把家里的事安排好了，最后问爸爸和小玉："谁管这盆吊竹兰？"

"我管！"小玉举手说。

爸爸说："小玉说大话！"

但妈妈含笑点了点头，就这样决定了。

对一个一年级小学生来说，世界上有多少重要的事啊！新的学校，新的书本，新的人，新的事，都是特别重要！小玉心里，充满了这些特别重要的事，哪里还想得起吊竹兰呢！

一个晚上，小玉睡了。一会儿，听见有人在哭。小玉问："是小娃娃吗？你也想妈妈了吗？"但那不是小娃娃。小娃娃好好地睡在它的纸盒做的床里，身上盖着花手帕，整整齐齐，一点儿没有乱。

"那是狗熊吗？你头疼了是不是？"但也不是狗熊。

这狗熊已经过好几个孩子的手，耳朵掉了一只，小玉总认为它在头疼。这时它还是瞪着一双大眼睛，温驯地看着小玉。

哭声还在继续，小玉坐了起来，听出哭声是从书橱那边发出来的。小玉马上明白了，在哭的是吊竹兰！在淡淡的月光中，可以看见它那长长的花茎因为抽噎而不停地扭来扭去。

小玉刚想说话，却听见书橱上一个沙沙的声音说："不要哭了，你不是还活得好好的吗？"

吊竹兰边哭边说："我不能光活着，我还得是我自己。你看看，我的颜色都没有了，我还算是吊竹兰吗？"

书橱上说："那不要紧，我可以给你画上红的、蓝的、黄的，你要什么颜色就画上什么，比你本来的紫色还好呢！"原来，说话的是小玉的蜡笔盒。那是个瘦长的塑料盒子，底是蓝色的，盖子是透明的，盒子里露出一排各色的蜡笔。这是小玉很喜爱的东西，但这时她觉得那沙沙的声音很讨厌。它一面说着，一面站了起来，一跳一跳地到了吊竹兰身边。

"那可不行！"吊竹兰大叫一声。小玉从没想到看上去那样柔弱的植物会发出这样大的声音，她不觉坐得直一些，表示对它的敬意。

"嘿！不必这样大动肝火嘛！"蜡笔盒笑了，"给你涂上红颜色吧，你就更好看了！说不定什么时候，把你送进什么高级植物园里去——举世无双的红吊竹兰！"

"我不要别人给我涂什么颜色，我要的是我自己，要的是从我自己生命里发出来的颜色。懂吗？"吊竹兰平静了，认真地、坚决地说。

"原来你是一个我行我素、自高自大、任性的东西！"蜡笔盒的口气好像是恍然大悟。

"这些和我可从来没有关系！"吊竹兰似乎笑了，"你不会懂的，因为你没有生命。"

蜡笔盒沉默了,它可能要想一想“生命”是怎么回事吧。小玉却想问一问,为什么吊竹兰要它自己从生命里发出来的颜色。但她听见开门的声音,爸爸从图书馆回来了。

爸爸进来,只见小玉好好地睡着,小房间里静悄悄地没有一点儿声音。

第二天小玉一下床,就跳到书橱边看那盆吊竹兰。吊竹兰的叶子成了一片灰色,那绛紫色的边没有了,明亮的绿色也没有了,好像一幅美丽的图画,画上好看的东西都不见了,只剩下一张旧的、灰黄色的纸。

“我应该浇水!”小玉猛然明白过来。从这天起,小玉每天给吊竹兰浇水,清水渗进了泥土,吊竹兰又慢慢地有了颜色,绿和绛紫色很分明了。她很希望爸爸表扬她,但爸爸什么也没有看见。

又是一个夜晚,小玉从睡梦中醒来,听见嘁嘁喳喳说话的声音。

“你这回真高兴了!”这是蜡笔盒那沙沙的声音,“瞧你多精神,多漂亮!”

已是月圆的时候了,月光照进窗来,满室一片乳白色的光辉,映在吊竹兰叶子上,叶子闪闪发亮。

“好看!”小玉心里赞叹道,一面坐起身来,想看得更仔细些。

“我并不是要好看,”吊竹兰说话了,它的颜色在月光下显得既柔和又鲜明;花茎轻轻拂动着,好像在做着手势,“我要的是我自己的颜色。”

“其实涂上去不一样吗?要什么颜色就涂什么颜色,多简便!”蜡笔盒站起身来,转了一个圈,在月光中显示一下它拥有多少颜色,都是随时可以涂抹的。

“什么颜色行时,就涂上什么,对不对?”吊竹兰又激动起来。

“我自己就永远是这个样儿,不能改变吗?”蜡笔盒向后退了两步。

“我从来不拒绝改变。但那必须从我自己的生命里发出来——尽管那很痛苦,很艰难——”

“你把很容易的事看得很难!”

“因为我有生命,而生命并不只是活着。”吊竹兰又提到了生命。小玉觉得自己像那蜡笔盒一样的笨了,甚至都不知道应该怎样提问题。

爸爸还没有回来呢,可谁都不说话了。小玉有些遗憾,只有月光温柔地抚摸着房间中的一切。

又过了几天,妈妈回来了,小玉第一件事便是拉着妈妈的手去看吊竹兰。吊竹兰鲜明的颜色在白窗纱旁闪动着。

“吊竹兰长得好,它的颜色这样分明。”妈妈高兴地说。

“你知道吊竹兰说些什么吗?”小玉拉着妈妈的衣襟,仰着小脸看着妈妈。

“在我还是你这样的小女孩的时候,我听见了。”妈妈笑着,一下子把小玉抱了起来。

露珠儿和蔷薇花

这个园子里，樱花开得如雪，在月光下闪着一片银光。然而，不过三天光景，全没有了踪迹。过不多时，这里便全是各种颜色的蔷薇花的世界了。

先开的是金黄色的，颜色相当深，却是十分活泼润泽，像是阳光照在大海上闪着的金波；后开的是白色的，花朵比较大，花瓣儿也比较繁茂，每一朵都是一件艺术品；现在轮到了粉红的和大红的，花园里热闹异常。

粉红色的蔷薇正在盛开，它那颜色是那样娇嫩，叫人真想去碰碰它，而又不敢挨近。花枝儿从架子上垂了下来，枝上一簇簇花中，有一朵最大的，随着悬空的枝条轻轻摆动，显得格外鲜艳夺目。

"这朵花真鲜艳得出奇！"过路人总要停下来看它。

"粉红色"越想越觉得自己美丽。尤其是在清晨，它刚刚睡醒，花瓣上还留着一滴滴细小的露珠，那模样真像是在流动，在微笑，生意盎然，逗人喜爱。

"我真美呀！"它自我陶醉了，"我美极了。"

花瓣上的露珠儿轻轻转动着，却不说话。

"我，太美了。""粉红色"简直在唱了。

“你是美，可别忘记是靠了许多别的力量，才有你的今天。”露珠儿轻轻地提醒它。

“什么别的力量？”“粉红色”生气了，花瓣都翘了起来，“是你这样说吗？露珠儿！短命的露珠儿！”它轻蔑地说。

“想想看，只有人们来播种，加上泥土、雨水、根、枝的力量，才能有你。”

“他们愿意如此，他们也必须如此，因为我美！”

露珠儿不说话。太阳升起了，和暖的阳光照得露珠儿闪闪发亮。

“你，恐怕就要死了吧？”“粉红色”说。

“任何生命都是有限的。”露珠儿笑道，“只要在短暂的时间里，做出自己应有的贡献，那也就该满意了。”

“粉红色”觉得一阵凉飕飕的，露水正在渗进它的茎中。

“你，你也配跟我在一起么！”“粉红色”大怒，用力摇着头，把亮晶晶的露珠儿纷纷地摇落了。

露珠儿不说话。它落在地上，就渗进泥土中了。

太阳越升越高了。往常这时，“粉红色”总是觉得很温暖，现在却觉得干燥得很，润泽的花瓣打起了皱褶。“奇怪！”它喃喃地说。一面用力想把花瓣伸平，想要笑得好看一些，却都失败了。它觉得非常疲乏，茫然地看着明朗的阳光在密丛丛的各色花朵上轻轻浮动。

邻近的深红的蔷薇正高兴地迎着阳光，伸展着花瓣。

层层花瓣，都泛着鲜红的光泽。

“它多美呀。”花园里响起了一片赞叹的声音，是鸟儿和小草，树叶和轻风的议论。

“这不是我——是靠大家——”深红的蔷薇怯怯地说。

“它也说这种话了！”“粉红色”不以为然，想讽刺它几句，但竟说不出话来。它拼命颤动着花瓣，花瓣儿一片片飘落下来，落在地上。

到了下午,这朵“粉红色”的大花朵就过早地凋谢了。这丝毫没有影响花园的美丽。深红的花开得火艳艳的,粉红的花丛中在陆续吐着新苞。

又是一个清晨,花朵上滚动着亮闪闪的露珠,显得那样新鲜,那样活泼。露珠儿干了,花朵更加鲜艳,仿佛在发着光彩。

过路人看着这些花朵,都在说:“真叫人高兴啊,好像自己都年轻了!”

这一片青春的、绚烂的颜色,给世界增添了力量。

冰的画

岱岱出疹子，妈妈要他躺在床上，不准起来。他起初发高烧，整天昏沉沉的，日子还好打发。后来逐渐好了，还让躺着，而且不能看字书，怕伤了眼睛，真腻烦极了。白天妈妈不在家，几本画书都翻破了，没意思！他只好东张西望，研究家里的各种摆设，无非是桌、椅、柜、橱，他从生下来就看着的。窗台上有一个纸盒，资格倒还不老。盒里有一点儿泥土，土中半露着几棵柏子，柏子绿得发黑，透出一层白霜。那是岱岱采回来给妈妈泡水喝的，可她总不记得。

晚上妈妈回来，总是微笑着问："岱岱闷坏了吧？"一面拿出一卷果丹皮，在他眼前一晃。岱岱更知道妈妈是累坏了，两只小手攥住妈妈冻僵的手，搓着，暖着，从不抱怨自己的寂寞。

可能是近来睡得太多了，这一天岱岱醒得特别早。妈妈已经走了。他想看窗外的大树，但是看不见。他以为窗帘还没有拉开，屋里却又很亮。他仔细看着，原来窗上的四块玻璃，冻上了厚厚的冰，挡住了视线。

"一层冰的窗帘。"岱岱想。今天一定冷极了。他想找一个缝隙望出去，目光在冰面上搜寻着。渐渐地，他发现四块玻璃上有四幅画，那是冰的细致而有棱角的纹路，画出了各种轮廓。右上首的一幅是马。

几匹马？数不清。马群散落在茫茫雪原上，这匹马在啃着什么，那匹马抬起头来了。因为冰的厚薄不匀，它们的毛色也有深浅。忽然马匹奔跑起来，整个画面流动着。最远的一匹马跑得最快，一会儿便跑到前面，对着岱岱用蹄子刨了几下，忽然从画里蹿了出来，飞落在书柜顶上。

“哈！你好！”岱岱很高兴马儿来做伴，“你吃糖吗？”

马儿友好地看着岱岱，猛然又从柜顶跃起，在空中绕着圈子奔驰。它一面唱着：“我是一匹冰的马，跑啊跑啊不能停；我要化为小水滴，滋养万物得生命。”它的声音很好听，是丰满厚重的男中音。跑着跑着，它不见了。

岱岱忙向玻璃上的冰画里找寻，只见左上首冰画中万山起伏，气势十分雄壮。远处一个水滴似的小点儿，越来越大，果然是那马儿从远处跑进这幅画中了。它绕着各座山峰飞奔，忽上忽下，跳跃自如。一会儿，山的轮廓渐渐模糊了，似乎众山都朝着马儿奔跑的方向奔跑起来。“群山，如奔马。”岱岱想。这是妈妈往西北沙漠中去看爸爸时，路上写的一句诗。

左下首的冰画是大朵的菊花。细长的花瓣闪着晶莹的光，花儿一朵挨着一朵。岱岱的目光刚一落上，它们就一个接一个慢慢地旋转起来，细长的花瓣甩开了，像是一柄柄发光的伞。忽然有什么落在伞上了。是一颗小水滴吗？水滴中还是那匹马。水滴连同马儿在花瓣上轻盈地跳着，马儿在水球里举蹄摇尾，随着水球滚动做出各种姿势。一会儿，水的外罩顺着花瓣流下去，马儿好像脱去了外衣，它抖了抖身子，灵巧地踏着旋转的花瓣跳舞。对了，妈妈昨晚讲过在唐朝宫廷里象和马跳舞的故事，该给它们配点音乐才好。岱岱伸手去拿录音带盒。真糟糕！忘记问妈妈，象和马跳舞都用什么音乐了。

马跳着，花瓣也参加了，好像许多波纹，随着马的舞姿起伏。一会儿，马停住了跳舞，侧着头屈了屈前腿，便从花瓣上飘然落下，在它落下来的瞬间，细长的菊花瓣齐齐向上仰起，好像是在举剑敬礼。

右下首的冰画中只有一棵松树。一丛丛松针伸展开，冰的松针，冰的松枝，冰的树干，树干嵌入窗棂中，像是从石缝里长出来的。树干向上斜生，树枝则缓缓向下倾斜，一丛丛松针集在一起，成为一个斜面。斜面上有一滴亮晶晶的东西滚动着。又是那马儿在里面！它好像玩球似的，在水滴里面踏动，水滴慢慢滚着，它还是四脚着地，十分悠闲。随着水滴的转动，树枝的斜面越来越向下，马儿的长长的鬃毛飘起，它在向远处飞奔，越来越小，然后水滴里什么也没有了，像一个透明的球，一直滚落在窗台上。

岱岱忽然看见窗外的大树了。它那光秃秃的枝丫，向冬日的天空伸展着。冰画都消失了，只有一层淡淡的模糊的水汽。窗台上湿漉漉的，太阳出来了。第一天妈妈休息，岱岱要请妈妈参观冰的画。于是妈妈不忙去做饭洗衣，而和岱岱一起躺着，自得其乐地观赏那四块玻璃。

"看哪！妈妈！"岱岱低声叫道，好像怕把画儿吓跑了。

"左上首是一只鸟，正拍着翅膀要飞。"妈妈轻轻说。

"它的翅膀是冰做的。"岱岱说。有这样的能从玻璃上读出画来的妈妈，他真觉得骄傲。"看哪！它飞出来啦！"

冰的鸟真从画中飞出来了，停在屋中的白纸灯罩上，用两只脚爪抓住灯罩内的铁丝圈。它的翅膀一开一合，闪耀着彩虹一般的光。"当心触电！"岱岱提醒它。

鸟儿似乎一笑。它的笑当然是用眼睛，而不是用嘴，它飞起来了，绕着屋子飞了一圈又一圈，满屋都是彩虹般的光，随着它的翅膀飘动。

不多时，它停下来啄啄翅膀，发出竖琴般的悦耳的声音。随即又飞起来,唱起了歌:“我是一只冰的鸟,飞啊飞啊不能停。我要变成小水滴,滋养万物得生命。”它的声音明亮柔和,是次女高音。它飞着唱着,虽然还在屋内,却好像越来越远。渐渐地,歌声连同唱歌的鸟儿,都消失了。“看右上边,它要进去了!”岱岱说,右上首的冰画是一幅静静的村景,有房屋、树木,还有一片清晰的倒影。“那是沙漠上的海市蜃楼!”妈妈叫起来,“我和你爸爸一起看见过的!”

爸爸在沙漠里从事一项伟大的工作,已经好几年了。

“要是画里有爸爸就好了。”岱岱想。他往左下首去找,那里是亮闪闪的一片,好像只有沙粒铺在画面上,一直伸延到很远。

“那是月光下的沙漠!”妈妈微笑了,眼睛里有泪水的亮光。

“可是没有爸爸。”

右下首的冰画出了一道长长的彩虹。彩虹的弯穹下飞出了那只冰鸟。它扇动翅膀,满幅画流动着绚烂的光亮的颜色。彩虹忽然摆动起来,翩跹摇曳,和鸟儿一起跳舞。

它们跳得那样快活,那样一心一意!跳着跳着,画中的颜色和光亮都越来越淡。一层飘来的雾气遮住了彩虹和冰鸟,整个画都不见了。玻璃上有一排参差不齐的水滴,向下慢慢地流淌。

窗外那光秃秃的大树,占满了四个镜框,向冬日的天空伸展着。

窗台上湿漉漉的。太阳出来了。春天来了。妈妈和岱岱打开窗户,做春季大扫除。

“呀!”岱岱叫道,“妈妈快看!”原来随便扔在窗台上的柏子,已经长出细细的鲜亮的嫩芽。

“它会长成一棵大树。”妈妈说,指指窗外。窗外的大树不再光秃秃,枝丫上的小叶泛出青青的颜色。

岱岱起劲地擦窗户,那冰的画没有了。但是每个小水滴,都高兴地施舍了它自己。尽管可能长成的大树不见得会记住它们。

邮筒里的火灾

这条路到拐弯处分成两岔，各奔东西。分岔处形成一个三角地带，上植紫、白两色丁香。花盛开时，紫衬得白分外皎洁，白衬得紫更加缥缈。远远望去，看不清一朵朵小花，只觉得一片丰富的颜色，和着幽香，熏人欲醉。

三角地带的尖角处，放着一个邮筒，照例漆成绿色，在紫、白两色花下，十分醒目。可是一年四季，开花时短，叶盛时多，邮筒在绿叶中不易分辨。行人说，不该把邮筒放在这儿。不过邮筒只要不误传递信件，就会有人投信。不管它颜色如何。

有一回，这邮筒出了一次不大不小的事故。

别看邮筒沉静地站着，不言不语。它的肚子里，只要有信，就总是热闹的。信件来自生活的各个角落，有人物，有情节，有议论。其热闹程度依每天投信的内容而不同。

平常日子这里不表，就说说事故的这一天吧。

这一天丁香早谢，繁茂的枝叶几乎遮住了邮筒。从清晨起，邮筒便开始服务。一封封信投了进来。先投进的自然在最下面。偏巧这是一封满纸牢骚的信，火气很大。它觉得身上的分量越来越重，火气越来越升级，到第一百零一封信投进来时，它忍不住怒火中烧大发雷霆了。

“连邮筒里也没有我的地方!”它叫道,“连和朋友谈谈心都跟挤公共汽车似的!”它的话都是从信中引申出来的,它自己并无发明的本领。这第一百零一封信出自一位研究中国思想史的先生之手。写的是关于《老子》的一点儿心得,把一个大信封装得鼓鼓的。信封上两张邮票分贴在收信人名字的两边,像两只眼睛。心得中引了不少原文,“俗人昭昭,我独昏昏。俗人察察,我独闷闷”,“大方无隅,大器晚成”等等。这些精练的词句让这位先生绕着圈儿一发挥,听起来叫人忍不住摇头晃脑,酸倒大牙。它听见下面的雷霆,本着“昏昏闷闷”的原则,置若罔闻,只管悄然待在它落下的位置上。

“说你哪!”牢骚满腹的“小子”信(想当然这是一位小子写的)对“老子”信的蔑视更加生气,断喝一声:“就你骨头沉!吃得太好了!”

“合抱之木,生于毫末;九层之台,起于垒土;千里之行,始于足下。”“老子”信细声慢语地说。

“要什么嘴皮子!你那里头装的什么破烂玩意儿!一砸进来把别人都砸了个大跟头!”有牢骚的人说话难免夸大。

“天大,地大,道大,人也大。”“老子”信只顾摇头晃脑。看来那心得确实没有什么能让人记住的,所以它只能复述原文。

奇怪的是“小子”信一听得“人也大”这一句,满腹恶气忽然消了。它往下坐了一坐,稳住身躯,要想想这句话的意思。

这时一个贴着“宝钗扑蝶”邮票的淡绿色布纹纸信封讲话了。它那淡绿色仿佛带着香水味儿。“境遇不好,免不了要发火发牢骚。只是还得想出办法来,不然嚷一阵有什么用呢。”

“还得防肠断哪。”在它邻近一个贴着“惜春学画”邮票的黄色布纹纸信封友好地附和。

“你姓张?”绿信封发现黄信封上写着张缄。

“写我的人姓张。”黄信封说了主人名字。

“我就是写给你的!”绿信封高兴地说,也说了自己主人名字。接着说:“我们上周在公园谈得很好,很愿意和你再见面。你下星期天有空的话,到紫竹院去好吗?也许还能划划船。”

黄信封也一本正经地背诵:“上周游北海甚乐。从来没有和任何人谈得这样愉快。如能再见到你很荣幸。下个星期天到紫竹院去如何?我从上午九点起在门口等你。”

两封信交换了内容,不觉笑出声来。真有意思,这两个人想的全一样!

在它们的笑声里,响起一阵抽抽搭搭的哽咽。另外两封信也发现对方便是收信人,也在交换内容。这两封信都有一种心不在焉的神气,信封像是信手拈来的,邮票在一封信上歪着,在另一封上倒着。

邮票歪着的信说:“我们来往已经两年了。你一点儿也不理解我!我没有时间。就算头悬梁锥刺股,也争取不到足够的时间。也许我根本不该考虑组织家庭。”

邮票倒着的信说:“我也曾立志做居里夫人那样的人,可是那太乏味了。居里夫人到郊外去远足,连一声鸟叫都没有听见!每个人能提供给社会的价值有大有小,我只想努力做好一个普普通通活泼泼的人。我希望我的家庭也是如此。看来我们最好分道扬镳。”这最后的话是伴随着哽咽说出来的。

“老子”信悄然叹息了。它觉得有点莫名其妙,这纯粹是那篇心得闹的,若只有《老子》原文,它会永远无动于衷。

几乎所有的信都不能无动于衷,大家都要说一说自己承担的使命。一时间邮筒里一片嘈杂声,如果有人注意来听一听,是会大吃一惊的。在各种诉说中,邮筒里出现了奇特的景象。有“特异功能”的人也许能看见。在和“老子”信相对的另一半筒里的一个白信封上,出现了一位五十多岁的妇女,当然小得像个玩具,可她是活的。她身披一件暗色碎花长夹衣,跪坐着把头凑近信封,在找什么。她的黑发间有窄窄一条白发地区,宛如系了一根白缎带。她在喃喃自语:“可别写错地址。我给老朋友的关心太少了——小猫——”她想到这亲切的绰号不觉微笑。“小猫不会怪我吧?你千万要经得起呀——“她长叹。叹息声混在嘈杂中消失了。她查清地址无误,放心地坐直了身子。

诉说使命的高潮渐渐低落了。在“老子”信旁边,响起一阵窸窣的声音。在一个自己糊的旧牛皮纸小信封上,冒出一个七八岁的孩子,也小得像个玩具。他只穿着小背心小裤衩,像是从被窝里跑出来的,皱着眉嘟着嘴,仰着眼泪汪汪的一张小脸,望着“老子”信。“老子”信的大信封当然很有饱学之士的气概,孩子无须多思索,便央告道:“大爷,您给看看,我这信有错字没有?谢谢您!”

“老子”信很为难,它的纸上没有写该挑出别人信上的那些错字,不过它不忍拒绝孩子,睁大两只邮票眼睛,费劲地看了。

那信的内容如下:“妈妈是个好栽缝,可是不让她做活,不批淮,她不会走后门。爸爸爸爸,你就不管我们啦?”

接着打了至少十个惊叹号。信封上的收信人是并排两个:“中央纪律检查委员会”和“亲爱的爸爸”。

“老子”信虽然满纸心得,对于“栽”应该是“裁”,“淮”应该是“准”,却不能发话,只好本着“无为”的原则,默然不语。

孩子在信封上站起身来,想走近些听“老子”信的教诲。在他站起身时,觉得眼前猛地一亮,他循着亮光看去,看见了那边半圆里的女先生。从邮筒扁嘴射进的阳光照在她的银发上,发出好看的光辉。她也正看着孩子!她一定会帮忙的。孩子和女先生对望着,正要说话,就在这时,忽然从扁嘴里落进一样不是信的东西。邮筒里落进些干树枝碎石头本是常事,这东西却是活的,哧哧作响,原来是一盒烧着了的火柴!信件顿时大乱!“老子”信首当其冲,昏昏也罢,闷闷也罢,它烧着了。因为氧气不足,火烧得不旺,但火舌文雅地吞着一封又一封信,不消多久,半邮筒的信件都成了灰烬。

像任何事都有例外一样,这里有一个幸存者,就是最先投进的那封“小子”信,火舌只吞了它的一个角,便熄灭了。

“小子”信埋在灰烬中,一方面因为浓烟呛人而愤愤然,一方面关心地从灰烬中往四处看,说了一句话:“那孩子,那孩子和老太太,逃脱了没有?”

因为出了这次事故,知道的人很久都不敢用这个邮筒。投信的人少多了。它隐在绿丛中,很觉寂寞。邮筒里的火灾和邮筒无关,但只有邮筒蒙受不被信任的惩罚。

好在人们的记忆都有期限,时间久了,也就淡忘了。没有等到树叶变黄,邮筒里又热闹起来。女先生对故人的关心和孩子对爸爸的呼唤是永远失落了。至于那该结识的结识了没有,想分手的分手了没有,还有两个玩具般的活人的去向如何,都不得而知了。

星之泪

天已经黑了。镶嵌在蓝黑色天空上的小星星，一颗颗亮了起来，比赛似的顽皮地眨眼。大多数的星都是快活爽朗的。它们关心地俯视着黯淡的世界，常常对人世间的事做出反应，那是它们绝好的消遣。其中有一颗星生性多愁善感。它为下界担忧，担忧到能流下泪来。其实那是于事无补的。

星星们此时正专注地看着遥远的北方森林。森林里走着一个少年。他循着铺满落叶的崎岖小路向前走，每一步都把脚高高地提起，又重重落下。他已经很累了。但他还是走，向前走。

少年来到一片水洼地。这里没有树，有的仅是在泥水中的一个个生满长草的小圆堆。当地称为踢头垫子，这一点，忧郁的星不知道。它提心吊胆地看着少年吃力地跳着，用心踩上草垫。忽然，他一下没踩准，掉在泥水中了。那颗忧郁的星向下一沉，它见过多次这吓人的场面了。可它每次都吓得向下一沉，然后努力变得亮些，好让少年看清楚。

整个天空都亮了几分，许多快活的星都叫出声来："当心！"少年急忙用两手撑住两边的踢头垫子，慢慢地爬出来。他很有经验了，不能挣扎乱动，否则会越陷越深，甚至灭顶。

少年又上路了，夜风吹着他湿透了的单薄衣衫。他的目的地是小镇上的一个小图书室。他是守林人的儿子。

白天他得帮助父亲照管森林，工作之余才能动身到二十里外的镇上去看书。他那小小的头脑渴望知识。他觉得读书比吃饭更愉快，更使他满足。

今天他更盼着早点拿到他要看的一本历史书，生怕别人先借了去。快到小镇了，路渐渐平坦了。他越走越快。到了那简陋的图书室，他几乎是冲进去的。

“我借这本！”他扑到那本书上，一把抢过，先在胸前抱一会儿。

星星们也安心了。忧郁的星闪了几下，似乎在微笑。

千里外的一个大城市里，有一栋漂亮的高楼。楼中几百盏明灯，比星星亮多了。其中一个房间布置得舒适雅致，四壁图书。这时有一个和少年年纪相仿的女孩，正坐在地毯上，气呼呼地用力翻着一本书。她是在对爸爸妈妈发脾气。“你们总叫我看书，有什么好看的！”她翻一本扔一本，忽然抓起一本书，“嚓”的一声撕下了好几页。这“嚓”的一声惊动了星星。忧郁的星因为多愁善感，竟颤抖起来。那和眨眼很不一样，谁看见星星颤抖都会难过的。女孩把撕下的书页又接连撕了几下，碎纸纷纷落在地毯上。就在这一刹那，天空中落下了奇怪的雨滴。雨滴不多，都有核桃大，它们五色缤纷，还亮晶晶的。楼中不少人看见了，有人跑出来。“下雨了！”“有颜色的——还发亮……”人们叫道。“花冰雹！”一个孩子说。

女孩也跑出来，但她什么也没有看见。她看着星空，许多星星都似乎在皱眉。她有些不安，不过她又回到房间里，立即忘记了星星的模样。世界上没有什么能给她留下深刻印象的。

她睡在柔软的床上了，还在恨声不绝，责怪大人一定要她按时作息。可是她很快就进入了梦乡，舒服又畅快。

这时，那劳累了一天的少年正在回家的路上奔波。夜已深了，他一路回味着书中的一切，觉得自己十分丰富。

他大步走着，好像在飞，轻快地跨过了那些踢头垫子，走进森林。茂密的树林没有完全遮住星光。要知道，透过那一层层的树叶，星星们费了多大力气呀。

“谢谢，小星星。”少年在一个岔路口站住了，这里树木较稀，可以看到一大块儿闪烁的星空，他每夜都要在这儿站一会儿。

少年睡在自己的木板床上。他睡得深沉。星星们隔着窗子看着他。忧郁的星轻轻叹息，一阵轻风，飘过散发着树木香味的窗棂。

“应该让这两个人换换位置。”好几个快活爽朗的星大声说。“不！不！”梦中的少年忽然坐起来，“我不想替代任何人。我只希望每个人都有丰富自己发展自己的机会。”

伟大的愿望！这一回不只那忧郁的星颤抖了，它的情绪几乎传染了所有的星。空中洒下了大滴的光亮的雨，灿烂的颜色一时间照亮了夜空。森林中的小动物从巢穴中探出头来，有的还站起来高兴地抖抖身子。美丽的光辉充塞在宇宙间，虽然那并没有实际的分量。雨滴落下来，就悬在少年的窗上，好像一排彩灯。轻盈的、温柔的，虽然就在窗上又似乎无比遥远的灯，照着少年的梦。

少年仍睡得深沉，而且一直在微笑。

锈损了的铁铃铛

秋天忽然来了,从玉簪花抽出了第一根花棒开始。那圆鼓鼓的洁白的小棒槌,好像要敲响什么,然而,它只是静静地绽开了,飘散出沁人的芳香。这是秋天的香气,明净而丰富。

本来也不用玉簪棒发出声音的,花园有共同的声音。那是整个花园的信念:一个风铃,在金银藤编扎成的拱形门当中,从缠结的枝叶中挂下来。这风铃很古老,是铁铸的,镌刻着奇妙的花纹。波状的花纹当然是水,小小的三角大概是山,还有几条长短线的排列组合。有人考证说是比八卦图还早的图样,因为八卦的长短线都是横排,而这些线是竖着的。铃中的小锤很轻巧,用细链悬着,风一吹,就摇摆着发出沉闷的、有些沙哑的声音:春天和布谷鸟悠远的啼声做伴;夏天缓和了令人烦躁的坚持不懈的蝉声;秋夜蟋蟀只有在风铃响时才肯停一停;小麻雀在冬日的阳光中唧唧喳喳,有时会站在落尽了叶子,但还是很复杂的枝条上,歪着头,对准风铃一啄,风铃响了,似乎在提醒,沉睡的草木都在活着。

“铁铃铛!”孩子们这样叫它。他们跑过金银藤编扎的门,总要伸手拨弄它。

“铁铃铛!”勉儿,孩子中间最瘦弱的一个,常常站在藤门近处端详。从他装满问号的眼睛可以看出,他也是最喜欢幻想的一个。

风铃是勉儿的爸爸从一个遥远的国度带回的,却是个地道的中国古董。无论什么,从外国转一下都会身价十倍,所以才有那些考证。爸爸没说从哪一个国家,只带笑说这铃有巫师施过法术。勉儿知道这是玩笑,但又觉得即使爸爸不说,这铃也很不一般,很神秘,风铃那沉闷又有些沙哑的声音,很像是富有魅力的女低音,又像是一声长长的叹息。

勉儿常常梦见爸爸,那总不在家的爸爸。勉儿梦见自己坐在铁铃铛的小锤上,抱住那根细链,荡秋千似的,整个铃铛荡过来又荡过去,荡得高高的,飞起来飞起来!了不得!他掉下来了,像流星划过一条弧线,正落在爸爸的书桌上。各种书本、图纸像一座座高墙似的挡住他,什么也看不见。爸爸大概到实验室去了。爸爸说过,他的书桌已经够远,实验室还更远,在沙漠里。

沙漠是伟大的,使人心胸开阔。沙丘起伏的线条很妩媚。铁铃铛飘在空中,难道竟变成热气球了吗?这是什么原理?小锤子伸下来又缩上去,像在招呼他回去。

“爸爸!”勉儿大声叫。

他的喊声落在花园里,惊醒了众多的草木。小棒槌般的玉簪棒吃惊地绽开了好几朵。紫薇摇着一簇簇有皱褶的小花帽,“爸爸?”它怀疑。自从有个狂妄的人把它写进文章,它就总在怀疑,因为纸上的情形确实与它本身相距甚远。马缨花到早上才有反应。在初秋的清冷中,它们只剩了寥寥几朵,粉红的面颊边缘处已发黄,时间确实不多了。“爸爸!”它们轻蔑地强笑,随即有两三朵落到地上。

风铃还在那里,从金银藤的枝叶里垂下,静静地,不像经过空中旅行。勉儿的喊声传来,它震颤了,整个铃身摇摆着,发出长长的叹息。

“你在这里！铁铃铛!”勉儿上学去走过藤门时,照例招呼老朋友。他轻轻抚摸铃身,想着它可能累了。

风铃忽然摇动起来,幅度愈来愈大,素来低沉的铃声愈来愈高昂、急促,好像生命的暴雨尽情冲泻,充满了紧张的欢乐。众草木用心倾听这共同的声音,花园笼罩着一种肃穆的气氛。

“它把自己用得太过了。”紫薇是见过世面的。

勉儿也肃立。那铃勇敢地拼命摇摆着,继续发出洪钟般的、完全不合身份的声响。声响定住了勉儿,他有些害怕。这样一件小物品,怎么能发出这样的大声音呢？它是在呼喊。为它自己？为了花园？还是为了什么？

好一阵,勉儿才迈步向学校走去。随着他远去的背影,风铃逐渐停下来,声音也渐渐低沉,最后化为一声叹息。不久,叹息也消失了,满园里弥漫着玉簪花明净又丰富的香气。

草木们询问地望着藤门,又彼此望着,几滴泪珠在花瓣上、草叶间滚动。迷漾的秋雨。

孩子们从学校回来,走过花园,跳起来拨弄那风铃,可是风铃沉默着,没有反应。

“勉儿！看看你们家的风铃！它哑了!”一个孩子叫着跑开了。勉儿仰着头看,那吊着小锤的细链僵直了,不再摆动,用手拉,也没有一点儿动静。他自己的心悬起来,像有一柄小锤,在“咚咚”地敲。

他没有弄清到底发生了什么事,便和妈妈一起到沙漠中了。无垠的沙漠,月光下银子般闪亮。爸爸躺在一片亮光中,微笑着,没有一点儿声音。他是否像那个铁铃铛,尽情地唱过了呢？

勉儿累极了,想带着爸爸坐在铃上回去。他记得那很简单。但是风铃只悬在空中,小锤子不垂下来。他站在爸爸的书桌上,踮着脚用力拉,连链子都纹丝不动。铃顶绿森森的,露出一丝白光。那是裂开的缝隙。链子和铃顶粘在一起，锈住了。如果把它挂在廊檐下不让雨淋，如果常常给它擦油，是不是不至于……

“它已经很古老了，总有这么一天的。”妈妈叹息着，安慰勉儿。

花园失去了共同的声音，大家都很惶惑。玉簪花很快谢了，花柄下一圈残花，垂着头，像吊着一圈璎珞。紫薇的绉边小帽都掉光了。马缨花只剩了对称的细长叶子敏感地开合，秋雨在叶面上滑过。

妈妈说，太沉闷了，没有一点儿声音为雨声作注解。于是一位叔叔拿了一个新式的新风铃，金灿灿的，发光的链条下坠着三个小圆棒，碰撞着发出清脆悦耳的声音。

那只锈损了的铁铃铛被取下了，卖给了古董商。勉儿最后一次抱住它，大滴眼泪落在铃铛身上，经过绿锈、裂缝和长长短短的线路波纹，缓缓地流下来。

遗失了的铜钥匙

一扇普通的房门，好像通往另一个房间，其实里面是个壁橱。门上有连带着铜把手的锁，钥匙也是铜的，长柄末端有一个圈，悬挂方便，不像现在的钥匙只有一个孔。

妈妈喜欢各种新潮玩意儿，但最钟爱这把古老的钥匙，用红绒线穿着，放在床头小几的抽屉里。有时开过壁橱门，就把红绒线套在手腕上，到处走动。

在勉儿心目中，这壁橱是神圣又神秘的地方，妈妈开门时，他总要钻进去看，里面其实很普通，两层木板架，上面堆着不用的被褥，下层搁着几个箱子，箱子上放着一红一绿两个锦匣，妈妈叫它鸳鸯匣，是勉儿没有见过的祖母给妈妈留下的，似乎是神秘的集中点了。红匣里装着爸爸从沙漠写回来的信，以前妈妈常拿出来读，读着读着，晶莹的泪珠滴湿了信纸。这种时候，似乎爸爸就在家里，在他们身旁，勉儿觉得很平安，虽然他很怕妈妈哭。

绿匣里本来只有一个银胸针，还有些缎带、绢帕之类，近来东西多起来。三串项链用绢帕分别包着。一串红玛瑙，一串木变石，还有一串珍珠，但没有一颗圆的，有几粒较长，大概可以名之为玑，更多的是不成形的小颗粒，有的长有的扁，串在一起，也算是珍珠项链了。

还有两个戒指,一个嵌着一块闪光的灰蓝色小石头,另一个嵌着的石头是紫红色的,妈妈说叫作紫牙乌宝石,怎么不叫紫乌鸦,要倒过来?勉儿好生奇怪。

妈妈很喜欢这些东西,有空时就拿出来戴,坐在镜前换着戴,只从来不拿那发黑了的银胸针。这时的妈妈似乎到了怡悦自得的极高境界,神色庄严,透出一线难以觉察的笑意。这时的妈妈似乎找到了她自己,那有追求美的天性的、温存的、自我欣赏的女性的自己。

因为新东西愈来愈多,那铜钥匙已经许久没有亲近主人的手腕了。有一天,妈妈把玩过那几件首饰,想把它们放回壁橱,却找不到铜钥匙。桌下床下,角角缝缝都看过,没有。勉儿放学回来,也帮着找。他特别到摆过木头陀的玻璃书橱下找,还到厨房,仔细检查了筷子笼,怕这把钥匙混杂在里面。

不见踪影。

“我没有出去过。”虽然妈妈这样说,勉儿还是到花园去看。循玉簪花径走过去,拨开每一片叶子。那些肥大的叶子足够遮蔽一打钥匙,但只有两条蚯蚓躲在叶子的阴凉处。盛开的玉簪花弯着花蕊,低声问:“要发警报吗?”它们的丰润的叶子可以绷紧,让未放的花——那圆鼓鼓的小棒槌咚咚地敲。

勉儿摇头,走到紫薇和马缨花前。紫薇的黯淡的小花朵愁眉苦脸,它们一定是无能为力的。马缨花叶子悄然舒展着,表示这里没有任何人或物的藏身之处。

快到金银藤编扎的门了,绿叶中猛然跳出一点鲜明的红,使得勉儿一怔。这是那拴在钥匙上的红绒线,正在原来悬挂风铃的地方,风铃卖掉已快一年了。红线从一片浓绿中露出一截,园中只有这一点红,红得打眼。

“在这儿。早该想到的。”勉儿一阵欢喜,正要跑过去,忽然觉得一种看不见的力量挡住了他。紧接着金银藤门的枝条活动起来，向两边分开，从中涌出一座巨大的双扇门，是关着的，发着幽暗的光。仔细看时，这门是大块木变石串成，串出有各种花朵的好看的图样，像一幅刺绣。门前有几个小人儿，也是木变石串成的，木偶似的一跳一跳。在做游戏吗？

“让我过去！”勉儿大叫。

“不是所有遗失了的都能找到。”一个小人儿点着木变石的头，对勉儿说。

那看不见的力量向后推着勉儿，勉儿偏奋力向前推，忽然间双扇门开了。勉儿几乎跌了一跤。门中又涌出一座闪烁着红光的月洞门。红光照着花园众草木，像一片绚烂的落霞。那红玛瑙做成的月洞门，便像一轮夕阳了。这近在咫尺的夕阳虽然发光，却是冷的、硬的、不流动的。下面一片绿草，随着微风摇曳，飘出和谐的轻柔的声音：

“过去的每一天都不会再来。”

“过去的每一天都不会再来！”是的！是的！可是那红绒线挂在那儿呢。

红玛瑙门开了，一阵耀眼的光芒过后，慢慢涌出一扇白色的光华夺目的门，门的样子像那壁橱，是珍珠串成的。

圆圆的饱满的珍珠，绝不是项链上那些屑片。它们的光辉变成拱形的桥，一直向前伸展。桥上站着一个卫士，身子像一个环，圆圆的头顶闪着灰蓝色的光。“我是星光宝石。”他向勉儿鞠躬，随即飞快地从桥上滚下来，急速地旋转，就像一枚铜板那样。这时从花草间涌出许多雪白的、亮晶晶的小人儿，跳起珍珠之舞。

这些珍珠很轻盈，飘飘然像肥皂泡，它们的队形似乎很不经意，却都很美。每一转侧便闪着七色的虹彩。天渐渐黑下来，夕阳早已消失,显出满天星斗。星斗和珍珠互相望着,蓦然间,几颗星落下来,几粒珍珠飞上去,在空中织出各种图案,像一张发光的网,罩住了花园。珍珠门关着。门的一侧,从远处走来一个身影,愈来愈清晰,勉儿渐渐看清楚了。

“妈妈!”他叫道。妈妈没有听见,珠光宝气拥着她。

她似乎飘在空中,无法走进那扇珍珠门。

“妈妈,快看!”勉儿又叫。忽然响起玉簪花棒急促的敲打声。门的另一侧又出现了红绒线,在光辉中显出一截透亮的红,却看不清挂着什么。

是遗失了的铜钥匙吗?

妈妈微笑,摆摆手,手上戴着那紫红色的戒指。随即转身,渐渐消失在光彩间。

所有的门都消失了,各种光华都向勉儿射来,很沉重。

勉儿挣扎着想逃开,但是光线愈逼愈紧,慌张间又见好几颗星星向他头顶落下,他想伸手去拦住,忽然醒了。妈妈正俯身抚着勉儿的头,手上闪着紫红色的戒指。

勉儿很想哭,哑声问:“找到了吗?”

妈妈微笑,接着是一声轻轻的叹息。“你梦里也惦记着,其实不必的。”

其实不必的。

图书在版编目（CIP）数据

三千里地九霄云 / 宗璞著. --北京：人民日报出
版社，2018.4
ISBN 978-7-5115-5375-1

Ⅰ. ①三… Ⅱ. ①宗… Ⅲ. ①散文集－中国－当代
Ⅳ. ①I267

中国版本图书馆 CIP 数据核字（2018）第057535号

书　　名： 三千里地九霄云
作　　者： 宗　璞

出 版 人： 董　伟
责任编辑： 陈　红
装帧设计： 刘　晓

出版发行： 人民日报出版社
社　　址： 北京金台西路 2 号
邮政编码： 100733
发行热线： （010）65369509　65369527　65369846　65363528
邮购热线： （010）65369530　65363527
编辑热线： （010）65369844
网　　址： www.peopledailypress.com
经　　销： 新华书店
印　　刷： 三河市恒升印装有限公司

开　　本： 710 mm×1000 mm　1/16
字　　数： 223 千
印　　张： 18
印　　次： 2018 年 10 月第 1 版　2018 年 10 月第 1 次印刷

书　　号： ISBN 978-7-5115-5375-1
定　　价： 30.00 元

书目表

SHU MU BIAO

书名	定价
童年	18.00 元
名人传	20.00 元
鲁滨孙漂流记	20.00 元
汤姆·索亚历险记	18.00 元
汤姆叔叔的小屋	16.00 元
假如给我三天光明	23.00 元
泰戈尔诗集	20.00 元
老人与海	16.00 元
金银岛	16.00 元
瓦尔登湖	20.00 元
在人间 我的大学	30.00 元
战争与和平（上下）	70.00 元
母亲	24.00 元
基督山伯爵（上下）	65.00 元
红与黑	28.00 元
堂吉诃德	40.00 元
三个火枪手	37.00 元
简·爱	30.00 元
飘（上下）	58.00 元
海底两万里	23.00 元
古希腊神话与传说	31.00 元
钢铁是怎样炼成的	25.00 元
复活	28.00 元
呼啸山庄	20.00 元
福尔摩斯探案集	37.00 元
大卫·科波菲尔（上下）	52.00 元
巴黎圣母院	29.00 元
悲惨世界（上下）	65.00 元
傲慢与偏见	20.00 元
莎士比亚戏剧集	20.00 元
猎人笔记	22.00 元
昆虫记	18.00 元
镜花缘	31.00 元
四世同堂	59.00 元

书名	定价
冯骥才精选集	28.00 元
张贤亮精选集	28.00 元
汪曾祺精选集	28.00 元
高晓声精选集	28.00 元
沈从文精选集	25.00 元
林海音精选集	25.00 元
林徽音精选集	18.00 元
鲁迅精选集	21.00 元
老舍精选集	20.00 元
萧红精选集	21.00 元
徐志摩精选集	21.00 元
朱自清精选集	21.00 元
艾青诗集	28.00 元
海子诗集	28.00 元
迟子建精选集	28.00 元
毕淑敏精选集	29.00 元
林夕精选集	28.00 元
刘心武精选集	28.00 元
贾平凹精选集	28.00 元
白洋淀纪事	29.00 元
唐诗三百首	25.00 元
宋词三百首	31.00 元
寂静的春天	20.00 元
我是猫	26.00 元
给青年的十二封信	15.00 元
谈美书简	18.00 元
奇迹总会有	30.00 元
三千里地九霄云	30.00 元
顾城诗集	28.00 元
西游记（上下）	46.00 元
水浒传（上下）	56.00 元
三国演义（上下）	40.00 元
红楼梦（上下）	56.00 元